宇宙职业选手 1

我吃西红柿 著

U0825941

ARTTIME 时代出版
时代出版传媒股份有限公司
安 徽 文 艺 出 版 社

图书在版编目（CIP）数据

宇宙职业选手. 1 / 我吃西红柿著. -- 合肥 : 安徽文艺出版社, 2023.7

ISBN 978-7-5396-7746-0

Ⅰ. ①宇… Ⅱ. ①我… Ⅲ. ①长篇小说－中国－当代 Ⅳ. ①I247.5

中国国家版本馆CIP数据核字(2023)第073229号

YUZHOU ZHIYE XUANSHOU 1

宇宙职业选手 1

我吃西红柿 著

出 版 人：姚　巍
责任编辑：宋潇婧
装帧设计：WONDERLAND Book design 仙境 QQ:344581934

出版发行：安徽文艺出版社 www.awpub.com
地　　址：合肥市翡翠路1118号　邮政编码：230071
营 销 部：(0551)63533889
印　　制：北京盛通印刷股份有限公司 电话：(010)52249888

开本：710 mm × 1000 mm 1/16　印张：18　字数：263千字
版次：2023年7月第1版
印次：2023年7月第1次印刷
定价：36.80元

目录 CONTENTS

第1章 // 许景明

蓝星2081年7月2日下午1点50分，夏国最繁华的城市滨海市。

此时天空乌云密布，雷声轰隆，眼看着一场暴雨就要来临。

“夏天的雷阵雨，说来就来。”星空格斗馆顶层的一个房间内，一名年轻人正透过落地窗看着外面的乌云和闪电。

噼里啪啦，开始有雨滴拍打落地窗。

年轻人走到房间中央，双手撑地，很缓慢也很稳地进行倒立。他先是双手倒立，接着收起了一只手，变成右手单手倒立。

呼吸声传到耳朵里，许景明感觉自己的身体核心肌群在收紧，同时，他也在感受全身重量对右臂的刺激。

前三分钟右臂很舒服，右臂的筋骨被深层刺激着，但从第四分钟开始，右手手掌的肌肉就有些痛了，到第五分钟时更是痛苦。不过许景明早就习惯了，坚持了五分钟后，他自然而然地换成了左手单手倒立。

“老爸的腰不知道今天有没有好点。”单手倒立时，许景明思绪万千，想到了父亲。

他的父亲今年六十岁，有腰痛的老毛病，昨天他听老妈在电话里说父亲搬重物时腰痛又发作了……

“等忙完这一阵就回老家一趟。”许景明这样想着。

单手倒立不是国家队教他的训练方法，而是他小时候父亲教他的。

许景明小时候身体不好，父亲教他武术以强身健体，其中就有单臂倒立桩这个训练项目。因为长期练习的效果挺好的，这就成了他每日都会练的五大桩功之一。冬练三九，夏练三伏，他练习单臂倒立桩至今已有二十年，没有太特殊的情况是不会中断的，即便生病受伤也会坚持练习。

俗话说“练拳不练功，到老一场空”。这所谓功，就是日常基本功。若中断个三五天不练功，筋骨等各方面的状态就会下滑。

练完单臂倒立桩后，许景明走到书桌旁坐了下来，喝了几口水，看着窗外的暴雨。

“湿气一重，我这腿就开始疼。”许景明看向自己的右腿，伸手轻轻揉了揉，“每天康复性训练从来没停过，但我的右腿……好不了了。”

“如果右腿没受伤，我应该有望冲击世界第一吧。”许景明自语道。

受伤患病是每个武道高手最怕遇到的情况。对许景明而言，“断腿”之事就是一场噩梦。

嘀嘀嘀……

忽然有声音响起。

许景明抬起头，开口道：“小白，接视频电话。”

有光线在许景明的前方出现，并最终汇聚成了两米高的画面。画面中，一个身材魁梧的大胖子坐在车里笑着喊道：“老许，我们已经从酒店出发了，估计二十分钟就能抵达你们星空格斗馆。哈哈……我们一年多没见了吧，今晚可得好好喝一杯！”

“放心吧，大熊！我早就定好了一家烤肉餐厅。”许景明看着年少时的好友，笑着叮嘱道，“雨下得挺大，你们路上小心点。”

“放心放心。”大胖子接着道，“省集训队这群小子很崇拜你，想要见识见识你的枪法呢，等会儿你可得好好指点指点他们，让他们明白自己和世界顶级高手的差距。”

“现在的年轻人一代比一代厉害，我不翻船就不错了。”许景明笑呵呵地说道。

“怎么可能翻船？我倒是希望你能翻船。你要翻船了，就代表我们省队又出了个天才啊！”大胖子哈哈笑道，“好了，不闲聊了，我们待会儿见。”

“待会见。”许景明伸手一挥，前方的光线散去。

许景明给江南省集训队进行为期十天的培训，收取五万蓝星币，但实际上这点钱连付场地费都不够。可是对格斗馆而言，给省集训队做培训就是给自己打广告，能吸引更多格斗爱好者来格斗馆办会员。

“职业选手退役了也得赚钱啊。”许景明起身去洗澡换衣服了。

职业格斗选手听起来风光，但实际上也就在职业生涯巅峰时期能够赚些出场费。整个职业生涯收入过亿的职业格斗选手，全世界少得可怜，大多数也就解决温饱问题而已。至于退役之后，赚钱就更难了。

虽然许景明是世界级武道高手，但在世界武道大赛中的最好成绩只是第八名。

格斗界职业选手的收入呈金字塔形，达到塔尖的是极少数，排名第一的收入高得夸张，第二、第三、第四……的收入则直线下滑。

许景明站在星空格斗馆的门口等待着，身边陪着几名工作人员。没多久，众人就远远地看到雨幕中有一辆电动大巴正缓缓驶来。

待电动大巴停下，车门打开，江南省集训队的十余人接连走下了车。

“大熊！”许景明一眼就看到了先下车的大胖子，那是他的好兄弟刘冲远。

“老许！”刘冲远走过来兴奋地和许景明拥抱，大巴掌啪啪啪地拍在许景明的背上。

许景明苦着脸，只能当是按摩了。

刘冲远身高两米零三，体重超过一百八十公斤，好似一头直立的熊。当年他也是职业武道选手，一手持盾牌一手拿斧头，在世界武道联盟积分排名上，他最高的时候曾杀到过第三十九名，所以能在江南省体育局坐稳位子。

“这位就是许教练，”刘冲远咧嘴朝后面的人说道，“你们朝思暮想的许教练！”

“许景明！”

“枪魔许景明！”

“看到真人了！”

江南省省队的队员们都有些兴奋，作为业内人士，他们自然崇拜许景明这位前辈。

许景明看着这些队员，仿佛看到了当年的自己，年轻、充满朝气。哪像现在的自己？在武道赛事中闯荡了一番，最后却只能带着一身伤退役。

许景明笑着道：“阿晨，带他们去选兵器。”

“是，许哥。”一名年轻的工作人员应道。

“大熊，我们先去三楼等他们。”许景明和刘冲远这一对好兄弟久别重逢，自然非常开心，两人先去了三楼叙旧。

星空格斗馆的兵器室足有五百平方米，刀、剑、棍、盾、斧、锤、长枪、连枷等各种冷兵器数量惊人。不过这些都是武道比赛用具，比如刀、剑，不但没有开锋，表层还包裹着一层缓冲材料；比如长枪，枪杆上都标记了相关数据——长度、枪头大小、重量，而且足有数百杆，一字排开靠墙摆放着。

“这里不愧是滨海市一流的格斗馆，兵器够齐全的。”

江南省集训队的这十一名队员都是使用长枪的，所以才会来参加许景明的培训。

单论枪法，历史上所有职业武道高手中，许景明被公认排在前十。

长枪的枪杆上数据明确，十一名队员迅速选好了适合自己的兵器。

“第一次在现实中看到许景明，看起来很普通啊，没有视频中那种威慑力。”一名高大的男子试了试长枪后说道。

“感觉比视频中瘦不少。”另一名稚嫩的青年说道。

“是瘦了。”一名壮硕的男子点头道，“他没退役的时候，我在现场看过他的几次比赛，而且武道联盟公开的资料上说他身高一米七八，体重九十三公斤。

现在瘦了不少，估计最多八十五公斤。”

这些省队队员在讨论着许景明的情况。

他们都很清楚，一米七八的身高和八十多公斤的体重对普通人而言可能略显胖，但对骨头重、肌肉比例高的职业武道高手而言，却略显瘦了些。

“体重下降，力量肯定也减弱了。”

“不知道实力还有多少。”

“有些职业选手退役后放弃训练，身材都变形了，实力也差了很多。”

这些队员继续议论着。

“我还想看看自己和世界武道大赛选手有多大差距呢，谁承想他体重都轻了一截，实力不知还剩几分。”

那名壮硕男子有些不甘心。他去年入选过国家集训队，目标也是参加格斗界最高赛事——世界武道大赛。原本他对曾两次进入世界武道大赛的许景明抱有期待，现在却有些失望了。

体重减轻了，许景明还剩多少实力？还有“枪魔”当年的霸道与强势吗？

“就算实力减弱了，经验还在。”壮硕男子身侧一名高大的男子笑道，“指点我们还是够的。”

“说不定都不会和我们进行实战。”那名稚嫩青年嘀咕道。

他们曾接受过一些老一辈教练的教导与指点，但下场和他们进行实战的教练却很少。

星空格斗馆第三层。

这里有符合国际武道赛事规格要求的武道擂台，整个擂台长二十米，宽二十米，四周有高六米的铁丝网。

江南省集训队的队员们一走进这第三层，便看到了站在那里的刘教练和许景明。

“排好队。”许景明很熟练地说道。当年他也是江南省省队的一名队员，是后来才被选拔进国家队成为主力的。

这十一名队员个个手持长枪，规规矩矩地一字排开。

或许许景明退役后实力大减，可他过去的成就还是让这些队员钦佩与服气的，所以面对他时，他们自然很听话。

“从今天开始，我就是你们的教练。集训一共十天，除了今天的训练时间是下午外，从明天开始都是上午9点到11点。”许景明的目光扫过他们，“我不希望任何人迟到或早退。”

“是！”十一名队员齐声应道。

“好，我们初次见面，先下场试试手，让我看看你们的实力，”许景明说道，“我也好因材施教。”

“下场试试手？”

这些队员面面相觑，心里又惊又喜。

“擂台实战？”

“许景明有胆量进行实战？”

这些队员难掩内心喜悦。既然许景明敢这么做，那便代表他退役后还保持着巅峰时的大部分实力。

第2章 // 指导战

许景明一看到这些年轻人的样子，就猜到了他们心中的想法。他微笑着道：“我看过你们的资料，如今江南省省队用长枪的队员一共有十一名，这次全来了。你们中有三个是高中生，是被特招进来的，就那三个小家伙先依次来吧，披甲。”

进行武道比赛，必须披甲戴头盔、护颈等，一样都不能少。

使用冷兵器格斗，虽然冷兵器不开锋且包裹着缓冲材料，但冲击力依旧恐怖。若没有穿戴专业护具进行防护，是会死人的。

许景明也披甲，戴上了头盔，透过头盔上面部的网格看着这些队员。

“都进场内。”许景明手持长枪走上了擂台。十一名队员和领队刘教练也走了进来。

“其他人都站边上，冯宇先来，刘豪准备。”许景明说道。

在进行正规比赛时，擂台范围内应该仅有两名对战选手，但此时只是进行指导战，而且对许景明而言，指点省队队员根本不需要二十米乘二十米那么大的地方，所以他让其他队员也进来旁观。况且在场内没有铁丝网阻碍视线，其他人能观看得更清楚。

“都看清楚了，如果你们的枪法能有许教练一半水准，就能杀进世界武道大赛了。”领队刘冲远说道。

其他队员都屏息期待着，毕竟近距离看“枪魔”许景明这种高手出手，是非常难得的。

一名披甲青年手持长枪走到许景明对面站定，彼此相距十米。

“裁判系统开启。”许景明说道。

一片光影从擂台上方降下，瞬间凝聚成一张巨大的面庞俯瞰着下方，开口道：“比赛开始。”

现如今武道大赛都使用智能裁判，因为智能裁判的摄像头拍摄的比赛画面可以放慢千倍进行回放，能准确判罚，而且自启用至今从未出错。

“来吧。”许景明看着眼前稚嫩的青年冯宇说道。

被特招进队的高中生一般相对都比较弱，只是因为潜力大才被特招进行重点培养的。

“教练小心，我参加比赛时，很多选手都接不住我的一枪。”冯宇颇为自信。

“有本事你先碰到我再说。”许景明回应道。

冯宇很自信地猛然迈步，速度极快且凶猛无比，仅仅几步便冲到了许景明近前，猛地将手中长枪向前一刺，长枪压迫空气发出了呼啸声。

这一进步刺枪，冯宇每天都要练五百下，而且每一下都全力以赴。他从十二岁那年开始练枪，五年过去了，如今他这一枪快如残影，连厚实的铁甲都能刺穿！即便比赛用枪的枪头是圆润的且包裹着缓冲材料，但这一下的冲击力超过了八百斤。

大家都能清晰地听到这一刺枪振动空气发出的声音，但许景明只退了一步。长枪的枪头在距离许景明二十厘米的地方停下了，根本没碰到许景明。

“嗯？”冯宇微微一怔，立即改变枪法，枪尖点圈刺向许景明。

每一枪刺过来，都是威胁颇大的攻击，但许景明宛如狸猫一般简单地移步，便让所有攻击都落了空。

“省队中的高中生。”

许景明想起了当年的自己，当年自己也是这般稚嫩。

“他不是腿伤严重，步法很弱吗？怎么我碰都碰不到他，而且每次只差二三十厘米？”冯宇不明白为什么自己使用令人眼花缭乱的枪法连连出手进攻，但就是碰不到许景明分毫。

待得冯宇刺出数十枪后，一直在移动的许景明第一次出手了。他将手中长枪抬起并碰触到冯宇怒刺出的长枪的那一刹那，长枪形成枪影，陡然爆发出一股恐怖的力量。

砰！

低沉的撞击声响起，是枪杆相互撞击发出的声音。冯宇手中的长枪直接飞了出去。

冯宇握枪的双手在发颤，他眼睛瞪得滚圆，愣愣地看着落在远处地上的长枪："我单手至少有两百斤的握力，它怎么可能一碰就脱手呢？"

刚才他可是双手握着长枪的，双方的枪杆仅仅碰撞一次，他的双手一麻，长枪便飞出去了。

"有些花哨了，你的步法很弱，枪法一般。"许景明评价道。这种对手其实都不值得他全身披甲，但武道比赛容不得大意，否则可能后悔一辈子。

"枪法我不太懂，"一旁的刘冲远哈哈笑道，"但这小子步法是弱，在我们眼中，就跟慢动作一样。"

冯宇有些疑惑地看着许景明，问道："教练，虽然我步法弱，但我手持两米多的长枪，怎么会碰都碰不到你？"

"你的手臂及长枪也就这么长，攻击的最远距离是固定的。"许景明解释道，"根据你的步法，就能确定你长枪能碰触到的最远距离。只要一直与你保持那个距离，就能让你根本碰不到我。这是职业选手的基本功。"

"攻击的最远距离是固定的，一直保持那个距离就碰不到？"冯宇喃喃低语。他刚才就觉得许景明的步法很简单，可他施展尽了枪法就是碰不到许景明。

"步法的精髓一是神经反应的速度，二是对空间距离的把握，三是对身体平衡的控制。"许景明说道，"你这三方面都很粗糙，就像你们刘教练说的，你的步法在职业选手眼中就跟慢动作一样。"

"这小子高考结束后刚进的省队，"一旁的刘冲远说道，"一身的野路子，步法方面是得狠狠练一下。”

冯宇追问道：“许教练，那我的枪法有哪些问题？”

步法弱他认，但他对自己的枪法是有信心的。

“你的枪法……严格来说，只有开始的一记刺枪，将身体向前冲的整劲都凝聚在那一枪中，算是有职业级水准，其他的戳枪、崩劈、格挡等方面都很弱。”许景明说道。

兵器格斗不是过家家，是最凶险的格斗，选手受重伤甚至残疾的情况都常有发生。许景明认为自己既然当了他们的教练，就得将他们的问题说清楚。

其他十名队员都感受到了许景明的压迫力，同时也有些人跃跃欲试。

砰！

第二名高中生手中的长枪在和许景明的长枪碰触的刹那也被抛飞了出去，即便他已经做好了准备且努力握紧长枪，努力卸力，也没用。

砰！砰！砰！砰！砰！砰……

一杆又一杆长枪接连被抛飞，看得这些省队队员目瞪口呆。

包括参加过国家队集训的老选手黄风、章奇在内，大家在许景明面前都毫无还手之力，其中仅章奇让许景明出了两枪。

许景明的第一枪将章奇手中的长枪荡开了，章奇倒是努力握住了自己的长枪，没有让它飞出去，但章奇因此中门大开，许景明的第二枪便顺势刺在了章奇的胸口上。长枪的冲击力令章奇的甲衣亮起了红灯，章奇输了！

而对战其他队员时，许景明都只出一枪，而且还是用来防御格挡的一枪。一碰到许景明的长枪，队员们手中的长枪便都飞了出去，根本握不住。

“这就是枪魔？”

“世界武道大赛创办了近三十年，论枪法，在历史上的所有职业选手中，许景明被大家公认排在前十。虽然早就知道自己实力不如他，可交手后才发现差距太大了！”

“枪魔许景明最为出名的绝招是无影刺，可面对我们时，他根本不需要施展那等绝招。”

“如果谁的枪法能有他的一半，此人便足以杀进世界武道大赛了吧。”

这些队员的眼神既激动又狂热。

只有亲身与许景明对战过，才能明白许景明的枪法何等恐怖。他们甚至觉得枪魔许景明目前应该依旧保持着巅峰时的实力，甚至比巅峰时更强些都有可能。

两个小时后。

“通过今天的初步训练，相信大家都清楚了自身的缺陷。”许景明看着这些省队队员说道。

队员们个个兴奋狂热，觉得这次培训真的太值了。

“在接下来的九天时间里，你们每天都会进行一项基础训练。等集训结束，你们回去也要每日加练。枪法是需要经年累月去练的，将全身的力道自然转入每一枪需要悟性，也需要苦练。”许景明说道。

“是，教练！”十一名队员齐声应道，显然个个都对许景明心服口服且崇拜不已。

“好，解散。”许景明点头道。

“你们先坐车回酒店。”一旁的刘冲远吩咐道。

“好嘞。”队员们个个放下兵器，三五成群地离去了。

“阿晨，带刘教练去坐会儿。”许景明说道，“大熊，我这一身臭汗，先去洗澡换身衣服，等会儿咱们楼下会合。我们格斗馆旁边的烤肉餐厅可是我在滨海市最喜欢的一家餐厅。”

“哦？那可要好好尝尝。”体形宛如一头大熊的刘冲远颇为期待。他们训练量大，吃得也多，个个喜好肉食。

许景明赶紧去洗澡了。训练了两个小时，许景明全身早就湿透了。不过他习惯了，进行武道训练，衣服湿透了挤干，再湿透了再挤干都是常见的事。许景明冲洗完，换了短袖、大裤衩走出来，一眼就看到了在门外抽烟的中年男子。

“师兄，你怎么来了？”许景明惊讶地笑道。

眼前这人名叫方星龙，是星空格斗馆的老板。星空格斗馆是滨海市一流的格斗馆，建筑面积超过一万一千平方米。许景明一个退役了的职业武道选手可没这么大手笔，他是被方星龙请来当馆主的。

方星龙的主业是卖酒，他身家数十亿，酷爱武道兵器格斗，舍得砸钱，在武道圈子内颇有名气，拜在“凶虎”柳海名下。

世界武道大赛创办至今近三十年，柳海担当国家队主教练足足二十年，国家队的队员们大多数都得称呼他一声师父。

第一届世界武道大赛举办时，柳海已经四十五岁了。作为老一辈武道名家，发现这等大赛后，他欣喜若狂，连续杀进了五届世界武道大赛，和来自世界各地的高手们去拼，而且早期的世界武道大赛保护规则不够完善，比现在的赛事更危险。

柳海拿过两次第三、两次第二、一次第一！直到拿到世界第一后，他才宣布退役，五十岁那年开始担任国家队主教练，七十岁时宣布退休。

许景明当年是国家队的主力，也是柳海的爱徒，而方星龙是业余选手，因为无比喜爱格斗，就想方设法拜在了柳海门下，两人就成了师兄弟。

“景明，”方星龙抽着烟，看了一眼自己的好兄弟，问道，“你是不是得罪人了？”

第3章 // 许景明和黎渺渺（上）

“我得罪谁了？”许景明问道。

方星龙看着许景明，说出了一个名字：“程子豪。”

许景明心中完全明白了，平静地问道：“师兄，他找你了？”

“嗯。”方星龙点头。

许景明点头道：“我是和他有矛盾。”

“你一个职业武道选手，高中就入选省队，后来进了国家队，这么多年一直在职业武道圈，怎么会和程子豪有矛盾？”方星龙无法理解，毕竟双方根本不在一个圈子里。

许景明笑道：“生活嘛，就是充满了无限可能。”

“别嬉皮笑脸了。”方星龙有些焦急、担心，问道，“你和他的矛盾无法化解吗？”

“化解不了。”许景明摇头。

方星龙掐掉手中的烟，看着自己的师弟：“景明，那是程子豪！你得罪了他，在网络上就等于被封杀了！”

“我知道，程家嘛！”许景明感慨道，“程家掌控着虎鲨集团，一家市值超过五万亿，在互联网领域排名前三的巨无霸集团，的确很可怕。”

程氏家族在夏国富豪榜上排名前十，家族财富超过五千亿。夏国如今的第一直播平台虎鲨平台就是程家的传奇人物程云秀在六十多年前创立的。六十多年过去了，虎鲨集团愈加壮大，成了以虎鲨平台为核心，辐射电商、音乐、游戏等多个行业的互联网巨无霸集团。虎鲨集团市值超五万亿，而程氏家族作为创始家族，有虎鲨集团8.2%的股份，并且投票权一直超过50%，牢牢掌控着虎鲨集团。

虎鲨集团足有三十年是完全由创始人程云秀掌控的，他死后，由他的独子程立韦掌管至今。

程子豪便是程立韦的儿子，今年三十二岁。

“在互联网行业，虎鲨集团是排在前三的巨无霸集团，它旗下的虎鲨平台更是在众直播平台中排第一。你一个武道选手，根本不清楚它的影响力到底有多么恐怖。”方星龙看着自己的师弟，有些心急。

“我当然清楚。”许景明微笑着道，“若被封杀，从此没有任何商业活动，网络上没有宣传，名气也会迅速消失。”

对武道选手而言，名气很重要，因为名气越大，收入越高。

论武道大赛成绩，许景明虽然挺优秀的，但在夏国历史上所有武道选手中只能属于三线选手。他的师父柳海这种传奇人物才算是一线选手，毕竟以四十多岁的年龄连续参加五届大赛，都拿到了世界前三的名次，而且还拿过世界第一。

一线选手一共有三位，个个都是传奇，他们的一场巅峰对决赛的出场费都是过亿的，职业生涯中的累计收入更是恐怖。

而二线选手是那些拿过世界前三的，或者艰难拿过一次世界第一就退役的。他们也会经常被人们提起，巅峰对决赛的出场费一般都过千万。

许景明两次杀进世界武道大赛，一次入围十六强，一次入围八强，出场费最高的一次仅仅一百五十万，单笔最高收入还是世界武道大赛的八强奖金。他奋斗这么多年，所有收入累计起来也就几千万，单从收入就能看出他的实力与地位。

因此，论成绩，他是夏国三线选手；论名气，若在网络上被封杀，名气会迅速消失。

“武道选手也要吃饭的，有时候退一步海阔天空。”方星龙劝说道。

“师兄，”许景明认真地道，“你知道的，有些事是无法退的。”

方星龙一怔，微微点头，担忧地说道："仅仅封杀你还是小事，就怕程子豪接着找你麻烦。"

许景明笑道："大不了我回老家明月市。在明月市，我八极门、戳脚门有上千名弟子，我看他怎么找我麻烦！而且现代社会处处有监控，他能把我怎么样？"

"那你回明月市准备干什么？"方星龙追问。

"开个武馆，做高端私教，也能吃饱。"许景明说道，"我好歹也是枪魔，靠技术吃饭的，在哪儿都能吃饱。"

方星龙微微摇头："在明月市那样的二线城市，你辛辛苦苦一年，能赚到一百万就不错了。"

"我这么多年赚的钱，利息分红也有不少。"许景明说道，"师兄，不用担心我。"

许景明在和程子豪撕破脸时就做好了准备，不过是少赚些钱罢了。

他从小受父亲的影响，成为明月市两大传统武术门派八极门、戳脚门的弟子。自从世界武道大赛成为世界第一大格斗赛事，国内传统武术流派便再次绽放光芒，使用各种兵器的战斗技巧被发掘出来。

现代社会，大众并不在意弟子拜了多少个门派。

许景明的父亲年轻时是一名武术博主，行走全球各地探访各个格斗流派。他光在国内就加入过十余个武术门派，更得八极一脉的真传，定居明月市后，还在明月市创办了八极门。现代社会，全国各地的武术流派很多，传承有序的八极门在全国就有数百家。

许景明是明月市八极门的继承人，也是明月市戳脚门门主的弟子，他靠开武馆收徒或做高端私教都能吃饱饭。

"或许回家乡潜心练枪法更加适合我。若是能达到更高境界，便可复出冲击世界第一。"许景明这样想着。他从来没放弃过成为世界第一的梦想。

师父柳海在四十多岁时都能连续杀进五届世界武道大赛，硬是最终夺得了世界第一。自己今年才二十九岁，怎么可以放弃？自己若是拿到了世界第一，冠军奖金可是五亿，更将受到全球瞩目，官方媒体都会铺天盖地地宣传自己，哪是一个程子豪压得住的？至于现在，自己一个退役的职业选手，没有足够高的成就，被封杀也没办法。

“师兄，程子豪找你说什么了？”许景明看着方星龙。

“程子豪让人给我传了话，让我辞掉你。”方星龙惭愧地说道，“景明，你知道我是卖酒的，部分销售渠道便是虎鲨集团的直播平台、电商平台，而且很多宣传渠道也要通过虎鲨集团。我虽然很憋屈，但惹不起程子豪，毕竟公司不是我一个人的。”

“师兄，我知道你的难处。”许景明点头。

他是靠技术吃饭的，凭借近三十年全球前十的枪法，不论在哪里都不怕没饭吃，只是吃得多点少点的区别罢了。但师兄方星龙是商人，酒业公司是师兄的事业根基，在财力雄厚的虎鲨集团面前难免有束手束脚的感觉。

“这次省队集训结束，我就离开。”许景明说道。

方星龙有些疲惫了：“能告诉师兄你和程子豪到底有什么矛盾吗？”

“我不想说。”许景明摇头，“只能说，他是一个疯子！”

“疯子？”方星龙若有所思，微微点头，“好，我也不多问了，这次是师兄对不住你！”

“不关师兄的事，反而是我连累了师兄。”许景明很清楚方星龙的为人。方星龙豪爽、真诚，人品毋庸置疑，否则他也不会接受方星龙的邀请，来当这家格斗馆的馆主。

“师兄，我还得去陪刘领队吃饭，就先走了，有事我们电话聊。”许景明笑着说了几句便离开了。

方星龙站在原地，目送着许景明离去。

“程子豪……”方星龙轻声低语。

方星龙闯荡商界这么多年，四十岁出头便有数十亿身家，骨子里是很骄傲的。他酷爱武道兵器格斗，为了爱好便一掷千金建造了星空格斗馆。这次被程子豪警告，就得乖乖辞退师弟，他怎能不憋屈？

“惹不起啊。”方星龙低语道。再憋屈，该低头时就得低头，在商界闯荡多年的他很清楚这一点，只不过以他如今的地位，已经很少遇到这么憋屈的事了。

“程子豪不讲规矩，玩阴的，终有一天要栽跟头。”方星龙暗道。

方星龙同时也在思考着怎么才能帮到自己的师弟。他认可的好友不超过十个，师弟许景明便是其中之一，他自然不愿看到师弟吃这么大亏。

夜色朦胧，滨海市东郊一座联排别墅门口，许景明推门而入。

卧室内，一名穿着睡衣、身材窈窕的女子倚靠着床的靠背半躺着，戴着一副比较大的眼镜，双手各拿着一个手柄。

“景明，等我打完这局游戏啊。”女子双眸有神，戴的眼镜是VR眼镜，VR眼镜有两个模式，沉浸模式和现实模式。

现实模式是将游戏场景部分透明化，可观察到外界。

“渺渺，你得多运动运动，总这么躺着对身体不好。”许景明说道。

“好啦，知道啦。”女子随口应着，双手不停地动着。

许景明颇为无奈，因为这名女子就是他的女友黎渺渺。

第4章 // 许景明和黎渺渺（下）

许景明离开卧室走到了地下室。地下室的面积超过一百平方米，墙边放着三杆长枪，许景明走过去随手拿起了其中一杆长枪。这杆长枪通体呈银灰色，长两米五六，枪头有缓冲层。

虽然和方师兄聊天时很轻松随意，和好兄弟刘冲远吃饭闲聊时也很开心，可许景明内心窝着一团火。

“小白，开启训练监测。”许景明开口道。

“小白收到。”

地下室内有光影亮起，一个个摄像头运转起来。

许景明双手一拉长枪，长枪便振动起来，发出了声音。

许景明持枪的架式是反的。传统用枪的人大多右手握着长枪尾端，左手拿着枪腰，但许景明是右手拿着枪腰，左手拿着尾端。

只见他疾步前行，同时瞬间发力，将长枪刺出。

长枪如箭矢一般快速往前进，连续刺出七八下，仿佛要命中前方所有的敌人一般，每一枪都带动空气发出了尖啸声。

光影墙壁上显现了数据——每秒18.2米、每秒18.6米、每秒17.9米、每秒18.1米……

许景明刺出的每一枪的速度都被精准监测到了。

轰！

忽然，许景明手中长枪猛然向前刺去，长枪枪影变得模糊，刺耳的炸响声响起。

光影墙壁上显示数据——每秒25.3米。

这是许景明最出名的绝招——无影刺！

圈内人都明白这样的枪速有多恐怖。若是在近战时寻到机会，施展出这样一枪，即便对手是世界顶级高手也扛不住。

许景明两步走到一个悬挂着的重型沙包旁，腰部一转，仿佛转动巨大的齿轮一般，将全身力道传递到双臂，他手中的长枪以崩劲法扫在沙包上。

这悬挂着的重型沙包足有三百公斤重，上方有悬挂轨道，是许景明专门定制的超重沙包。

嘭！低沉的声音响起。

光影墙壁上显示数据——六百二十五公斤。

正因为随手一记崩枪都有上千斤的恐怖力道，许景明才能让那些省队队员的枪杆一被碰到就飞走了！

许景明移动着，一枪枪发泄在重型沙包上，他每一次扫劈、崩击时都发出了低沉有力的声音。

三百公斤重的沙包被轰击得不断地摇晃，光影墙壁上则不断地显示一个个数据——六百五十六公斤、六百八十九公斤、六百三十公斤……

许景明忽然停顿了一下，然后猛地向前冲了一步。他整个人仿佛一枚炮弹，而他手中的长枪宛如和他的身体是一体的，是炮弹的尖端，快速撞击在沙包上。

嘭！

重型沙包被轰击得沿着悬挂轨道哗啦一下滑到了另一端，高高扬起。

光影墙壁上显现了一个数据——一千一百三十八公斤。

这是许景明的另一个绝招——破山！

许景明从小在父亲的引导下学了八极、戳脚，练六合大枪。

现代社会，武术流派之间会相互吸收精华，像寸劲发力、整劲发力这种，许多流派都有类似的练法。

二十岁那年参加世界武道大赛时，许景明的右腿被对手的盾击断了，之后他便一边养伤，一边潜心研究枪法。

许景明读大学时学的物理专业，因此他会从物理学角度剖析传统武术的技巧。他一直认为，一切发力方法都是符合科学的，身体的骨骼、关节、肌肉也是杠杆、轴承、原动力。

他凭借从小积累的深厚基础，从物理学角度深层次理解发力方法并不断尝试细微调整，终于以传统寸劲发力的方法为基础，创出了无影刺这一招，后来又以“八极铁山靠”的发力技巧为基础，创出了破山这一招，而且他在枪法的其他技巧方面也有一定程度的提升，拦、拿、崩、劈、划……随手一招的发力都比之前强了一截。

凭借如此枪法，他即便有着腿伤，步法有大缺陷，二十五岁复出后，隔年便再度杀入世界武道大赛，并且杀到了八强。

步法的重要性，可以说占到实战的一半。许景明的步法有大缺陷都能杀到八强，可想而知他的枪法有多可怕。他的枪法被世界武道联盟公认为近三十年来，所有武道选手中排名前十，他博得了“枪魔”的名号。

可那次大赛也让许景明明白了一点，他带着一条伤腿，除非枪法有质变，否则根本无望拿到世界第一。参加的比赛越多，只会让他的伤势越重。因此，那次大赛后，他便宣布退役。

许景明作为一个职业武道选手，在黄金年龄二十六岁时带着伤病退役了。

许景明脸上挂着汗珠，走到墙边，轻轻地将长枪放好。

看着面前三杆训练用的长枪，许景明沉默了。枪法再厉害又怎样？现代社会，武道格斗只是一项体育运动罢了。面对程子豪的逼迫，自己只能忍气吞声，别无它法。

“景明，”穿着睡衣的黎渺渺沿着楼梯走了下来，她看着脸上有汗珠的许景明，问道，“你怎么了？”

平常，在格斗馆训练了一天后，许景明回来一般也就休息了，很少再练枪。黎渺渺看着墙边男友的背影，隐隐感觉他心情似乎不佳。

“上去再跟你说。”许景明关了灯，带着黎渺渺上了一楼客厅。

“小五，拿两瓶果汁来。”许景明坐在了沙发上。

黎渺渺也坐下，询问道：“景明，发生什么事了？”

这时候，一名女性机器人双手各拿着一瓶果汁来到了许景明、黎渺渺身旁，分别给两人递上果汁。男主人、女主人常喝的果汁，管家小五还是很熟悉的。

小五是管家机器人，做家务、做饭菜、陪聊天、当保镖……样样都能干，达到了三级智能水平。这种档次的智能机器人，价格足以媲美一辆豪华超跑。

“赶紧说。”黎渺渺用手指戳了一下正喝着饮料的许景明的肩膀。

“不出你所料，程子豪接着出手了，逼我丢了工作。”许景明摇头道，“他还真是个疯子，做事这么没下限。也罢，当初是师兄邀请，我才来格斗馆的，以我的枪法，到哪儿都能吃饱饭！”

“别气啦！”黎渺渺抱着男友的手臂安慰道，“为人渣生气不值得。”

许景明看着女友黎渺渺，点了点头。

黎渺渺是一名天才歌手，没有签约公司，没有经纪人，大学读的是滨海音乐学院。她在大学期间第一次进行网络直播时，唱了一首自创的歌曲《梨木》，没想到这首歌在网络上不断传播，竟然爆火。

她的嗓音很干净，她的歌曲有着抚慰人心灵的特殊魔力。大学期间，她写了三十多首歌曲，光凭歌曲下载量的分成便有数千万收入。

她在音乐圈属于很特殊的那一类，不参加任何综艺，没公司，没经纪人，每月直播一次唱歌，平常偶尔会发一些唱歌的视频和玩游戏的视频。

她最喜欢玩的游戏是《武道OL》，在游戏中她是一名猫女剑客，段位还挺高的。

玩《武道OL》的职业武道选手不少，许景明在偶尔一次玩的时候结识了玩小号的黎渺渺。黎渺渺从来没见过“一杆长枪”这么厉害的玩家，于是立即加了好友，用各种方法拉着许景明组队……

两人因游戏结缘，许景明对猫女剑客动了心，于是两人渐渐走到了一起。

“程子豪就是个人渣！”黎渺渺抱着男友的手臂说道，“宣称是不婚主义者，却换了一个又一个女友，我黎渺渺怎么可能瞧得上他？如果追求名利，我就不会一个月仅直播一次了。”

程子豪疯狂地追求黎渺渺，他明知黎渺渺有男友，明知黎渺渺和男友都准备结婚了，却依旧不罢手。

许景明感慨道：“渺渺，你倒是干脆，直接拉黑了他，还直接换平台，在另一个直播平台微世界开了账号。”

“我一个月才直播一次。”黎渺渺微笑着道，“换平台，一样可以慢慢积攒粉丝，况且微世界有虎鲨近半的关注度，也还不错。”

“花了几年时间才积攒了千万粉丝的账号说换就换，也就是你了。”许景明说道。

“我赚钱靠的是歌曲下载量的分成，直播收入嘛，随缘。”黎渺渺喝着果汁，道，“生活嘛，重要的是开心，不开心当然就换平台了。”

许景明心中还是挺感动的。黎渺渺面对威逼利诱，毫不犹豫拉黑了对方，跟着就换了平台。

“其实我们俩的收入够高了，没必要让自己太累。”黎渺渺安慰男友。

“嗯。”许景明点头。

他们俩早就商量过，拉黑程子豪那边的联系方式，眼不见为净。

“接下来你是打算回明月市吗？”黎渺渺问道。

“嗯，回明月市开武馆做高端私教也很不错。”许景明问道，“你这次打算跟我一起回去吗？我们元旦都要领证了，提前回去见见公婆嘛。”

许景明和黎渺渺感情很好，约定好了元旦领证，寓意“一生一世”。双方的父母见过面，都同意这件事。

“我们回明月市，那就是长住了，”黎渺渺看着客厅各处，“这里的许多东西都要搬过去，我也要和滨海市的朋友们告别。我从上大学开始就来这里了，这么多年了，突然要走，还真舍不得。”

“如果真舍不得……”许景明开口道。

“回去吧，我也想回家乡了。”黎渺渺微笑着道，“明月市，我爸妈、爷爷奶奶、外公外婆都在那里，我想回去了。”

他们俩的确有缘，在游戏中结缘，又都来自明月市。

“你先回，把明月市那边的房子打扫打扫，把一切准备好。”黎渺渺道，“我要和朋友们告别，还有助理也得安排一下。”

她雇有两个助理，负责她的一些商业事务。她去明月市，两个助理也得跟着她一起走，搬家、租房的事情她都得安排好。

“好。”许景明点头。他买的房子都空在那儿好几年了，不过他爸妈会经常带着机器人去打扫。

“先去洗澡吧，看你一身臭汗，满身酒味！不是说了不喝酒吗？”黎渺渺气鼓鼓地道。

“这次是大熊来了，一年多没见，也就喝了点啤酒。”许景明连忙说道，“我先去洗澡。”

他立即跑离了客厅。

黎渺渺坐在沙发上，想着和许景明回明月市以后的生活，心里美滋滋的。

嘀——

黎渺渺面前显现光影画面，画面中出现了一对中年男女。

“爸、妈，”黎渺渺开心地喊道，“吃过晚饭了吗？”

“早吃过了。”中年男人道，“渺渺啊，今晚你大伯来我们家了。”

“大伯？他不是好些年没登我们家门了吗？我上大学那年宴请亲戚他都没来。”黎渺渺表示疑惑。

大伯的妻子那边有一位大人物，大伯家抱上人家的大腿后，经营多年也成了一方巨富，有着超过十亿的身家。大伯夫妇根本瞧不起黎家这边的穷亲戚，平常几乎不来往。

“没事怎么可能会来！”黎母哼了一声，接着道，“他这次来就是为了渺渺你的事。”

“我的事？”黎渺渺再次疑惑。

“他想让你当程家公子程子豪的女朋友，来我们家是来劝我们老两口的！”黎母怒道，“这个老不要脸的，想卖女儿求荣，卖自己女儿去啊！竟然让我女儿跳那火坑！那个程子豪就是个花花公子，花边新闻数不胜数。这种花花公子，也配得上我女儿？”

黎父也道：“我和你妈大骂了一通，把你大伯骂走了。那个程子豪就不是个适合过日子的人，小许才是踏踏实实过日子的，我和你妈都支持你。”

“谢谢爸妈！”黎渺渺露出笑容。

父母坚决支持她，让她少了很多烦恼。

“渺渺啊，未来陪伴你最久的人是你的丈夫，不是我们。”黎父看着女儿，“我和你妈都老了，所以你更要选一个好丈夫。女人结婚就像是第二次投胎，连古人都说女怕嫁错郎。小许是一个踏踏实实练武的人，退役后大多数时间都在练武，以我看人的眼光，他还是很不错的。”

“嗯。”黎渺渺点头。

聊了许久，黎渺渺才和父母结束了视频通话。

视频电话另一边，黎父和黎母坐在客厅内。

“老婆，以后你要多顾着点渺渺。”黎父说道。

“辰安，你的病……你就打算一直这么瞒着渺渺吗？”黎母眼睛泛红。

黎父摇头道：“你知道的，我这是绝症，就算用各种医疗手段折腾个遍，也就一两年的命，还苦不堪言。保守治疗，开开心心地过日子，也能活个一年左右，可以了。我现在就想着女儿可以开开心心地结婚，别在这个时候让他们小两口烦心。等他们结婚了，我这病彻底压不住了，最后一个月的时候再跟他们说。”

“现在告诉她，什么用都没有，只会让她徒增烦恼。”黎父笑呵呵地道，“人这辈子，烦恼的日子越少越好，开心的日子越多越好。我就希望我女儿能够多点开心的日子。”

“你啊，这辈子总是为别人着想。”黎母红着眼道。

“今天我不就骂了我大哥吗？骂得他都傻眼了，连我自己都不敢相信我敢这么骂他。”黎父哈哈笑道。越是临近死亡，好像他就越是看得通透。

生活也就这么回事，过得幸福开心才最重要。

第5章 // 师父柳海

鹏海市，一栋高耸入云的摩天大厦内。

程子豪正戴着VR眼镜躺在游戏椅上，忽然听到办公室的门被敲响了。

“进来。”程子豪的VR眼镜切换模式，改为现实模式，他看向从门外走进来的中年男子。

中年男子进来后，先关上门，而后略显谄媚地道：“老板，滨海市星空格斗馆那边决定辞退许景明。我换了一个账号联系许景明，但许景明又把我拉黑了。”

“还真是果断。”皮肤白皙的程子豪笑道，“黎渺渺将我拉黑了，许景明也拉黑我们了，他们俩还真有点意思，这就是所谓情比金坚？哈哈哈……真有意思。对了，黎元平呢？他可是黎渺渺的大伯。”

“黎元平亲自去找了黎渺渺的父母，可是黎渺渺的父母显然很认可许景明这个女婿，把黎元平给赶出来了。”中年男子说道。

“真够没用的。”程子豪微微皱眉，“这个黎渺渺还真是和其他歌手不同，她这么不在乎名利吗？”

“她都换直播平台了，她最近的一次直播就是在微世界进行的。”中年男子无奈地说道，“而且之前她没跟我们平台签长期合约，一个月才直播一次，好像从来没想过要靠直播赚钱。老板，我们接下来怎么办？”

“黎渺渺和许景明都是公众人物，态度又如此强硬……算了，这世间我喜欢的东西有很多，终究不可能全部得到。”程子豪摇头道，“黎渺渺的事，暂时到此为止吧，但继续给我关注她。人是会变的，我就不信她会一直不在乎名利。”

“是。”中年男子点头笑道，“她还年轻，现在才二十岁出头，可能不在乎名利，再过几年，经历过社会的毒打，认识到名利的重要性，就变了。”

“几年后她若是变得势利了，我不一定瞧得上。”程子豪淡然道，“下去吧。”

“是。”中年男子恭敬地离去了。

程子豪的VR眼镜又切换到了沉浸模式。对他而言，黎渺渺仅仅是他生活中的一朵小水花，他根本没放在心上过。

沉浸模式内，巨大的股市交易画面显现，程子豪认真地观看着，资本市场才是他真正在意的东西。

“虎鲨的股价今天怎么跌了8%？也没有什么利空消息啊？”程子豪无法理解，因为虎鲨集团这种超大盘股很少会有如此大的跌幅。

“老爸命令过，为了分散风险，我的所有投资禁止碰虎鲨集团，让老爸烦去吧。”程子豪没再多想。

家族最大的资产就是8.2%的虎鲨集团股份，他当然关心。不过按家族规矩，他的个人财产和虎鲨集团是没有任何关联的。至于虎鲨集团股票大跌，父亲程立韦掌控集团三十余年，他还是很相信父亲的能力的。

京城，一座中式别墅内。

整座别墅中除了一名管家机器人外，仅居住着一名老人。

此时这名体形魁梧的老人正在餐桌旁吃饭，他吃了几瓣大蒜后，又大口啃着牛肉，蔬菜也吃了几口。

他正是世界武道圈中的传奇人物——“凶虎”柳海。

柳海四十五岁参加第一届世界武道大赛，和来自世界各地的高手比拼。要知道，这个比赛，只有世界排名前三十二的才有资格参加，而且其他选手大多是三十岁左右，所以他绝对算是大龄选手了。

他连续五届杀进大赛，每次都获得了前三的成绩，更是在第五届大赛中拿到了世界第一，担当夏国国家队主教练足足二十年！

论传奇性，夏国近三十年来，仅有两位武道高手能与他媲美；论资历，他是最老的，夏国顶尖职业武道选手大多都得称他一声师父。

尽管已经七十多岁了，但柳海每年依旧会安排半年时间闭关独居，进行苦修。他每天吃五顿，以牛肉为主，蔬菜等配菜为辅。没办法，以他的训练强度，吃少了扛不住。

“嗯？”

柳海有着一双虎眸，散发着霸气。霸气这种东西说来玄乎，那是强大体格带来的强大生物磁场。身高一米九二、体重一百一十公斤的柳海，在世界武道大赛规则最不完善的前五届都能杀进前三，并且从未受伤，可见他的身体强度、技艺水平都达到了惊人的地步。

“这什么玩意儿？”柳海看着面前光幕上显现的资料，瞪大了眼睛，“这龟儿子，欺负到我徒弟头上来了！”

“方星龙。”柳海喊道。

光幕中显现方星龙的影像，方星龙恭敬地道：“师父，我昨天想了一夜，实在想不到别的法子了，才把这些告诉你。师弟他高中就进了省队，这么多年和苦行僧一样，一门心思扑在武道上，谁想程子豪还要来欺负他！师弟在我面前不肯多说，我自己去打听了，这事儿似乎和师弟的女友有关。”

“情情爱爱的事真是烦人！多少年轻人因为情情爱爱毁掉前途！”柳海摇头叹道。

他七十多岁了，每年都会闭关半年，谁都不见，因为在他看来，情爱与世俗只会影响他出招的速度。

“关于师弟的事，师父，你有法子吗？”方星龙问道，他知道自家师父的关系网非常大。

“人家一个商业大集团，我能有啥办法？我先想想吧，这事你就别多管了。”柳海说道。

“是，师父，我听你的。”方星龙连忙应道。

光幕消散。

柳海坐在那儿，一边思索一边啃着熟牛肉，只觉得嘴里的牛肉没滋味了。

“景明这小子还是体格太弱，如果多练三年再杀进世界武道大赛，就不会断腿，毁了前途。”柳海暗叹，“他的枪法天赋太高，世界排名提升得太快，过早地杀进世界武道大赛反而害了他。”

许景明杀进世界武道大赛时才二十岁，还是太年轻了。

“以他的天赋，若是二十三四岁时杀进世界武道大赛，都有望拿世界第一。拿个世界第一后，风风光光的，哪会被逼成现在这样？”柳海思索着。他只是个武夫，想帮徒弟也不容易。

“老郭。”柳海开口喊道。

面前光幕再次凝聚，一道人影出现，是一名坐在办公桌前、头发花白的老者。

“海哥，有事？”头发花白的老者位高权重，但对年龄比自己小三岁的柳海却很敬重，还称呼柳海为“海哥”，而且双方有几十年的交情了。

“老郭，那个国家重点栽培名单，”柳海放下手中的牛肉，“我不是有一个推荐名额吗？我想了想，我准备推荐许景明。”

“许景明？”老者想了一下，道，“你有推荐资格，但最终还是要经过审核。这次的名额一共就二十个，光你们这些武道大师就占了十二个，其他格斗流派占了五个，只剩下最后三个名额。若许景明想要竞争到一个名额……实话实说，他资历差了些。”

“景明今年才二十九岁，潜力很大，而且他腿伤严重都能杀进世界武道大赛八强，如果腿没伤，他完全能冲世界第一。”柳海说道。

“你说的这些我们都知道，但我必须告诉你，他竞争到一个名额的可能性比较低，你确定要推荐他吗？”老者问道。

“我这些年最看好的几个徒弟大多都拿过世界前三，获得了武道大师称号，唯有景明和小童有些可惜。小童如今早就放弃武道了，可景明这些年从来没放弃过，多年如一日地练习，就凭这心性，他更值得栽培。”

“这样，海哥，你赶紧写一封详细的推荐信，越快越好，最好今天就发给我，我好发给上面的评选委员们。”老者道，“至于成功与否，还是要经过上面的最终评审。”

“好。”柳海点头。

待光幕消散，柳海继续啃着牛肉，思索着：“在历届世界武道大赛中，夏国拿过世界前三的一共有十二个。这十二个中，年龄最大的是我，还有一个残疾的，好几个身材走形的，连得癌症的都有一个。可这十二个全部列入了栽培名单，残疾、癌症、年老的都可以栽培？上面说这是天大的好事，却不透露详细情况，也不知道是什么天大的好事。如果景明也能成为名单中的一员，也算是一次机遇了。”

柳海的观念很朴素——徒弟遇到麻烦了，若徒弟自身强大了，那麻烦也就没了，甚至会变成对方的麻烦！

第6章 // 杨青烁（上）

许景明并不知道柳海将他的名字推荐了上去，他已经交接了格斗馆的工作，一旦江南省省队集训结束，他就可以返回家乡明月市了。

下午，许景明在格斗馆的专属房间内训练。他双手握着一杆直径四厘米粗、三米二长的实心钢棍一次次舞动，上半弧线、下半弧线、左半弧线、右半弧线……棍头瞬间画出的轨迹都只是圆圈的一部分。

这根钢棍就是工业上常用的不锈钢实心圆棍，重达六十四斤，用来格斗是很不适合的，不过适合用来练力量，练全身的力道。

嘀嘀嘀……忽然有声音响起。

许景明放下钢棍，拿起毛巾简单地擦拭了一下脸上的汗珠，然后看了一眼屏幕上显现的名字，道："小白，接视频电话。"

光幕在半空凝聚，画面中出现了一名年轻男子。

"阿烁！"许景明露出了笑容，"难得你主动给我打电话啊！"

这名年轻男子名叫杨青烁，是许景明最好的兄弟。他们上的同一所大学，又都是校武道队的，而且被安排在同一个宿舍，他们俩睡上下铺。

大一那年，许景明就获得了全国大学生武道联赛第一名，杨青烁是第七名。许景明大一就进了国家队，杨青烁是大二的时候入选上国家队的。上下铺兄弟都进了国家队，天天一起练功，住在同一个宿舍，又一起待了好几年，兄弟感情可想而知，不是亲兄弟，胜似亲兄弟。

“没事就不能打电话吗？”杨青烁笑了笑，有些羞涩。

杨青烁是很内敛羞涩的性格，熟悉他的人很清楚这一点。

“阿烁，你怎么好像胖了不少？”许景明惊讶地道。

杨青烁过去是很清秀的，也比较瘦，如今却胖了一圈，有点发福的感觉，眼神也没有过去锐利了。

“我孩子今年都要上小学了，我发福也很正常嘛。”杨青烁说道。

“是，你孩子都能打酱油了，我还没结婚呢。你说你，刚到法定结婚年龄就领证，让我们一群老兄弟多尴尬啊！”许景明打趣道。谁能想到当年国家队一队中年龄最小、最羞涩的杨青烁会最先结婚？

杨青烁笑了笑，没多说。

“今天给我打电话，有什么事啊？”许景明笑着问道。在大学时、国家队时的很多好兄弟分开后，分散在全国各地，彼此之间一两年联系一次都很正常。

“是有些事。”杨青烁犹豫了一下后继续道，“许哥，我遇到了些事，需要借些钱。”

“借钱？”许景明心中咯噔了一下。

他倒不是在乎钱，而是担心阿烁。阿烁过去也是国家队主力，退役后在他们冀北省体育局工作，收入很不错，怎么会要借钱？

“发生什么事了吗？”许景明问道。

“我妈住院了，医保外的特效药花费比较大。”杨青烁说道。

“需要多少？”许景明问道。

“一百万，”杨青烁道，“可能要一年时间才能还你。”

许景明点点头：“好，我这就转给你。”

许景明心中思索起来：阿烁当初也是国家队主力，也杀进过一次世界武道大赛，虽然在小组赛就被淘汰了，只拿到最基础的一百万奖金，比赛出场费也不高，但他奋斗了好几年，应该攒了几百万，如今向自己借钱，怕是遇到大困难了。

许景明对外借钱，借出去了就做好了对方不还的准备。若是一般朋友向他借钱，他不会这么大方，但杨青烁是他最好的兄弟。

许景明一边通话，一边在光幕上操作。他点开了自己的金融平台，平台内股票、保险、存款等项目的信息全部列得清清楚楚的，他迅速给杨青烁转了账。

“到账了吧？”许景明问道。

“收到了！”杨青烁收到钱后精神振奋了一些，极度缺钱的日子的确难熬，“许哥，谢了！”

“阿烁，我今天要出差去京城一趟，到时候路过你们津门，找你聊聊。”许景明说道，“你把你的地址给我，我去找你。”

“今天？”杨青烁有些惊讶，“你什么时候到？”

“估计下午5点左右。”许景明算了下时间，说道。

“那时我应该在上班，我给你我公司的地址吧。”杨青烁发了一个地址过来。

许景明看了下，嘉欣健身会所。他惊讶地道：“你离开冀北体育局了？”

“嗯，出来了。”杨青烁点头道，“许哥，我接着去上课了，咱们等会儿见面聊。”

“好，到时候见面了，我们兄弟好好聊聊。”许景明轻轻地一挥手，眼前光幕化作光点散去了。

许景明脸上没了笑容，站在那里默默想着：阿烁看起来不太对劲，这次还离开体育局去了一家健身会所，也不是什么出名的格斗馆……他曾经当过国家队主力，怎么会去一个健身会所？他一个职业武道选手，去健身会所，一身所学能发挥多少？

“去津门见面看看。”许景明立即买了一张去津门的高铁票。如今的高铁时速是每小时六百千米，两个小时后他就能到津门。

说什么去京城出差都是假的，许景明是不放心好兄弟杨青烁，所以想特地去一趟津门见一见他。

网络约车，智能派遣，许景明十五分钟后就抵达了高铁站，很快便乘坐高铁直奔北方津门市。

下午4点53分，许景明到了津门市嘉欣健身会所的大门外。

许景明抬头看着这家健身会所，发现它占地还算大。他走了进去，前台人员便笑着说道："欢迎光临。"

"我姓许，我找杨青烁。"许景明说道，"我和他约好了。"

"你找杨教练？请到这边坐一会儿。"前台人员非常热情，带许景明到会客区坐下，然后给他倒了一杯白开水。

此刻，这家嘉欣健身会所的三楼，杨青烁正在给一群女学员上健身课。

一套拳击操做完，女学员们气喘吁吁。

"好，休息两分钟。"杨青烁说道。

"杨教练，听说你参加过世界武道大赛？"有女学员好奇地问道。她们这些人报杨青烁的健身班，就是看中了杨青烁参加过世界武道大赛这一点。

"听说武道赛事分为C级、B级、A级和世界武道大赛，只有世界武道积分排名前三十二的武道高手才有资格参加世界武道大赛。"

"每年全球只有最强的三十二位武道高手能参加世界武道大赛。杨教练，你参加过？"

一个个女学员都很好奇。

"我参加过第二十六届世界武道大赛。"杨青烁笑着点头道。这是他如今找工作时履历上最硬的一条。

"哇！"

"杨教练，能教教我们防身术吗？"

"对啊，杨教练，我们这些弱女子面对那些图谋不轨的男性时，反抗能力太弱了。你有没有那种既能轻松练会，又能用来对付那些强壮男性的防身招数？"

女学员们纷纷说着。

"轻松练会？体力弱的女性用来对付强壮男性的招数？"杨青烁想了下，笑着道，"那好吧，那我就教大家一个比较实用的招数。"

女学员们立即仔细听着。

“先按照我说的做，收起一条腿，单腿站立。”杨青烁说着。

所有女学员都单腿站立着。这还是非常轻松的，大家只是偶尔站不稳时另一只脚才会落地。

“单腿跳。”杨青烁说着，先示范着单腿轻轻跳。

女学员们穿着健身软底鞋，单脚轻松跳着。

“是不是很简单？”杨青烁问道。

“我每天跳绳一千个，单腿跳当然简单。”

女学员们都觉得很轻松，甚至连那些比较肥胖的女学员都觉得很轻松。毕竟，谁不会蹦蹦跳跳几下呢？

“你们的体重普遍在一百斤左右。”杨青烁说道。

“我可不止一百斤。”一个胖大姐笑道。

“也就是说，大家单腿能轻松负担一百多斤，并且还能跳起来。”杨青烁说道，“单腿蹬地跳起，瞬间发力是很容易达到两百斤的。”

女学员们点头。

“现在抬腿蹬出去。”杨青烁道，“单腿跳，是朝下方蹬去；抬腿，是朝正前方蹬出去，是和蹬地一样的肌肉发力。”

杨青烁教导着这个动作的要领。

“和蹬地一样的肌肉发力？”女学员们一个个抬腿朝前方沙袋蹬去，沙袋都晃了起来。

女学员们惊讶无比。

“我之前打这个沙袋，拳头疼，手腕疼；踢它脚疼，它还一动不动，这次竟然踢动了！”

“和蹬地一样蹬沙袋？”

“力量这么大？”

女学员们第一次发现踢沙袋很轻松，威力还挺大。

“这叫正蹬，每天不要多练，练二十下就够了，一个月后便能够顺畅发力。

即便是女性，一脚出去很容易踢动两三百斤的沙袋。”杨青烁说道，“但这还不是我要教的。看清楚了，你们抬腿蹬出去的时候，不要用整个脚底，要用前脚板，靠近脚趾这里。”

杨青烁很随意地一脚踢出，前脚板犹如钢棍戳在沙袋上，沙袋发出了嘭的响声。

“平常穿着运动鞋或者高跟鞋时，就可以用脚尖踢，至少有两三百斤力道，以脚尖踢，穿透力可要强得多。”杨青烁道。

“我明白，同样的压力，接触面小了，压强当然大些。”有女学员道，“和用整个脚底蹬相比，用脚尖戳，压强可能大十倍。”

“对，压强大得多。”杨青烁笑道，“这一招有传统武术拳术戳脚的奥妙。虽然你们脚板的硬度赶不上职业选手，可平常大家都穿鞋，鞋底可比专业选手的脚板还硬。至少两三百斤的力道用脚尖一脚传出去，如果用来戳人，就是戳到对方的大腿，对方都会疼得要命。”

“如果踢男人的下面……”有女学员眼睛放光。

杨青烁连忙道：“只有真正面临危险，进行自我防卫时才能这么做！这可不是一般的撩阴腿，就算没踹在要害上，只是踹在对方的腹部上，正常男性也扛不住。”

这实际上属于简化版的戳脚。

“普通人每天都在靠双腿走动，能散步几个小时，但全世界却没有人能够双手倒立散步几小时。”杨青烁道，“人的腿部力量天生比手臂力量强得多，即便是女性，腿部力量也能够赶得上大力士的手臂力量。”

“赶得上大力士的手臂力量？那些大力士的手臂可比我的大腿粗。”有女学员说着。

“你单腿站立能站几分钟，甚至还能蹦跳。”杨青烁道，“若让那些大力士持续单手倒立几分钟，有几个能做到？”

“别小瞧了你们的腿部力量，大力士的手臂是粗，但论肌肉效率，是赶不上你们女性的大腿肌肉的。”杨青烁自信地说道。

他是职业武道选手，很清楚腿部肌肉力量的潜力，而且人是直立行走的动物，腿部力量先天比手臂强很多。如果女性能够正确发挥出自己腿部的力量，就能轻松对付不懂格斗的男性。

“杨教练，有位姓许的客人找你。”健身会所的一名工作人员进来喊道。

杨青烁立即明白是许景明到了。

第7章 // 杨青烁（下）

会客区，许景明一边喝着白开水，一边观察着这家健身会所。从装修、占地面积来看，这里还算不错。

“许哥。”一道熟悉的声音响起。

许景明抬头看去，看到了笑着走来的杨青烁。

都说许景明年轻，早早就成了国家队主力，而实际上杨青烁比他还小一岁，当初就是国家队一队最小的弟弟。

曾经的清秀少年如今发福了，甚至都有少许白发了，眼神看着也有些疲惫。

“阿烁。”许景明起身道。

“走，我们到里面坐。”杨青烁带着许景明走进旁边一间有隔断的会客小厅，还从一旁端了些零食与果盘过来，倒了两杯水。

“许哥，这次多亏有你帮忙！”杨青烁坐了下来，说道。

许景明注意到杨青烁的右手一直戴着手套，于是疑惑地问道：“你这手怎么了？这大夏天的，右手一直戴手套。”

杨青烁表情凝固了下，随即不在乎地一笑，脱下了右手上戴着的手套。

那是一个假肢。虽然上面的仿生皮肤让它看起来像真的右手，但在稍微观察下还是能分辨出来是假肢。

“你的手……”许景明不敢相信自己的眼睛。

“假肢。”杨青烁笑着戴上手套，“去年的事了，一座高楼在装修，铁架从高空脱落，不巧有个小娃娃就在楼下。你知道的，我是职业武道选手嘛，神经反应都是专门练过的。看到铁架砸下来，我立即冲过去一把抓住了那小娃娃，救下了他。我的右手挡了下那个铁架，就被砸断了，只能截肢。”

“怎么会这样?!”许景明有些发蒙。

“我算命大了，不然差一点砸到的就不是这只手，而是我的头。”杨青烁摇头道，“那个铁架从几十米高空砸下，如果砸在我的脑袋上，我命都没了。现在只是一只手而已，换人家小娃娃活下来，很值了！而且现在的假肢做得挺好的，端盘子、倒水等一些简单的活，一样能做。”

许景明微微点头：“所以你离开了体育局？”

“这是见义勇为。”杨青烁说道，“体育局还对我进行过奖励，号召大家向我学习呢。只是我没了右手，终究不适合再当专业教练，所以被转到了办公室内做些行政工作。行政工作的工资低了些，一个月才万把块，而我好歹拿过世界职业武道大赛第十九名，找份月薪几万的工作应该不难，所以我就离开体育局出来闯了。”

许景明明白了。在体育局工作，大多工资并不高，唯有聘用的专业教练薪酬比较高。像师父柳海，国家队主教练，年薪都是千万级的，而若在省队当专业教练，月薪一般都是五万起。可做行政工作，就是体育局内的普通员工了，薪酬是无法和专业教练比的。

“阿烁，如果有什么需要我帮忙的，尽管说。”许景明说道。

“你这次能借钱给我，已经是帮了我大忙了。”杨青烁笑道，“我现在最想看到许哥你早点结婚，你今年都三十了。”

“二十九周岁。”许景明连忙说道。

“我们老家都是按照虚岁算年龄的。”杨青烁说道。

许景明道：“结婚的事，不用为我操心，我过几个月就结婚了。”

“喜事啊！谁啊？”杨青烁追问道。

“黎渺渺。”许景明说道，“你别外传，过几个月举行婚礼的时候，你可一定得到。”

“黎渺渺？是那个唱歌很好听的黎渺渺吗？还是同名的人？”杨青烁再次追问道。

“是她。”许景明点头，“我和渺渺对结婚生娃很多事都不太懂，你可是过来人，回头让你家小瑜和渺渺多聊聊。”

杨青烁听了许景明的话，略有些尴尬，低头喝了一口水，道：“我和小瑜离婚了。”

“离婚了？”许景明一愣。

“嗯，上半年的事。”杨青烁点头道。

许景明心中有些明白了。阿烁作为一名职业武道选手，还是用长枪的，去年右手残疾，无法再用长枪，也根本无法当专业教练，收入大大降低了。这可能是离婚的一个原因吧。

“现在离婚率是高。”许景明说了一句。

“我们这边离婚率都快高达50%了。”杨青烁摇头，“一个人过也挺好的，少很多麻烦。”

许景明点了点头，但他能感觉到阿烁心中有多苦涩。

“对了，我近期就要离开滨海，以后就回家乡定居了……”

许景明和好兄弟闲聊了起来，两人聊着生活，聊着圈内一些八卦消息，半个小时就这么过去了。

聊天的时候，杨青烁觉得很轻松，仿佛回到了大学，回到了在国家队训练的日子。那时候的他无忧无虑，一门心思扑在武道上。

“许哥，我该回去了。”杨青烁看了下手表，道，“回去还要给儿子做饭。”

“你赶紧忙你的。”许景明起身了。

“你难得过来，我本来应该要陪你吃晚饭的，但我……”杨青烁有些不好意思。

“哈哈……我也要去京城，你赶紧回去照顾儿子吧。”许景明说道。阿烁很早没了父亲，母亲如今又重病住院，他一个人带孩子，肯定很辛苦。

“我先走了。”在嘉欣健身会所门口，许景明坐上了智能汽车。

杨青烁背着背包，目送许景明离去后才戴上头盔，骑上一辆电动车朝家里赶去。虽然现在无人驾驶的智能汽车很普及了，但杨青烁早就将自己的汽车卖了。

半个小时后，从菜场顺道买了些菜的杨青烁回到了家里。

这是一户有着两百平方米的大平层，在津门市算很不错了，杨青烁当年买这个房子就花了五百万。

“爸！”一名躺在沙发上、戴着VR眼镜的男童兴奋地一把拿掉眼镜，跑了过来，抱住了父亲杨青烁。

“陶陶，游戏玩得开心吗？”杨青烁笑着问道。

“暑假可以玩个痛快！”男童开心地说道，“而且我上午还玩了数学、语文游戏。数学的加减法，我已经玩到第五十五关了，语文拼音游戏也玩到第二十二关了。”

“真不错！”杨青烁亲了儿子一口。

男童亲昵地抱着父亲，很享受和父亲在一起的时光。

“我去给你做晚饭。”杨青烁说道。

“好。”男童乖乖坐回去，又戴上了VR眼镜。

沙发旁边有一个机器人，它就是男童平常在家时唯一的伙伴。

“我也只买得起最便宜的一级智能机器人，平时没时间陪儿子，只能让机器人陪了。”厨房中的杨青烁看了一眼儿子，心中颇为自责。

一级智能机器人只能打扫卫生，看护儿子，简单地和儿子聊天，无法完成像做饭菜这种复杂的工作。

“我能做的，就是尽量维持儿子现有的生活。”杨青烁看着这个家喃喃道。

和妻子离婚，家产是平分的。杨青烁虽然还住在这个房子里，但需要给妻子三百九十万现金。家里所有的现金，包括用房产抵押来的两百万现金，全部给了妻子。雪上加霜的是，他的母亲重病，无法帮他带孩子了，而且重病的治疗费用很高。他早将房产抵押到最高额度，连汽车都卖了。

他如今是负债累累，但他必须撑着。

嘀嘀嘀……杨青烁按了下手表，有光幕显现，上面出现了一名面容憔悴、五六十岁模样的微胖妇人。此人正是杨青烁的母亲。

“小烁啊，”杨母的气息有些弱，“我在网上查了很多资料，我这是先天基因缺陷导致的病，是罕见的病症，用特效药也只是拖延日子，无法根治，要不还是别折腾了？我回家陪陶陶，日子过得开心点，你也轻松点。”

“妈，放心，我和公司签了长约，是有钱的。”杨青烁说道，“你就安心治疗，其他都别管。我明天上午8点左右去看你。”

“小烁……”杨母是真心疼儿子。

短短一年多，儿子残疾、丢了好工作、离婚、负债累累，如今一个人带着孩子，还要照顾她这个母亲。杨母几次想寻死，只是她很清楚儿子的性格，她若是寻死，儿子怕是会痛苦一辈子。

“妈，我继续做饭了，陶陶还在等着吃饭呢。”杨青烁说道。

“好、好！”杨母哽咽地挂了电话。

杨青烁盖上锅盖，灶上火焰升腾，他默默地看着。

“我的生活怎么就过成了这个样子？”杨青烁喃喃道，“当初我也曾是天之骄子，如果当初听许哥的，听教练的，专心练习武道，没有早早地谈恋爱、结婚，我在世界武道大赛中一定能走得更远，收入也能高得多，不至于像现在这样窘迫！”

杨青烁回忆着自己的过去。

他上大一时就谈恋爱了，对方是他的初恋，在他进入国家队后，双方通过网络联系，感情一直很好。在二十二岁那年，刚达到法定结婚年龄的他就结婚了，跟着就生娃了。虽然他在武道上也很用心，但必须承认，恋爱、结婚、生子分散了他的精力，令他的成就低了一截。要知道，他比许景明小一岁，若拿同年龄时段的成就相比，他完全能和许景明媲美。

“我不如许哥专注，在国家队期间没受过重伤，许哥腿都断了，几年之后还能再爬起来，冲进世界武道大赛八强，枪法更是得到了世界武道圈的认可，被公认为历史枪法前十，博得‘枪魔’名号。我也是练枪的啊……”杨青烁道，“可我安于现状，更想多花点时间陪妻儿，完全没有像许哥那般付出……时间不会重来，后悔懊恼也无用，一步步往前走吧！”

杨青烁低头摸了下手表，有光幕弹出。杨青烁点开，开始支付费用，水费、电费、燃气费、网络费、儿子的牛奶钱、每月需还的贷款……

事业上看不到任何希望，沉重的负债，上有老下有小……一切只能靠他一个人，他是这个家的顶梁柱。

杨青烁抬头，看着沙发上儿子杨陶那瘦小的身躯。

“陶陶，爸爸能给你的不多，但就算拼掉这条命，爸爸也会让你开开心心地长大，能够在这个社会上自食其力！”

焖锅中的肉香渐渐传到了客厅。

“爸，好香啊！”儿子杨陶嗅了嗅，欢喜地喊道。

“爸爸给你煮了你喜欢吃的排骨，等会儿就好了！”杨青烁笑着道。

许景明坐在回滨海市的高铁上，看着窗外。

“怎么会这样？”许景明明白阿烁如今的处境，觉得既心痛又无力，“残疾了，事业也毁了，一家老小都要依靠他……我能做的，就是能帮一把是一把，可生活的苦难，还是要阿烁自己去扛。”

“阿烁，加油！”许景明低声道。

生活的苦难有时候无法反抗，只能默默承受。

第8章 // 回到家乡

数日后，江南省省队结束训练回去了，许景明也离开了星空格斗馆，准备返回家乡。

下午，滨海市高铁北站。

“你一个人在滨海市，要照顾好自己。”许景明在和黎渺渺拥抱分别时道。

黎渺渺戴着口罩，身边跟着一名女助理。

虽然许景明曾经两次杀进世界武道大赛，一次入围十六强，一次入围八强，但毕竟公开露脸的次数很少，走在大街上，很少有人能认出他来。但黎渺渺不同，她人气很高，即便每月仅直播一次，可依旧有千万粉丝，若不戴口罩，怕是会被迅速认出来。

“我这边估计还有个两三天就能全部安排好，到时候就能回去了。孔姐已经提前去明月市了，她们把房子都租好了。”黎渺渺说道。孔姐是黎渺渺的另一个助理。

“小曾，这几天可一定要照顾好你们老板。”许景明对一旁的女助理小曾嘱咐道。

“遵命。”小曾立即挺起胸脯应道。

许景明笑着点头，又和黎渺渺拥抱了一下。

“到家后给我发个消息。”黎渺渺嘱咐道。

“好，我出发了。”许景明转身，背着背包通过了关卡，去乘坐高铁了。

黎渺渺目送许景明的背影消失在通道中，方才带着女助理离去。

高铁上，许景明的位子前悬浮着一块三尺宽的光幕。

光幕上的内容，只有许景明所在的角度才能看清，从其他角度看光幕不仅亮度不够，而且会变形。

“各位亲朋好友、兄弟姐妹，从今往后我就定居明月市了，欢迎大家来明月市旅游，我一定全程招待。”

许景明在社交圈发了一条信息，很快就收到了一条条留言。

“师弟，一路顺风！”这条留言来自星空格斗馆的老板方星龙师兄。

“老许，离开滨海了？”这条留言来自许景明当初的国家队队友兼好兄弟衡方。

“师兄，你终于回明月市了，兄弟们早就望眼欲穿了！”这条来自明月市八极门的师弟朱佟。

“回来了，可要早点来见我。”这条来自明月市戳脚门门主戴通达，他也是许景明少年时的两个师父之一。少年时，许景明的启蒙师父是他老爹，后来他在老爹的引领下拜了戴通达为师。

“听说明月市是个非常美丽的城市，有机会一定去那里旅游。”这条来自国外的世界级武道高手“猎手”米克奇。米克奇曾在夏国学习过，精通夏国语。

“大高手要回家乡啦，一定要请客吃饭，很多老同学想见见你呢！”这条来自高中同学吴薇。

随着时间流逝，一条条留言接连出现。

有老同学的，有亲戚的，有在省队、国家队时的队友的，也有世界武道圈内一些不打不相识的高手朋友的，还有些是武道圈的经纪人、教练、自己教过的徒弟的。

许景明看着这些留言，露出了笑容，并一一回复了。

京城，中式别墅内。

正吃着当天第三顿食物的柳海也在看光幕上的社交圈。他每年闭关时，一般会在吃饭的时候看看社交圈，了解外界的信息。

“景明离开滨海回明月市，就是被虎鲨集团那个程子豪逼的。”柳海了然。

“国家重点栽培名单。”柳海轻轻点了下屏幕，看着名单上的人选，无奈地摇头道，“找了好几位老友，嘴巴都说破皮了，景明还是被刷掉了。”

名单上一共二十人，武道大师占十二个名额，其他格斗流派占五个，唯有三个名额可以竞争。

最终，这三个名额被一名职业散打选手和两名职业武道选手获得了。

“那个职业散打选手是大满贯选手，而那两名职业武道选手，一个获得过世界武道大赛的第四名，另一个三次进入过世界武道大赛八强，成绩都比景明强些。”

这次的栽培名单太过特殊，柳海仅有推荐权，他已经尽力了。

窗外的风景呼呼而过。

许景明抬头看向窗外。仅仅在社交圈聊了一会儿，这趟高铁就已经进入明月市地界了。

坐高铁从滨海市到明月市，只需要三十五分钟。

“回家乡了。”许景明的心情很好。

一眼看去，高铁窗外的河道旁有着无数垂柳。江南水乡的景色总是让人心旷神怡。虽然论经济水平，明月市无法和夏国的经济中心滨海市相比，但论宜居度，明月市比滨海市强太多了。整个明月市仿佛是建造在公园中的城市，生活节奏慢，全国有许多老人搬到这里来养老。

“明月市，我回来了。”

出高铁站，乘坐无人驾驶智能汽车，许景明直奔父母的住处。那是一座颇有些历史的别墅，许景明十八岁之前几乎都是住在那里。

许景明走在别墅小区的小道上。地面的石砖有岁月的痕迹，有些还是旧石砖，有些应该是损坏了，被物业换了新的。

墙壁上一处模糊的涂鸦痕迹映入许景明的眼帘，他伸手摸了摸。

这涂鸦是许景明五岁时在邻居李大妞家墙上画的，这么多年过去了，依旧还留着模糊的痕迹。

他走在这条小道上，想起了小时候他背着书包，老爸接送他上学的场景。那时候机器人还没有现在这么智能，而且当时是老妈负责做饭，老爸负责接送他。

“一转眼二十年过去了！”许景明走到了熟悉的院门前，轻轻一推，发现门没锁。

许景明走到了前院。前院是一个三十多平方米的小院，许景明小时候很长时间都在这里练武。

“爸、妈！”许景明喊道。

“景明回来啦！”

“是景明回来了！”

屋内传来声音，许景明推开客厅的门，便看到父母都已经起身了。

许母穿着睡衣拖鞋，许父穿着短袖裤衩。大夏天的，大家在家都很随意。

“景明，”许母一看到儿子，就开心地走过来抱住了儿子，“想死你老娘了！渺渺呢？怎么就你一个人回来？”

“渺渺过两天回来。”许景明笑着道。

许父走过来，看了看许景明，问道：“你的兵器呢？”

“都发快递了。因为东西很多，而且都是大件重物，所以得明天才能到，到时候都会送到新房子那边。”许景明说道。

许父这才点了点头。

许父名叫许洪，身高和许景明相当，但体形比许景明魁梧壮实得多。他毕竟是在明月市创立了八极门的猛人，主修八极，每天都要练桩功。

八极门的桩功，像用手臂、胸、肩、背、肘等各处去撞树桩这些，都算桩功；还有主练手臂的单臂倒立桩，单臂倒立很难，简化点可用双手倒立，再简化就是俯卧撑桩功；也有锻炼双腿的海底捞月功等。

八极门的种种功夫，就是让全身每一处都有大力气，凶猛如熊虎。许父就有着虎背熊腰，光站在那里不动就给人一种霸气的感觉。

“爸，你要减肥了。”许景明说道，“你现在超过两百斤了吧？”

“两百一十斤了。”许父摇头道，“没办法，老了，腰伤经常复发，平常练功得悠着点，每天就练两个小时。这不，体重就涨上来了，过去我一直保持在一百九十斤的。”

“练功时间少了，你就少吃点，可你还是吃吃吃，能不胖吗？”许母的身材足以让很多年轻女孩羡慕，只是她脸上的皱纹和头上的些许白发还是暴露了她的年龄。

许母是一位画家，年轻时和许父一同行走全球各地，后来定居明月市了。

“习惯了吃，控制不住啊。”许父笑道。

“你啊，就是年轻时太好战，去全球各地拜访那些格斗流派，每到一处还经常要切磋。”许母摇头，“打得一身伤，年轻时扛得住，老了就感受到了吧，隔三差五这里疼那里疼。景明，你要引以为戒，以后要以养生为主，少实战。”

“是啊，兵器格斗是很危险。”许父也点头道。儿子许景明二十岁时在世界武道大赛擂台上被对手打断了腿，他们夫妻俩当时在场下看到就慌了。

“放心吧爸妈，我都回明月市定居了，找谁实战啊？”许景明笑道。

“景明回来啦？”楼上传来声音。

“爷爷！”许景明开心万分。

“你爷爷知道你今天回来，一大早就过来了，中午困了才去上面睡会儿午觉。”许母说道，“估计是听到我们聊天的声音了。”

许景明放下背包，走到别墅的中庭，看到一个白发老头从楼上走下来，步伐还算稳健。

“爷爷！”许景明连忙走到楼梯旁。

“回来好啊，明月市难道不比滨海市漂亮舒服吗？”白发老头笑得眯起了眼睛。看到大孙子回来了，他当然开心得很。

“这次回来就不走了，我也好多陪陪爷爷！”许景明也很心疼爷爷。

爷爷名叫许桂顺，是从农村家庭走出来的，年轻时当了职业电竞选手，游戏昵称是“无名大师”。那时候还是玩手机游戏呢，他曾经拿过一次总决赛最有价值选手奖，收入挺高的，后来退役当了游戏主播，多年下来攒了不少钱。只是爷爷已经八十八岁了，身体越来越差了。

“来，吃水果啦。”老爸和老妈端着两个大果盘喊道。果盘上有葡萄、香蕉、西瓜等，都洗好或者切好了。

“吃水果。”许老爷子心情极好，坐下来便拿起一块西瓜递给许景明，“尝尝家乡的西瓜，这些都是本地的瓜。”

“爷爷，我自己来。”许景明也坐下来，拿起一块西瓜吃了起来。

许景明还记得小时候爷爷经常带他玩，那时候他的母亲还很年轻，父亲也正值壮年，经常带着一群徒弟练武功。

如今，爷爷老了，脸上满是皱纹，还有老人斑；母亲也有好些白发，脸上皱纹难掩；父亲虽然依旧魁梧壮硕，但毕竟六十岁了，也有了老态。

“生老病死，谁都无法阻挡。”许景明想着，“我长大了，爸妈却老了，爷爷更是过一年少一年……”

回了家，许景明虽然感受到了家庭的温暖，可更感受到了时间的无情。

“这些水果是你爸今天上午去买的，都是最新鲜的。”许母说道。

“是很好吃。”许景明吃着水果，尽量让自己看起来笑得开心。

第9章 // 全球直播

在许景明回明月市好几天后，黎渺渺也从滨海市回来了，将生活物品都搬到了新房子里。

他们的新房子是一座在明月市郊区的独栋别墅，虽然地段赶不上许景明爸妈的老宅，但面积大得多，光地下室就有两百平方米，被许景明改造成了专业的练功房。别墅的院子有八百平方米，其中部分区域被改建成了露天的练武场。

院子内有一根大木桩，直径足有四十厘米，长三米，插入地下的部分一米，地上两米。

许景明穿着背心和裤衩，光着脚，一个上步，双掌拍在大木桩上。他爆发力极强，上步时速度迅速加快，仿佛一只暴起的猛虎，而后双掌猛地拍击在大木桩上。

嘭！

直径四十厘米的大木桩都被拍击得剧烈震颤起来。

跟着，许景明退了一步，又再次上步，双掌再度拍击在木桩上。

拍击了十次后，许景明换招数，肩撞、背撞、肘撞……每一次被撞击，木桩都会剧烈地震颤。

“景明，今晚去我爸妈那边吃饭吧。”黎渺渺戴着VR眼镜走到客厅门口，倚靠着门框，看着正在院子内练桩功的许景明说道。

“行啊。”许景明嘴上应着，但动作没停，“不过你准备什么时候搬到这边住啊？”

“怎么，一个人住觉得孤独了吗？”黎渺渺似笑非笑地看着许景明，打趣道。

“一个人住是挺冷清的。”许景明停止练拳，看向黎渺渺。

“看你那可怜兮兮的样子。”黎渺渺笑了，说道，“我才回明月市几天，想多陪陪我爸妈嘛。”

但如果让她一天二十四个小时都待在父母身边，她也会头疼的，毕竟年轻人是需要自己的空间的。所以白天她都在新房子这边，晚上去父母那边住，陪父母聊聊天。

“过些天我爸妈也就嫌我了，”黎渺渺说道，“到时候我就过来。”

“好。”许景明点头道，“对了，我明天要陪爷爷去一趟医院，估计白天不在这边。”

“那我明天就不过来了。”黎渺渺走回客厅，又沉浸在网络世界中了。

许景明则继续练拳。

忽然，坐在沙发上的黎渺渺露出震惊之色，仔细浏览着网络世界中的新闻。

“景明，景明，出大事了！”黎渺渺惊呼道。

嘭！双拳正好砸在木桩上的许景明被女友的惊呼声吓了一跳，停了下来，问道：“怎么了？”

说着，他走进了客厅。

“你快看！”黎渺渺站在客厅中，比画了一个手势，客厅半空便显现了一块光幕，其上正播放着视频。

“全球一百九十五个国家同时宣布将在三日后，也就是京城时间7月21日晚9点，举行一场发布会，届时，全球一百九十五个国家会同时进行直播。”

“京城时间晚9点、大都会时间早晨8点、雾都时间下午1点、江户时间晚10点……全球不同时区的国家同时举行发布会，一定是有大事，了不得的大事！上次有如此大的动静，还是全球一百九十五个国家宣布组成蓝星联盟。关于这场发布会，现在没有任何消息透露出来。越是如此保密，就越证明是大事。”

一条条短视频在光幕上滑过。如今整个网络都被突如其来的消息炸得沸腾了，无数网民在发表自己的看法。

“的确是大事，很可能是影响全人类命运的大事。”许景明郑重地道。

“全球国家太多了，”黎渺渺也点头道，“说是一百九十五个国家，实际上有些小国的规模还赶不上我们夏国的一个小镇。一百九十五个国家同时宣布此事，这是一种态度！上一次如此郑重，还是宣布要组建蓝星联盟去开发荧火星。”

“自从人类登上了荧火星，各国就疯狂发展航天技术，争着开发荧火星。最终，全球一百九十五个国家组建了蓝星联盟，一起合力开发荧火星。”许景明道，“组建蓝星联盟开发荧火星是过去几十年里最大的事，但这次不知道是为了什么。”

“网上议论纷纷，但没有任何消息透露出来，还处于完全保密状态。”黎渺渺很关注这件事。

“保密程度很高啊！”许景明有些期待，“看三天后的直播吧。”

全球都因为这场发布会沸腾了，网络上的话题一大半都与它有关。如此大的动静，过去百年里只出现过一次，那就是组建蓝星联盟。

那这次又是为了什么？

时间一天天过去，终于到了7月21号。

夏国京城，晚上8点55分。

“马上要全球直播了。”

“不知道是什么大事。”

许景明的新房子里，许老爷子、许景明的父母、黎渺渺的父母，还有许景明、黎渺渺，一大家子人聚在客厅内，锁定了这场即将全球直播的发布会。

京城，柳海的住处。

“爸，你知道这次全球直播的发布会要宣布什么大事吗？”

柳海的住处也聚集了一大家子人，大家都在等待这次全球直播的发布会。

“我也不清楚，保密级别很高。”柳海坐在那儿，说道，“别急，几分钟后就会正式宣布了，看了就知道了。”

柳海虽然不清楚发布会的具体内容，但听上面说过一句“这次的国家重点栽培名单和7月21日的全球直播的发布会有关”。

“全球直播的发布会到底是要宣布什么大事？”

程氏家族也齐聚一堂，包括一家之主程立韦和夫人、大儿子程子佟一家、二儿子程子豪。

“爸，难道以你的关系网都不知道这次发布会的内容？”程子豪跷着腿坐在沙发上吃着香蕉，问道。

他的父亲程立韦可是市值超过五万亿的巨无霸公司虎鲨集团的掌控人，其影响力可能比一些小国首脑还大。在这颗星球上，连他都不知道的事，那显然保密级别极高。

“不知道。”程立韦郑重地道，“我打听过，这次说是一百九十五个国家同时举行发布会，实际上绝大多数国家的首脑都不知道具体内容，只有蓝星联盟的三十二个议员国才知道。”

蓝星联盟的一般事务，五大理事国商议后就能决定了，就算是决定全球命运的大事，三十二个议员国便可决定。

“如果这件事会影响全球人类的命运，那么也一定会影响我们虎鲨集团的命运。”程立韦说道，“好好看看这次发布会！”

程子佟、程子豪都在仔细看着。

当年蓝星联盟组建成功，大大促进了各国之间的交流，虎鲨集团就吃到了红利，将集团业务渗透到了全球多个国家。

一个强大的集团，必须紧跟世界大势，顺势而为。

这一刻，不管是白天还是黑夜，夏国、罗马国、白鹰联邦、天竺国、樱花国等各个国家与地区的人，不管富有还是贫穷，都在关注这场直播。

网络上所有娱乐节目都停掉了，所有官方媒体、直播平台和视频平台上，不管怎么刷新，都只有一个热点：这场即将全球直播的发布会，甚至连街道上的各种大屏幕都将播放这场发布会。

此刻，生活在这颗星球上的人想不知道这场发布会都很难。

“要开始了！”

许景明、黎渺渺他们一大家子人坐在客厅中，观看着屏幕上的直播画面。直播画面中，一百九十五个国家的代表已就座，坐在主位上的是蓝星联盟现任秘书长安格斯。

“我很荣幸能够主持这次发布会，因为这将是一场载入我们人类史册的发布会。”安格斯秘书长微笑着说道。他说的是罗马语，但夏国境内所有媒体播放的语言是汉语，在樱花国播放的便是日语。各个国家和地区的人听到的语言都是他们的官方通用语。

第10章 // 生活在好时代

“四十多年前，也就是2036年，人类第一次登上荧火星，”安格斯说道，“并且在荧火星上有了惊人的发现。之前这些都是保密的，今日可向全球民众公开一部分。”

安格斯秘书长站了起来，他身后的巨大光幕上显现了荧火星上的场景——一座破败的巨大钢铁城市。

“这是荧火星上一处地底城市废墟，根据遗迹可推断出这座城市长三十六千米，宽二十五千米，仿佛一座巨型地下堡垒。”安格斯秘书长说道。

接着，他一挥手，光幕上又换了一个场景——一尊人类雕塑。

“这座外形酷似我们人类的雕塑创作于三千万年前，”安格斯秘书长说道，“同样是在荧火星上发现的。”

安格斯秘书长根本没做太多解释，他又一挥手，光幕上出现了更震撼的场景——在一座大峡谷深处，有一艘崭新的庞大宇宙飞船，不过断裂成了两截。

“这艘宇宙飞船长五点八千米，坠落并断裂的时间应该是在一百万年前。”安格斯秘书长说道，“我们发现它时，它被掩埋在峡谷。我们将它从废墟中挖掘出来并进行简单的清理后，发现它依旧是崭新的，并未腐朽。它所蕴含的科技，匪夷所思！”

安格斯秘书长说完这些后，暂时停了下来。

可此刻全球的人们却沸腾了。

“这是什么？”

“这么庞大的钢铁城市？”

“这是宇宙飞船吗？长五点八千米？”

“经历了百万年岁月，却依旧崭新，这是什么科技？”

“这艘宇宙飞船内到底有什么秘密？”

“那座雕塑，三千万年前的雕塑，依旧保持着完整的模样，厉害啊！而且还是人类模样！”

“难道荧火星上过去有人类？”

全球各地的人们都在议论这件事。

安格斯秘书长沉默了片刻，翻看着手中的稿件，随即抬头接着说道：“荧火星是我们整个人类的财富，所以在2056年，我们组建了蓝星联盟，共同开发荧火星。”

蓝星的人类在2036年登上荧火星，在2056年宣布组建蓝星联盟。

“全球合力开发荧火星，从荧火星上获得的科技将反过来造福整个人类。”安格斯微笑着道，“比如VR眼镜技术，就源自荧火星上的虚拟头盔。”安格斯从一旁的箱子内取出了一个银灰色头盔。

“VR眼镜技术的虚拟程度只能达到30%，但虚拟头盔技术……”安格斯说道，“我们蓝星联盟在付出无比巨大的代价后，终于将其攻克了。戴上虚拟头盔，大脑神经将和虚拟头盔连接，让大脑意识进入虚拟世界。”

“第一，其虚拟程度可以达到几乎百分之百，触觉、嗅觉都能虚拟，人的身体都能几乎百分之百虚拟。”

所有在观看直播的人都惊呆了：几乎百分之百的虚拟？

“第二，因为进入虚拟世界后，身体完全处于休息状态，大脑则仿佛是在做梦，所以人们可以利用睡觉的时间进入虚拟世界，这就使得我们一天可利用的时间大大增加了。我们除了可以在白天学习、工作，夜里在虚拟世界里同样可以学习、进行科学研究，也可以娱乐。”安格斯秘书长微笑着道，“科技改变人类，以后我们的睡眠时间可以彻底利用起来。”

“这就是科技改变人类？”

“在睡觉时间进入虚拟世界？”许景明、黎渺渺他们一家人都被安格斯秘书长的这番话震撼了。

“我年轻的时候还是手游时代呢，这才过去六七十年，都有虚拟世界了？我八十八岁了，竟然还能看到这一天！”许老爷子惊呆了。

“虚拟头盔技术并不是我们开发荧火星最大的收获。”安格斯说道，“今天的发布会，公布虚拟头盔技术被攻克只是排在第二的大事，排在第一的是……人类进化！”

“进化？”人们都在仔细地听着，“虚拟头盔还只是排第二，人类进化排第一？”

“我们从荧火星上发掘了一些远古科技，其中就有基因进化法。”安格斯说道，“在这里，我们全球的人类需要向那些因为参与试验而付出生命的志愿者表示感谢，他们是整个人类的英雄！”

他身后的光幕上浮现了一个个人的影像，男女都有。

人们都沉默了。

许多志愿者因为参与试验死去了吗？

“经过多年试验，我们已经摸索出了百分之百成功的基因进化法，”安格斯说道，“而且是适用于我们蓝星上所有人类的基因进化法！”

“基因进化听起来很不可思议，其实原理非常简单。就像一个拳击手长期练拳，他拳头的筋骨强度将远超普通人。他的孩子受遗传基因的影响，拳头的筋骨天生就比其他孩子更强。这就是基因的小幅度进化。

“人们早就发现锻炼可以强壮身体，减少许多疾病的发生，延长寿命，那都是我们从日常习惯总结出的简单锻炼方法。如果科技发达到能够监测人类的基因变化，根据百万人乃至上亿人锻炼而引发的基因变化进行总结，得出进化方案，那将会产生不可思议的影响。

“这是在荧火星上发现的且经我们试验后，确定适合蓝星人类的十种基因进化法。”

安格斯身后的光幕上出现了十本书，每一本上都有着外星文字。

“请看半年前我们邀请的一批志愿者。”安格斯秘书长指向光幕。

巨大光幕上出现了上千个人，有男女老少，有残疾的和病恹恹的，也有健壮的……他们全都戴着银灰色头盔，躺在一张张床上。

“他们中超过一半的人患有绝症，五分之一是残疾人。基因进化法并不容易学习，每次学习都会让身体疲惫不堪，动作若是错了，更是有害，所以这些志愿者都是在虚拟世界中学习。如果确定在虚拟世界中完全学会了，那么在现实中也就掌握了。仅仅三个月，这批志愿者便发生了蜕变。”安格斯秘书长振奋地说道。

只见视频中一个个断腿或断手的残疾人的断肢竟然逐渐生长出来，最终完全长好了。

许多白发苍苍的老人的头发渐渐变得乌黑，皱纹消失，变得年轻。

病恹恹的绝症病人逐渐变得健康，甚至气色红润。

“他们的基因发生了进化，彻底蜕变到了一个新的层次。”安格斯秘书长继续说道，“这是一场百米跑测试，之前全球百米跑的世界纪录是九点三二秒，而这八名志愿者……”

安格斯秘书长看向光幕。

伴随着一声枪响，八名志愿者个个犹如猎豹般飞奔而出，快得连身影都模糊了，很快就冲到了终点。最快的一名志愿者的成绩是五点一三秒。

“他们八人仅仅学习了基因进化法三个月，百米跑的成绩普遍在五秒多。”安格斯秘书长说道。

光幕上，有一名年轻人在抓杠铃。那杠铃杆比奥赛用的杠铃杆还粗，可两侧厚重的哑铃片依旧将它压弯了。

不过，这名年轻人一发力，便已然将杠铃举过了头顶。

“没有经过专业的举重练习，这名普通的年轻人双手能够轻松举起一千公斤重的杠铃。”

屏幕上，有人一跃便跃过了高高的横杆。

“一跃，三米九高。”安格斯秘书长说道，“人类可以跳得更高，跑得更快，举得起更重的物体，身体恢复能力变得强大，断肢可以再生。过去的绝症对进化后的人类来说，就像是一场小感冒，凭借身体免疫力自然就能抵抗它。现在已知的所有绝症，人类进化后的身体都能抵抗。最重要的是，寿命极限也变了。经我们确定，进化后的人类平均寿命普遍在一百六十岁到两百岁，比现在的人类平均寿命增加了整整一倍。”

此话一出，全球沸腾。

“所有绝症都能抵抗？断肢重生？”津门市一户大平层的客厅内，正抱着儿子看直播的杨青烁愣住了。

“妈的病可以治好了？我的手也能再长出来？”杨青烁喃喃低语。

嘀嘀嘀……

旁边有小光幕浮现。

“小烁，小烁，你听到了吗？断肢可以再长出来！视频里面有人两条腿断了都长出来了，你只是一只手没了，一定能再长出来的！”杨母激动得脸上满是泪水。在她心里，如果儿子可以不再残疾，她便是死也满足了。

“妈，你的病也能治好了！”杨青烁也喜极而泣。

“是，我的病也能治好了！”杨母连连点头，“我们一家人又能在一起了。感谢这个时代，感谢这个时代啊！”

杨青烁低头看向儿子。儿子在等直播的过程中就已经睡着了。

杨青烁激动得亲了儿子一口。儿子睁开眼，睡眼惺忪看了眼老爸，迷迷糊糊地又闭上眼睛接着睡了。

“陶陶睡着了？”杨母问道。

“所有的娱乐节目都停了，动画片也没有，陶陶等困了自然就睡了。”杨青烁笑道。

杨母点头："让他好好休息，我们家从今往后要好起来了！"

"要好起来了！"杨青烁也笑道，此刻他觉得未来充满了希望。

许景明一家人同样十分激动。

"所有绝症都能抵抗？"

"断肢可以再长出来？"

"平均寿命一百六十岁到两百岁？"

这些消息让他们全家人都晕乎乎的。

许景明看向身侧的父母：父亲已经六十岁了，母亲有了白发，爷爷更是八十八岁了。自己生命中最重要的这些亲人都能活到一百六十岁以上了？

"儿子，你的腿伤肯定能好！"母亲激动地搂住许景明，"人家断腿都能长出来，你那一点伤，根本不值一提。"

许景明点头道："不过，今后的武道大赛肯定和过去不一样了，毕竟以后一个普通人都能举起上千公斤重的杠铃。"

"这是一个新时代！"许老爷子慨叹道，"我小时候，家里用的还是电脑，我父亲他们玩的也是电脑游戏；我少年时，进入手机时代；我中老年时，便是VR眼镜时代。如今人类寿命都能翻倍了，我活在了一个好时代啊！"

"是啊，活在了一个好时代！"一旁的黎辰安和妻子彼此相视。

"爸、妈，我们可以一直在一起，活到两百岁！"黎渺渺开心地拥抱父母。

"我们一家人一直在一起！"黎辰安和妻子笑着，眼含泪花。

第11章 // 生命进化世界

黎辰安接着看向直播画面。

他身患绝症，觉得这次发布会就是他人生的转机。

但学习基因进化法是否有门槛？

“基因进化法很难学习，一旦动作错误，对身体反而有害。志愿者都是戴着虚拟头盔在虚拟世界中学习。”安格斯秘书长微笑着道，“现在，我便宣布整个蓝星联盟共同的决议。蓝星上所有人类，只要年满六周岁，便可免费领取一个虚拟头盔。在虚拟世界内，所有人可在十种基因进化法中任意选择一种进行学习。”

这一番话让黎辰安、杨青烁等人激动不已，全球沸腾，无数人欢呼。

“如果是身怀绝症的年幼儿童，即便不满六周岁，也可经申请后获得虚拟头盔。”安格斯秘书长说道，“为了让大家更好地学习基因进化法，虚拟世界内开发了一款虚拟世界游戏。虚拟世界游戏的开发难度，比创建一座有着上亿人口的城市还要大得多！结合荧火星上的文明结晶，我们才开发出这一款名为《生命进化》的游戏。”

“这款《生命进化》游戏可以让大家学会基因进化法。通过不断收集与总结亿万人的身体进化数据，相信在将来的某一天，我们人类也将创造出更强的基因进化法，因而变得更强大，拥有更长的寿命！在游戏世界的个人空间内，也可进行学习、科研。相信只要我们人类齐心合力，一定能在这浩瀚星空中变得更强，走得更远！”

“科技改变人类。从今天起，我们人类便进入了一个崭新的时代！”安格斯秘书长自豪地说道，“各国会在三天内将虚拟头盔发放完毕，而《生命进化》游戏将在7月25号全球同步正式开放。”

不同国家所处的时区不同，安格斯秘书长的最后一句话经各国语言软件翻译后，有所不同。

在樱花国，便是“江户时间7月25号晚上10点正式开放”。

在天竺国，便是“孔雀城时间7月25号晚上6点30分正式开放”。

在白鹰联邦，便是“大都会时间7月25号上午8点正式开放”。

在罗马国，便是“雾都时间7月25号下午1点正式开放”。

……

全球各地的人们都在为之激动。

夏国江南省明月市，许景明家中。

“国家发布了全国各个地区领取虚拟头盔的具体安排。”黎渺渺说道。

一旁的许老爷子也看着自己的屏幕，笑道：“发布会刚结束，消息就发送过来了，效率还真是高。”

许景明也在看。

全国各地都有详细安排，明月市也是如此，将各区、各县领取虚拟头盔的地点都公布出来了。

“明天下午1点开始领取虚拟头盔，我们西城区有十二个领取点。”许景明看完后说道，“我们现在就提交申请，就选最近的领取点体育馆吧。”

“我们选同一个时间段。”

一家人全都提交了申请，确定了领取点。

7月22日傍晚5点，明月市西城区体育馆内，许景明一家人正在排队。因为国家根据每家人的申请安排了领取虚拟头盔的时间段，所以仅仅排了三分钟队便轮到他们了。

“虚拟头盔。”许景明抱着领取到的盒子，既好奇又期待。

这是一个新物件，虽然许景明对此早有想象，但如今才真正接触到。

近乎百分之百的虚拟程度，真是不可思议！

“走，我们回家。”

许景明、许父、许母、许老爷子，还有黎渺渺和其父母，一群人一起离开了。

体育馆设置了两个口子，一个入口，一个出口，数百人排着队或进或出，离开的人都开心地抱着一个个盒子。

此刻，整个夏国乃至全球各地不同肤色、不同年龄的人都在领取虚拟头盔。

在全球人类的期待中，时间终于来到了夏国京城时间7月25日晚上9点。

“阿烁，时间到了，加油！”许景明在和好友杨青烁进行视频通话。

“真没想到我这手还有长出来的机会。”杨青烁脸上充满了神采，“我们在游戏中见。”

双方挂了电话。

许景明走进卧室，黎渺渺正在和两名女助理进行视频通话：“大家加油，《生命进化》是整个蓝星上几乎所有人都会玩的一款游戏，热度将远远超越历史上所有游戏。以后我们工作室的战场就是这款虚拟游戏了。”

“是，老板！”孔姐和小曾齐声应道。

“开始上战场！”黎渺渺握着拳说道，两名女助理也都握紧了拳。

黎渺渺随即挂断了电话。

许景明看着这一幕，不由得哑然失笑。

“笑什么笑，”黎渺渺抱着怀里红色的虚拟头盔，瞥了一眼许景明，“这虚拟头盔科技含量极高，就算大规模制造，一个成本至少上万，全球免费发放了七十亿个，这成本想想都惊人。”

许景明点头：“这么大的事，之前竟然没有泄露任何消息，而且这次真是大手笔，造福了所有人，不但让全人类基因进化，寿命翻了一倍，还让人们将夜间时间利用起来了。人们今后能利用的时间实际上是过去的四倍！”

“不但如此，”黎渺渺说道，“还因此开发了一款前所未有的游戏。全球七十亿人，年满六周岁就可以领取虚拟头盔，你说领取虚拟头盔了，有谁会不登录那个游戏吗？”

“不登录，那就是放弃延长生命。”许景明道。

“所以，这款游戏的玩家是全球所有人。”黎渺渺无比振奋，跟着又躺了下来，“不说了，我们赶紧进去吧。我已经迫不及待想看一看几乎百分之百虚拟的世界了。”

“不知道这游戏世界里面有什么。”许景明也躺在床上，拿起了床头柜上的银灰色头盔，“开始吧。”

“虚拟世界！”黎渺渺很是期待。

许景明和黎渺渺相视一眼，便都戴上了虚拟头盔。

这一刻，全球各地无数人一个个戴上虚拟头盔，进入了虚拟世界。

许景明先是感觉到头盔内一个个金属片紧贴着他的头皮，令他的头皮微微一麻，然后他便觉得自己的意识迅速往下沉。

轰！

“许景明，欢迎来到生命进化世界。”

第12章 // 初入

许景明吃惊地看着周围。

这是一个虚幻空间，仅有一名穿着青衫的男子微笑着说道："我是你的游戏引领者，在你学会所有功能后，我便会消失。"

"游戏引领者？"许景明看看对方，忍不住摸了摸自己，自己肌肉结实，双手上因为练拳留下的伤疤都在，他又踢了踢腿，"这和我现实中的肉身一模一样，连腿伤都有。"

"虚拟头盔可以扫描现实中的肉身，确保几乎百分之百相似。"青衫男子微笑着道，"不要怀疑虚拟头盔的技术。"

许景明暗惊："现在医院的扫描技术的确可以让身体的每一处都无法隐藏，扫描的精细级别可达到细胞级，但那是昂贵的机器才能做到的，现在大家每人一个虚拟头盔，科技已经这么厉害了吗？也对，蓝星联盟花了漫长时间才攻克了虚拟头盔制造技术。"

"许景明你好，在生命进化世界，你的游戏昵称自动锁定为'许景明'。"青衫男子说道。

"只允许用真名？"许景明有些惊讶。

"是的。"青衫男子点头，"这生命进化世界一共分为三大空间，分别是个人空间、任务空间、战斗空间，其中任务空间暂未开放。你能使用的，仅个人空间和战斗空间。"

“个人空间和战斗空间？”许景明好奇。

“请选择你的个人空间位置。”青衫男子一挥手，一旁便显现出一幅庞大的地图，“这个世界的面积是蓝星的三千六百倍，你可以选择任意一个无主之处定为你的个人空间，有红色标识的地方代表已经有主。”

许景明查看着地图，他双手一拉，地图便被迅速放大了。

“好大的游戏世界！”许景明很快就选择了一处景色秀美的雪山山顶，那里还有冰湖，“确定。”

“个人空间锁定。”青衫男子点头，“之后每次登录，你便会直接出现在自己的个人空间。”

周围场景变得模糊，青衫男子带着许景明迅速落向一个浩瀚的世界。在浩瀚的游戏世界里，此刻无数“流星”正在坠落，正是蓝星的无数玩家。

雪山山顶的冰湖旁有一座小木屋，许景明和青衫男子出现在木屋旁。

“这座木屋便是你的住处。”青衫男子指着木屋，“木屋周围方圆百米都是你的领地。没有你的允许，任何人无法进入你的领地。”

许景明一眼看到冰湖另一边也有木屋出现，还有一名女玩家和一名红袍女子。

嗖嗖嗖！一眨眼的工夫，冰湖周围就有五座木屋了，只是相互之间隔着至少两三百米远，勉强能够遥遥看到彼此。

“雪山山顶还真冷，温度都这么真实。”许景明立即推开木屋的门走进屋内，关上门才觉得温暖些。

透过窗户看着冰湖，许景明不由得感慨：“环境是真美，百分之百模拟，真是令人震惊！现实世界中想在如此美丽的环境下建造一处住宅可不容易，就是这木屋小了些。”

“你可以选择购买更大的住宅。点开个人面板，在这里可以购买。”青衫男子道。

许景明了然，看着个人面板上浮现的详细介绍。

“只要花钱，住处可以变得更大？一百块、一千块、一万块……最高是一千万？花一千万可以在云层上购买住处？”许景明很吃惊。

云层上的仙府可以俯瞰大地，估计有富豪舍得买。

“买个一万块的。”许景明轻轻一点。

他如今所在的小木屋立即变成了一座有着上千平方米建筑面积的中式宅子，还配有一个上百平方米的院子，院子外方圆百米也是许景明的领地。

“黎渺渺正在联系你……”

许景明收到了青衫男子的提示。

“渺渺。”许景明接通了电话。

“景明，这游戏世界太真实了！你试着邀请我，我应该就可以直接出现在你那里。”黎渺渺兴奋地道。

一旁的青衫男子介绍道：“好友名单的初始设置，是将你的通迅录、社交圈、银行汇款名单等所有人都暂定为好友。你可以联系他们，但必须是你发起邀请，他们同意后才可以来到这里。当然，他们离开就无须你同意了，可瞬间回归自己的个人空间。”

许景明看着好友名单：“我都不知道我认识这么多人，这是小区门口卖水果的大妈吧？”

许景明试着向爸、妈、爷爷、黎渺渺，以及女友的父母发起邀请。

很快，一个又一个人影接连出现在他的院门外。

“景明邀请我们来的。”

“这里景色不错啊，就是有些冷。”

许老爷子、许父、许母、黎父、黎母、黎渺渺哆哆嗦嗦地出现在院门外，许景明立即跑去开门。

“景明啊，怎么你这是个大宅子，我那儿却是个小木屋？”许洪跺跺脚，走了进来。

“要花钱的。”一旁的许老爷子衣服变化，换上了羽绒服，“个人面板有很多功能，我刚才看了下，就摸索到了一些功能，比如购买衣服、宅子等物品，进入观战平台、练武场等。”

“老爸，你玩得顺溜啊！”许洪笑道。

“有这么多功能吗？”黎父、黎母都很惊讶。

“学基因进化法，必须去练武场。”许老爷子非常熟练，“学完之后，身体进化了，就可以去战斗空间进行各种对战。进化得更强的人类和战斗技巧更强的人类在对战时有优势。蓝星联盟应该是要收集我们进化后身体变化的数据，为推演新的进化法做准备吧。不过，能活到一百六十岁我就很满足了，哈哈！我真没想到老了还能有这样的大机遇。活得久就是好啊，能赶上这个好时代啊！”

“观战平台是什么？”黎渺渺点开查看了一番后，道，“观看直播。玩家可以选择将自己练武的场景和战斗场景进行直播。爷爷，你太厉害了，游戏世界刚刚开放，你就弄明白了这么多东西！”

“我玩手机游戏那会儿，十八岁就拿到了总决赛最有价值选手奖，退役后又当了那么多年的游戏主播，游戏的这些套路，我随便一猜就能猜出来。”许老爷子笑眯眯地道，“不过这个游戏世界还真是了不起，光个人空间就有很多功能，即便双方相隔万里也能面对面地喝茶聊天，还可以工作、学习，老师都可以在这里教学生了。论社交属性，它完胜原本的社交软件。”

“嗯，视频聊天软件也无法和这游戏相比。”黎辰安点头。

“还有直播。过去的直播平台几乎都要完了，必须得立即转型。”许老爷子继续感慨道，“我活了这么多年，看到过科技对社会的一次次改变，但这一次对整个社会的改变太大了。”

黎辰安笑道：“许老爷子，既然蓝星联盟这样做了，肯定预案都准备了很多套，我们这些普通人就不用想太多了。至少对我们普通人而言，这是一次前所未有的机遇。”

“我们还是赶紧学习基因进化法吧。”许洪笑着道，“很多人估计都开始练了。”

“走，赶紧练。”许老爷子突然消失不见，直接回到自己的个人空间了。

众人一个个消失。

“我回去了。”黎渺渺最后一个离去，回归了自己的个人空间。

许景明点开个人面板，仔细研究起个人空间的功能来。

“在个人空间内可以读书，这里有义务教育阶段的所有教科书，还有很多教辅材料，乃至一些学科的前沿资料。”许景明看着，随意选了几本物理书。他大学学的就是物理专业。

一本本书出现在书架上。

“这虚拟游戏世界不仅仅是游戏，还可以用来召开会议、见朋友乃至读书、工作、学习，甚至可以搞科研。”许景明惊叹这里有太多功能了。

“去练武场。”许景明点开练武场，选择进入。

他眼前的场景变换。

这是一座山青水绿的峡谷。许景明看着周围，感慨景色是真漂亮。

“这里是练武场。”青衫男子说道，“练武场可以辅助你训练，比如学习基因进化法、练习战斗技巧。这里也有各种陪练，你可以设定陪练的实力等级，也可以自由调整练武场环境。”

许景明轻轻点了一下面板，立即有十本书缓缓落下，而且这些书的封面上都是汉字。

“十本进化法的书，请先仔细研读。”青衫男子说道。

许景明安心阅读起来。

十本进化法的书中，有五本讲的是男性进化法，五本讲的是女性进化法。当然，蓝星之大，无奇不有，也有一些人比较特殊，偏偏适合异性进化法。

第13章 // 进化法

耗费了半个小时，许景明将十本书都读了一遍。其实里面文字很少，主要讲的是一套复杂的锻炼动作，需要靠虚拟教学来学习。

十本书都以动物名字命名。五本适合男性的进化法的书分别是《玄龟进化法》《天蟒进化法》《影豹进化法》《巨熊进化法》《暴虎进化法》。单从名字就能看出这五种进化法的不同进化倾向。

“每本书上竟然都有契合度！”许景明有些惊讶。

《玄龟进化法》上的契合度是71%，《天蟒进化法》的是98%，《影豹进化法》的是82%，《巨熊进化法》的是91%，《暴虎进化法》的是93%；至于五本女性进化法的书上的契合度，都不足50%。

“契合度是根据你现实世界中的身体的状况推算的结果，可以当作参考。”青衫男子说道，“最终还是要你练习进化法之后做出选择。”

“在游戏世界内，你可以练习任何一种进化法，就算练得漏洞百出，甚至练得身体变弱，都可以进行重置，前提是你在现实世界中没有开始修炼进化法。”青衫男子郑重地提醒，“但在现实世界中学习进化法，若是练错了，是没有后悔药的，而且一旦确定了进化路线，就只能沿着那一条路线提升，在游戏世界中也必须选同样的进化路线。”

“明白。”许景明微微点头，又问道，“这五种进化法都能治好我的腿伤？”

“这五种进化法都能做到令断肢重生，你这点小伤，只要练习一两天就能完全治好。”青衫男子说道。

许景明微微点头。

生命的进化真是神奇啊!

这就是科技的魅力!

许景明随即点开个人面板，点击《玄龟进化法》的虚拟教学。

只见一个虚幻身体出现在峡谷中，开始在许景明面前演示第一种基因进化法——玄龟进化法。

许景明决定从契合度低的开始一个个试验。

“对每一招的速度、力度、节奏都有要求，还要和呼吸配合。”许景明刚开始练，就发现难度很高。

“招数越来越快，呼吸也越来越快。”许景明配合着呼吸出招，只觉得心脏开始疼痛，全身皮肤都有火辣辣的感觉。

……

他终于练到了中途。

噗!

许景明忍不住喷出了一口鲜血。

“你已经受伤了。”青衫男子说道。

“这比我学过的任何一种锻炼方法都变态。”许景明捂着胸口，点击了一下个人面板，令身体重新恢复到了巅峰状态。

在游戏世界里不用担心受伤，因为随时可以恢复到巅峰状态。

“这种锻炼可以令基因变化，让生命最终蜕变到更高的层次，”青衫男子说道，“难度当然高，所以才要让你们在虚拟世界里面学习。”

“再来。”许景明又一次尝试。

一次又一次……

整套动作从缓慢到快，呼吸也越来越快，心脏仿佛水泵一般跳动，进行着强度越来越高的工作。

种种原因，许景明一次次失败。

直到第六次！

他最终收招，鼻孔喷出的气息都带着血色。

那是血。

许景明终于完成了一整套动作。

“恭喜你将玄龟进化法练到了初阶水准。仅练六次就有这样的成效，真是了不起。”青衫男子说道。

许景明暗暗感慨：自己曾是世界顶尖武道选手，对身体的控制力极强，练六次才达到初阶水准。如果是普通人，得练习多少次？一百次？三百次？

“多了一个战力面板？”许景明惊讶地发现个人面板下出现了一个栏目——战力面板。

玩家：许景明

基因进化法：玄龟进化法（初阶1%）（练习时间不足一天，可提升）

身体指数：12（未学习进化法的成年男性平均数值为5）

技能：暂无（请尽快进行实战，确定技能）

基础战力：暂无（请尽快进行实战）

“练习时间不足一天，可提升？”

许景明看着那一行文字，有些不理解。

“在游戏世界里，不需要像现实中那样一遍遍苦练，只要确定练会了，就可以提升到身体极限。”青衫男子说道。

许景明试着点击提升。

“在现实世界，每天练习玄龟进化法三次，每次相隔至少一个小时，经过三十九天练习后，你的身体会蜕变进化，身体指数达到39。”

“经过一千零五十一天练习后，你的身体进化到极限，身体指数达到53。”

“想继续提升身体，请将玄龟进化法提升到中阶。”

许景明仅仅简单点击了几下，就感觉自己的身体已然蜕变，胸背都厚实了不少，整个人壮实了许多，双臂双腿也更粗壮，举手投足就有无比强大的力量。

许景明捡起峡谷中的一块鹅卵石猛地一甩。他只觉得自己仿佛是一个大型工程器械，身体各部分紧密地运转，猛然甩出了那块鹅卵石。

咻！

鹅卵石撕裂空气，留下一道气浪，撞击在远处岩壁上后碎了。

这让许景明有些心惊。

他又捡起一块鹅卵石，右手略一用力，鹅卵石便被他捏得粉碎，碎渣缓缓从指缝中洒落。

“我在现实世界中也能变成这样？”许景明问道。

“就像你的战力面板提示你的，只要每天练习三次，在一千零五十一天后，你的现实身体就能提升到现在这样。”青衫男子说道，“这就是人类的进化历程。”

“在这练武场里，什么兵器铠甲都能选吗？”许景明查看着练武场的诸多功能，其中包括选兵器铠甲、陪练、战斗场景，功能繁多。

“蓝星历史上几乎所有的冷兵器，这里都有。”青衫男子道。

许景明伸手一招，一杆长枪出现。

“重，再重些。”

练武场是专门用来辅助修炼的，兵器重量也可自由调节。

许景明右手一记单手刺枪，撕裂空气，接着双手持枪上前一步，粗壮的左臂握着枪把往前一送。

噗噗噗！

长枪化作幻影连续刺出十余枪，数道枪影残留在半空。

“施展枪法时有些别扭。”许景明看了下自己比过去粗壮一倍的手臂，整个人壮实太多了，“这身体太过笨拙了。”

“身体重置为现实肉身。”许景明轻轻一点，身体迅速恢复到刚进入游戏时的状态，变瘦了，腿伤回来了，手上的伤疤也回来了。

“下一种进化法。”

许景明开始了影豹进化法的学习。与此同时，全世界无数人都在认真地学进化法。

练武场上，许景明以惊人的速度学会了其他四种进化法。

学了五次，他便将影豹进化法提升到了初阶，练习时间为三年后。他比现实中还精瘦不少，也无比灵活，五秒就能跑完百米。

学了三次，巨熊进化法、暴虎进化法就已学会。

巨熊进化法对身体的影响最大，提升到身体极限后，许景明的身高达到了一米九八，力大无穷，仿佛一头直立的大熊。

练习暴虎进化法达到身体极限后，身高达到了一米八五，也壮了些。

“仅仅练习一次你就学会了天蟒进化法，不愧是与你的契合度达到98%的进化法。”青衫男子感慨道。

许景明在个人面板将天蟒进化法的练习时间提升到九百八十二天后，身体也提升到了极限。虽然身高仅提高一厘米，但肌肉比过去结实许多，充满韧性，脊椎也仿佛一条大龙，能够轻松传递身体力量。

“试试枪。”

许景明站在岩壁前，手中长枪一动，便留下了一道道枪影，枪尖接连点在峡谷的岩壁上，一眨眼便刺出三十余个窟窿，组成了一个五角星。

许景明满意地看着岩壁：“虚拟世界的推演还真是厉害，天蟒进化法的确是最适合我的。”

“五种进化法，增强力量的是巨熊进化法，强健体质的是玄龟进化法，让力量、体质、灵活度各方面都变强的是暴虎进化法，速度最快、最灵活的是影豹进化法，但身体韧性最强、最契合我的是天蟒进化法。我练天蟒进化法时也最为轻松，一次就成功了，身体提升也最明显。”

同样都是达到初阶水平，身体提升到极限后，唯有天蟒进化法可以让身体指数达到63，暴虎进化法是60，其它三种都是50多。如果许景明去修炼对他而言契合度更低的女性进化法，估计身体指数还会更低。

“只要在现实世界中没有开始练习，在虚拟世界中是随时可以重置身体数据的。”许景明说道，“就暂定天蟒进化法，先练几天再说。”

第14章 // 战斗空间

“练武场的功能，你可以慢慢摸索。”青衫男子道，“接下来，我要告诉你整个游戏世界的战斗空间。”

许景明点头。

哗。

青衫男子一挥手，他们面前出现了另一个场景，场景中有五道身影在选择兵器与铠甲。

“在战斗空间内，五人选择兵器与铠甲后进入战斗区域内，和对方五人进行对战，直到一方全部死去，另一方即获胜。”

青衫男子说着又一挥手，他们眼前的场景变成了一座古代小镇。

细雨绵绵，一共十人，分散在小镇各处。

咻！一支箭矢刺破雨幕射向对手。那躲在屋顶的对手察觉到不对劲，转头看时，已经来不及做出反应，头部被射中了。一刹那，那对手的身体便化作虚影消散，退出了这个战斗区域。

“冲！”一个彪悍男子飞奔而出，直奔那放暗箭的弓箭手，同时甩出了手中的短矛。

一根又一根短矛接连被甩出！

彪悍男子背后可是带着足足两背囊的短矛。

弓箭手被吓得一边逃跑一边射箭，不过，显然在惊慌状态下射击移动的目标，他射得一点都不准，箭都没碰到对方。

噗！

逃到中途，他就被一根短矛射中了胸膛，身上的皮甲都被射穿了，身体化作虚影消散了。

“一个个只会远程攻击，真是无趣，”一名身高两米一的壮汉穿着厚重的铠甲，仅头部露出来，坐在小镇中央，拎着酒坛喝着酒，声音传遍小镇，“有胆子的，来和爷爷我正面一对一。”

“你这头熊憨憨，我来会你。”一名穿着红色轻甲的女剑客大步走出。

眼前的冷兵器战斗场景，各种箭矢、短矛、大斧、长枪、利剑的使用，看得许景明血脉偾张。

他前面二十年追求的武道兵器格斗战斗模式，就是眼前这样的啊！

“在现实世界中进行武道兵器格斗，有各种安全措施，哪有这里打得尽兴？”许景明看得兴奋，认为这才是最适合自己的舞台。

“战斗空间就是用来与其他四名队友组队，和另外五名对手进行冷兵器战斗的地方。”青衫男子说道，“你可以选择厚重铠甲，但身法会大大受影响；也可以选择轻便的软甲，防御力就弱了。各有取舍。”

“远攻、近战、埋伏……因为游戏刚开始，战斗水平都比较低，眼前这一场战斗，算是一场不错的战斗了，但依旧有很多问题。五个人对战五个人，更重要的是团队之间的配合。

“当然，你如果够强，一人能解决对方五人，那是你厉害。不过高水平的战斗，参与者都是蓝星顶尖的一群高手，使用冷兵器的战斗技巧、战斗的谋略、队友之间的配合，都非常重要。”

许景明点头：“五个人对战五个人？没有一对一吗？”

“暂时没有。”青衫男子道，“这款虚拟游戏设定的核心模式就是五对五。”

许景明了然，眼神很火热。

每一个职业武道选手最想体验的，不就是这种冷兵器战斗模式吗？而且最妙的是，在游戏中战斗，死了也只是一局游戏失败了而已。

“每个玩家根据实力不同也分级别。”青衫男子道，“最低的是繁星级，高一级的是银月级，再高的就是曜日级，最高的是神级。繁星级玩家是新手玩家；银月级玩家的基础战力门槛是150；曜日级玩家的基础战力门槛是400；神级玩家的基础战力门槛是1000。”

“想要提升级别，有两种方法：一种是达到所属级别的满星，并且达到下个级别的基础战力门槛；另一种是达到基础战力门槛的120%，可直接参加定级赛，通过定级赛，就可以直接达到新级别。”

“比如一个新手玩家的基础战力是480，第一次战斗，就可以参加曜日级定级赛，一旦通过，直接就是曜日级玩家，无须从繁星级一步步升上来。”青衫男子解释道。

许景明微微点头，看了下自己的个人战力面板。

玩家：许景明

基因进化法：天蟒进化法（初阶5%；练习时间共九百八十二天，不可提升）

身体指数：63

技能：枪法（二阶71%），步法（二阶11%）

基础战力：756

“我的枪法和步法……？”许景明有些惊讶。

“你之前在练武场中练枪法时，虚拟游戏自动鉴定了你的枪法、步法层次。”青衫男子解释道。

“基础战力756，是怎么算的？”许景明问道。

“身体越强，身体指数就越高；技能就是各种战斗技巧。强大的身体配合厉害的战斗技巧，便决定了较高的基础战力。”青衫男子解释道。

许景明微微点头，看向面板上的枪法层次数值。

枪法是他最自信的项目。

“全球历史上前十的枪法才是二阶71%，看来枪法得在实战中磨炼，才能慢慢提升，不是那么容易的。反倒是天蟒进化法，我才练了一次，还有很大的提升空间。”

许景明开始一遍又一遍地练习天蟒进化法，游戏引领者青衫男子则默默待在一旁。

在许景明练了许久后……

“黎渺渺正在邀请你。”

许景明忽然收到了提示，于是停了下来，而且他也练得有些累了。他在面板上轻轻一点，答应了邀请。

嗖！

许景明便出现在了沙滩上，前方就有一栋美轮美奂的建筑。

黎渺渺赤脚走在沙滩上，笑道：“景明，怎么样？这座小岛都是我的。”

“花了多少钱？”许景明笑着问道。

“十万块。”黎渺渺道，“特地选的一个小海岛，否则更贵。”

“进入游戏六个小时了，都差不多摸清了吧？看过直播了吗？”黎渺渺问。

“还没看。”许景明道，他一直在认真地练习天蟒进化法。

作为职业武道选手，哪怕退役后，他平常练桩功和各种招数，一练几个小时也很正常。天蟒进化法可比任何桩功都要厉害得多，是根本性地改变筋骨，改变生命层次，连寿命都能延长，他自然很专注。

“直播可一定要看。”黎渺渺带着许景明点开观战平台。

观战平台有大量直播场景。

“直播太火热了。”黎渺渺说道，随即点开了一个。

一名老者坐在那里侃侃而谈，下面有无数座位，而且此刻已有数百人在听了。

许景明和黎渺渺出现，坐在两个位置上。中途有观众进来、离去，来来去去，是很正常的。

老者坐在上面说道：“每一次变革性科技出现，人类社会都会发生改变，这也是很多人改变命运的时候。而这一次，虚拟世界游戏的诞生，带来的改变将比过去更彻底，就比如直播。过去的直播是看视频，现在却是我在上面讲，大家在下面听，我们甚至可以一对一近距离互动。

“练武场可任意设置场景，可以设置成书房、舞台、演唱会大厅。这将彻底改变直播市场，也改变教育市场。这是前景无比广阔的产业。”

“走了。”黎渺渺带着许景明消失，此时有其他玩家进入这个直播间。

另一个直播间，许景明、黎渺渺出现，坐在虚空的座位上。

此刻有数百名玩家在观战，他们前方是一片雪地，而雪地中有十人正在用冷兵器生死搏斗。

“我们在雪地战场外观战，自带瞄准镜，可以放大远处的战斗场景。”黎渺渺说道。许景明试着一点，其中一处战斗场景迅速放大。

放大到极限，就仿佛在三米外观看别人搏斗。

当！

一名女子左手挥盾挡住对方的斧子，右手一剑命中对手，对手便化作虚影消散，退出了战斗区域。

“真是刺激！”许景明惊叹道。

世界武道大赛哪有这么真实、刺激？

“这才是真正的直播。”黎渺渺感慨，“听歌，就是坐在下面听台上的歌手唱歌；上课，就是坐在座位上听老师讲课；看战斗，就是身临其境，近距离观看。”

第15章 // 时代变了

“所有的直播平台都远远无法和虚拟世界的直播相比。”黎渺渺说道，“现实世界中那些直播平台彻底完蛋了，虎鲨集团要没落了。”黎渺渺眼中有着一丝冷意。

她虽然没说过，但心里其实极度敌视程子豪。程子豪先是利诱她，再是威逼她。面对虎鲨集团程氏家族的威逼，又有多少人扛得住压力?

黎渺渺好几次从噩梦中惊醒。程子豪还通过她的大伯逼她爸妈，黎渺渺就更生气了。她很爱自己的爸妈，不愿爸妈为自己担心，更不愿爸妈被牵扯进来。

即便她再愤怒，因为虎鲨集团势力太过庞大，她也只能忍着。她舍弃经营了好几年、有着千万粉丝的直播账号，换到新平台，彻底拉黑了程子豪。

这是她唯一能做的，毕竟她没任何实质性证据。

“虎鲨集团要没落了。”许景明也明白这一点。

那段时间里，程子豪带给他的压力太大了。程子豪威逼利诱他的女友黎渺渺，这种事，是个男人遇到了都会暴怒，但因为没证据，他一点法子都没有。他也被程子豪逼迫过，并拉黑了对方。

幸好渺渺一直站在他这边。知道黎渺渺夜里从噩梦中惊醒，他很心疼，只恨自己能力不够强大。最终，他还是被迫离开了滨海市，看似洒脱，实则狼狈。

而且，他在网络上也被封杀了。

他曾以为自己往后就只能在家乡开个武馆当个教练了，除非能复出夺得世界第一，否则很难再出头。

但是——

时代变了，人类社会迎来了虚拟世界！

“程子豪猖狂的日子没几天了。”黎渺渺说道，看向许景明，“但是，景明，你的前途要比过去广阔百倍千倍，真正的前途无限。”

“哦？”许景明有所联想。

“你想想，2036年，人类第一次登上了荧火星，应该是之后某一年在荧火星上发现了虚拟头盔。之后在2052年，全球第一次举行世界武道大赛，并且各国全力支持，各种媒体不停地宣传，它立即被捧成了全球第一格斗赛事，一些传奇选手的出场费都上亿。”

许景明点头。的确，世界武道大赛在很久以前是没有的，因为危险性太高，但在2052年，全球各国力推这一赛事，曾让很多人疑惑。

“而这次的虚拟世界游戏主推的也是冷兵器格斗模式。”黎渺渺道，“而且全蓝星几乎所有人都会去学。现在回看过去，一切都能解释了。在三十年前，各国就为《生命进化》这款虚拟世界游戏的面世做好了准备。”

“近三十年，全球各种格斗流派被发掘，再次出现在历史的舞台上。我查过资料，在举办世界武道大赛之前，武道兵器格斗是非常小众的流派。国内的八极、形意、太极等传统武术流派主要是用来锻炼身体的，练的也是拳法，而兵器早已没落，但是，近三十年才兴起的世界武道大赛让它们重新兴旺起来了。

“近三十年培养的就是火种。这些火种在《生命进化》中会彻底燃烧起来，让整个蓝星的人们更快地学会冷兵器格斗。”

许景明点头。

回看过去，一切都更容易看明白。

“说起来，2056年，全球各国才组建蓝星联盟。”黎渺渺说道，“但第一届世界武道大赛是在2052年举行的，显然武道兵器格斗的重要性极大，以至于各国来不及组成联盟，就立即推动了。”

“我甚至觉得全球各国耗费这么大力气，应该不仅仅是为了这款游戏。”黎渺渺继续推测道，“又或者说，这款虚拟世界游戏值得全球各国如此做。”

许景明点点头，竖起大拇指：“渺渺，我觉得你说得很对。”

“我也只是猜测。”黎渺渺笑道，“不管怎样，全球人类都玩这款游戏，武道兵器格斗将会真正前途无限。”

“景明，如果你能在游戏世界里进入世界前十，将比过去的世界第一都耀眼得多。”黎渺渺说道，“因为这款游戏的热度不知是之前赛事的多少倍。”

“也更加难。”许景明说道，“之前的每届世界武道大赛，全球一共三十二人参加。近三十年来，进入世界武道大赛的一共有五百二十二人，算上A级赛事、B级赛事，全球在武道联盟注册的职业武道选手一共有两万多人，如今却是七十亿人竞争，每个人都会学进化法，每个人每天都能进行数十场乃至上百场生死搏斗。想要冲到世界前十，比过去拿到世界第一要难得多。”许景明说道。

“有信心吗？”黎渺渺看着自己喜欢的男人。

两人当初通过网络相识，第一次见面就是在格斗馆。当时她远远地看到正在练枪的许景明，就被许景明的那种专注给吸引了。

“当然有。”许景明脸上有着前所未有的神采，“我已经占了先发优势，如今同样都是在虚拟世界内竞争，我怎么可能没信心？而且高手越多，冷兵器格斗的世界就越精彩。”

“越精彩？”黎渺渺问道。

“看到冷兵器格斗，你不觉得血液沸腾吗？”许景明看着前方的雪地。

这场十人战斗，最后一人全身染血却站到了最后，仰头大笑，他所在队伍获得了胜利。

黎渺渺见状，心有所悟，想着：或许是这发自心底的热爱，才让景明他退役后三年都未曾放松过训练。在如今的时代，景明一定会绽放远超过去百倍千倍的光芒。我黎渺渺眼光可真好，选中的男人就是最优秀的！

想到这里，黎渺渺美滋滋地笑了。

“笑啥呢？”许景明问道。

“笑你拿世界第一，我成为世界第一的夫人呢。”黎渺渺撇嘴道。

“哦，那我可得好好奋斗了。七十亿人中的第一，不容易啊。”许景明笑道。

凌晨四点，《生命进化》正式开放的七个小时后，鹏海市，虎鲨集团的摩天大厦电梯内。

程子佟、程子豪兄弟俩站在电梯内，电梯一直往上走。

“哥，你说老爸找我们干什么？”程子豪低声问道，眼中满是不安。他是从虚拟世界游戏中被紧急叫过来的。

“老二，”程子佟轻声道，“要看清形势，那场全球直播的发布会结束后，集团阴跌了一个多月的股价再度暴跌。集团虽然紧急停牌了，但虚拟世界的游戏开放后……你进去过了吧？也见识过了吧？”

程子豪点头。

“无法比，现在所有的直播平台都被《生命进化》给彻底打败了。几乎百分之百虚拟，我们怎么比？”程子佟摇头，“这不是人力所能抵抗的，大势面前，我们扛不住了。”

“那老爸找我们……？”程子豪问道。

“老爸这几天一直待在公司，都没下过楼。”程子佟说道，“等会儿，多听少说。”

丁零！

电梯停了，停在了第一百五十三层。

这是一间非常大的办公室，程子佟、程子豪兄弟二人走出电梯，一眼就看到了远处办公桌后坐着的父亲程立韦。

程立韦的头发几乎全白了，面容也苍老了不少，他正低头看着屏幕上的一个个文件。

“爸。”程子佟走上前道。

程子豪也乖巧地道：“爸。”

“来了。”程立韦抬头看着两人，“通知你们俩一个消息，家族信托几天之内就会破产。”

第16章 // 程家

“破产？”程子佟、程子豪兄弟俩都有些蒙。

“爸，已经到这一步了吗？”程子佟问道。

程子豪更是急切地道：“爸，当年VR眼镜出来，对很多网络公司冲击很大，我们虎鲨集团在受到冲击后，最终却变得更强大了。这次的虚拟世界打不倒我们的，我们也可以渗透进虚拟世界。”

“没机会了。”面容苍老的程立韦轻轻摇头，“这次和上次不同。上次的VR眼镜是技术先出来，而后授权给多家公司，有长期的过渡，我们也有准备，但这次，蓝星联盟直接发放虚拟头盔，虚拟世界直接对所有人开放，极大地冲击了之前的网络市场。”

“最近一个多月，集团股价一直在跌，发布会后更是暴跌。虽然暂时停牌了，但只要放开停牌，还会再次暴跌，市值将会跌破一万亿。”程立韦平静地说道，“多家银行冻结家族信托资产，要求我们提前还款了。”

“市值会跌破一万亿？”程子佟、程子豪都知道形势不妙了。

“家族信托拥有集团8.2%的股份，价值不足一千亿了，资不抵债了？”程子佟追问道，“爸，家族信托其他方面的投资呢？”

“家族立足网络行业，家族信托投资的也多为网络行业。在这轮冲击之下，大多估值都要打个两三折，有些就直接没了。”程立韦说道，“家族信托原本资产九千亿，负债三千多亿，很安全，但如今这些资产，价值怕都不足两千亿。”

“差这么多？”程子豪更蒙了。他的好日子可都是靠的家族信托和家族掌控的虎鲨集团。

“没有任何办法，虚拟世界的出现，不是人力所能抵抗的。”程立韦摇头笑了，“可笑啊！这么大的事，我之前竟然没收到一点风声，显然蓝星联盟根本不在乎网络公司的死活。”

“虎鲨集团不会死，毕竟资产表非常好。”程子佟说道，“但我们家族8.2%的股份估计很快就会被银行夺走。”

“你们放心，你们俩的资产和家族信托资产是完全分开的。”程立韦看着两个儿子，“我作为家族信托管理人，需要承担代价，但你们俩不会受影响。你们俩以后就低调点过日子吧，毕竟程家没了虎鲨集团，很平庸了。”

程子佟、程子豪都沉默了。

“没了？都没了？”程子豪身体微微颤抖，看向父亲，“爸，这些年，你给了大哥得有五十亿吧，却仅仅给我二十亿，不公平！”

“老二，这些都是按照家族信托规矩来的。”程子佟说道。

“爸，你这样不公平！”程子豪看着父亲。

“不公平？”程立韦看着他，“第一，你大哥比你年长，家族信托是在你们年满二十二岁时发放第一笔现金，之后逐年发放，你岁数小，发放得少，能怪谁？第二，投资经营能力强，家族信托就会追加投资。你的投资能力不如你大哥，怪谁？第三，你之前捅出的大窟窿还是我帮你填的，我先后填进去几十亿，还有人情，哪点对不住你？”

“可我什么都没了！”程子豪看着父亲。

“我都破产了，你还要怎样?!”程立韦指着门口，“滚出去！”

程子豪红着眼看着父亲。

“滚！”

程立韦依旧指着门口。

程子豪转头就走，办公室里只剩下程立韦和大儿子程子佟。

“爸，老二是急了。”程子佟低声说道，“这些年你虽然给了老二二十个亿，但他的投资能力太差，估计手上没剩多少了。他知道以后这些钱都没了，所以急了。”

“你记住，”程立韦看着大儿子程子佟说道，“从今天起，你别给你二弟一分钱！”

程子佟微微一愣：“那他要是饿死街头……？”

“就让他饿死！”程立韦冷漠地道，“我们程家已经不是过去的程家了，再也输不起了！”

“是，我明白了！”程子佟应道。

程子豪的办公室内。

砰砰砰！

程子豪疯狂地将办公室内一切能砸的物品砸了个精光。

“老头子，你可真狠啊！”程子豪咬牙切齿地道，随即他轻轻碰触手表，恨声道，“现在，马上，滚到我办公室来！”

十分钟后，一名头发还在滴水的中年男子来到了办公室，连忙道：“老板，我之前还在虚拟世界内，一得到你的消息，就以最快的速度赶来了。”

“快说，我的公司还有多少钱？”程子豪问道。

“现金还有一亿两千多万。”中年男子立即答道，“其他都是各方面的投资。”

“那些投资又值多少？”程子豪问道。

“很多都是天使投资，短时间内是无法退出的。”中年男子说道，“有些网络行业的投资可能要打水漂了，毕竟虚拟世界的影响力太大了。”

“我问的是，这些投资能退的退，能卖的卖，能抵押的抵押，还能换多少钱？”程子豪问道。

“一亿吧。”中年男子想了想，说道，“勉勉强强。”

“我投了五亿，就剩这么点？”程子豪不能接受。

“现在网络行业太惨了。”中年男子无奈地道，“还有，我们的三家公司签了那么多人，有那么多员工，每个月的支出大概有两千万。我们的现金只能维持半年左右。”

“只能维持半年？”程子豪的嘴唇都发白了。

“幸好上次的大窟窿是董事长帮忙填的，公司在短时间内还是稳的。”中年男子又说了一句，“上次填窟窿时董事长说了，不准你再向外面借债了。”

“别在我面前提他！”程子豪坐在座椅上，捂着脑袋，怒道，“滚出去，我要好好想想！”

“是，老板。”中年男子乖乖出去了。

“现金只能维持半年，家族信托也要没了……”程子豪眼中都是血丝，他无意识地抓着自己的头发，“怎么办？怎么办？”

虚拟世界。

许景明猜到程家会比较惨，但他没心思关注，他如今正在个人空间的练武场体会着陪练功能。

在练武场山清水秀的峡谷内，三名匪徒从三个方向袭来，围攻许景明。

许景明手持一杆长枪，平静以待。待匪徒距自己三丈时，许景明立即朝右边冲去，迎向右边那名匪徒。

那名匪徒咧嘴一笑，直接扑来。

噗！

许景明手中的长枪一动，犹如毒蛇出洞，枪头在匪徒的脖颈上戳了一下便收回了。

匪徒因为脖颈被击中，身体直接消散。

剩下的两名匪徒没有丝毫惧意，愈加疯狂地扑来。

许景明仅仅让了一步，长枪枪头点了两下，那两名匪徒分别是心脏、眉心中了一枪，身体消散。

“基础战力800的陪练的确比较弱，也就适合熟悉枪法。”许景明一点都感觉不到难度。

对距离和反应时间的精准把控令他轻松就解决了练武场上的虚拟陪练。

嗡！

“嗯？”

许景明轻轻一点，遥遥地看到另一边练武场中一名身材魁梧的中年男子正看过来。这名魁梧男子双眸如虎，威慑力恐怖。

“师父？”许景明有些不确定。

“哈哈哈……看到我变年轻了，很惊讶吧？”柳海哈哈大笑。

“恭喜师父！这些年全球武道界都猜测过，如果师父你是三十岁参加世界武道大赛，恐怕会是世界武道大赛最伟大的王者。如今人类进化，师父可以满足大家的猜测与想象了。”许景明道。

柳海在全球都是传奇人物。四十五岁，在格斗界算很老了，状态比二十多岁时要差很多，但柳海从四十五岁开始连续参加五届世界武道大赛，次次都拿到了前三的成绩，最后一次还是世界第一。

他巅峰时得多强？这一直让人猜测。

“过去的成绩不值一提。”柳海笑道，“景明，职业武道赛事举办了三十年，全球注册的职业武道选手一共才两万多人。如今和两万多人竞争的，可是七十亿人！在虚拟世界内，大家不会受伤，不怕累，可以任意选定陪练，可以进行一场场生死搏斗，成长速度会比我们当初在现实世界中训练快十倍不止。”

“一两个月内，我们这些职业选手还有优势。半年，只要半年，我们这些职业选手就会被彻底‘淹没’。”柳海看着许景明，“但这已经是最适合我们武道选手的时代了！从来没有哪一个时代有现在这么多武道选手。”

“是。”许景明点头道。

全球人都在学，冷兵器格斗何曾如此繁荣过？

“我们本身就有很好的基础，抓住机会，就能一飞冲天！”柳海看着许景明，“景明，别辜负了这个时代。”

“嗯！”许景明热血沸腾，他同样想在这个时代打出一片天地。

“对了，你定级了吗？达到神级了吗？”柳海问道。

第17章 // 定级赛

“还没有定级。”许景明解释道，“我一直在练武场修炼。”

“苦练很重要，但生死对战也很重要！”柳海问道，“基础战力够了吗？”

“够了。”许景明点头，看向自己的个人战力面板。

玩家：许景明

基因进化法：天蟒进化法（中阶20%；剩余练习时间共七百三十五天，不可提升）

身体指数：115

技能：枪法（二阶75%），步法（二阶16%），盾法（二阶62%）

基础战力：1380

毕竟许景明在练武场练了近八个小时，而且练天蟒进化法一次就达到了初阶，如今已经达到中阶20%，将身体提升到极限后，自然更加强大了。

身体进化后，力量、速度、神经反应等各方面都有蜕变，所以许景明也在练武场内选陪练，好好熟悉了自己的盾法、枪法，确保能完全发挥出自己的实力。

“基础战力够了就好。”柳海点头。他也知道神级的基础战力门槛是1000，如果想靠定级赛直接进入神级，基础战力需要达到1200，难度还是很大的。

“你退役后，盾法没松懈吧？”柳海问道。

“在国家队有很多队友陪练，退役后，陪练的水平就差多了。”许景明说道，“不过我每个星期都会坚持练几次。”

“练习盾法，对掌握身体力量很有帮助。”柳海说道，“这是一辈子的事，不能松懈。”

“弟子明白。”许景明说道。

许景明从小练的是枪法，进国家队之后，他的师父柳海教了他盾法。

师父柳海的盾法，源于太极一脉。

“赶紧定级吧，现在达到神级的已经有三十一人了。我夏国大地藏龙卧虎啊！”柳海颇为感慨，随即便挂断了通话。

“已经三十一人了？”

许景明不再犹豫，点击个人面板，直接前往战斗空间。

初进入战斗空间，眼前一片虚无。

青衫男子出现了，道：“许景明，欢迎你来到战斗空间。你的基础战力达到1380，超过了神级基础战力门槛38%，可直接进行神级的定级赛。你是否要进行定级赛？”

“是。”许景明点头。

“战斗空间有五种环境，分别是小镇、山林、都市、雪地、古战场。请选择其中一种环境作为你的定级赛场地。”

许景明想了下，道：“山林。”

“请选择你的装备。”青衫男子说道，“武器最多携带两种，并且头部不能穿戴任何防护装备。”

“全身只有头部是必须露出来的？”许景明问道。

“是，即便穿着重甲，头部也必须露出来。”青衫男子点头道，“这是虚拟世界游戏定下的规矩，所以在战斗时，头部将是最大的要害，你们必须小心保护。”

许景明点头。

他轻轻一点，开始选择装备。

在练武场内他早就试验过多次，所以非常熟练。

“一套轻型护身铠甲，贴身，不影响动作。”许景明选定身体装备后，身上便出现了一身暗红色护身甲，脚踏一双轻便结实的靴子。

“双盾，直径都是六十厘米，是比较轻的盾了。”许景明将双盾背在身后，一伸手，又选了一杆长枪。

“长枪重三十六公斤，还算趁手。”许景明手持长枪。

全身装备，一套贴身轻型护身铠甲，包括靴子，重五十五公斤。双盾重三十公斤，长枪重三十六公斤。对身体指数达到115的许景明而言，的确算是比较轻的装备了。

那些重型铠甲的重量都是几百公斤，当然防御效果也强得多。修炼玄龟进化法、巨熊进化法的人比较适合选那类重型铠甲。

“定级赛，开始吧。”许景明点了下“准备就绪”，前方虚空中顿时显现出五幅地图，跟着，他直接坠落向山林那一幅地图。

雨后的山林山路泥泞。

许景明从虚无中降临，踏在烂泥地上，看着周围。

远处一株大树下有杂草，一名邋遢的男子盘膝坐在干净的杂草上，腰间挂着一柄剑。

许景明出现后，这名邋遢男子抬头看了过来。

“又来一个不怕死的。”邋遢男子低声自语，轻声笑着，缓缓站了起来。

“布衣，仅仅有一柄剑。”许景明观察着对手，“他穿着布衣，我却穿着护身甲，长枪对剑，也有很大优势。在外部装备方面他处于绝对劣势，那他自身的实力可能很强。”

如果对手装备弱，实力又弱，那就太没挑战性了。

“既然来送死，我就送你一程。”邋遢男子动了。他这一动，速度极快，身体都模糊了，直扑许景明。

许景明站在原地，平静以待。

距离近了！

许景明左手握着枪把，右手拿着枪腰，便要出手。

呼——

邋遢男子逼近许景明的刹那，身影诡异地一扭，长剑一闪。

砰！长剑劈在了许景明的长枪上，但这杆长枪犹如出海蛟龙，微微一震，枪杆便带着恐怖力道撞击在长剑上。邋遢男子被震得倒飞开去，脚点了一下旁边的树干，一个翻身，落在远处，握着剑的手哆嗦了一下。

“好快，好灵活的身法！”许景明看着对方，“论身法，我不如他。”

邋遢男子盯着许景明，再度缓慢逼近。

他想一剑解决许景明，但三尺剑加上手臂，他必须足够靠近才能刺到许景明，何况许景明的长枪长两米六，他还没拉近到自己的攻击距离，就会进入许景明的攻击范围！

这就是兵器的优势！

刚才邋遢男子也是被迫攻击许景明的长枪，因为他必须先劈开长枪，才能近身。

呼！

邋遢男子再度逼近许景明。

当当当……

他绕着许景明高速移动着，一次次快如闪电地刺击，以此剑和许景明的长枪碰撞，寻找良机。

“身法在我之上，剑法还算不错，但装备太差。”许景明明白这一点，“一般的击败对手的方法，就是仗着装备优势击败对手，但是……没必要。”

当邋遢男子再一次耐心试探、寻找良机时，许景明手中长枪一动。

嘶——

奇异的风啸声响起。

一道模糊的枪影撕裂了空气，甚至形成气浪，枪尖瞬间就到了邋遢男子面前。邋遢男子惊慌之下挥剑格挡，却挡了个空，喉咙上已经出现了窟窿，而枪尖甚至都被收回了。

邋遢男子捂住喉咙，倒了下来。

“这可是我的绝招无影刺，进入我的攻击范围，你根本来不及格挡。”许景明道，“你的身体速度是比我快，但没我的枪快。”

解决邋遢男子后，脚下的山林消散，许景明回归了虚无之地。

虚无之地，半空显现了许景明刚刚出手解决邋遢男子的慢动作画面：许景明的长枪快得撕裂空气，气浪分向两侧，枪尖刺中了邋遢男子的脖颈，可此时邋遢男子的长剑才挥动到一半，速度明显慢许多。

战斗评分：98分

级别：神级一星

一旁还显现出了许景明的个人战力面板——

玩家：许景明

基因进化法：天蟒进化法（中阶20%；剩余练习时间共七百三十五天，不可提升）

身体指数：115

技能：枪法（二阶75%），步法（二阶16%），盾法（二阶62%）

基础战力：1380

实战加成：20%

战力：1656

“多了实战加成，又多了战力。”许景明了然，“难怪之前称作基础战力，加上实战加成，才算是完整战力。也是，战斗时对时机的把握和对各方面因素的利用也非常重要。”

“恭喜你，几乎满分通过定级赛。”青衫男子微笑着道，“我还要告诉你一个消息，截至此刻，虚拟世界游戏已经开放了八小时三十六分，夏国神级玩家一共有三十二位。”

许景明点头：比自己快的有不少啊，夏国大地的确藏龙卧虎。

“你是否要开始对战？”青衫男子问道，“战斗空间的玩家对战，都是五人组队，和另外五人在山林、雪地、都市、小镇、古战场其中一个环境下进行生死战斗。对战时，你可以单人去排队，让游戏给你安排四名队友，也可以自己邀请好友组队，再进行对战。”

“单人去排队？”许景明有些疑惑，“排队？”

“是的，现在神级玩家仅有三十二位，有的在练武场，有的在看直播，有的选择排队又撤销了，要凑满十人开启对战，可能需要点时间。”青衫男子解释道，“现在是游戏开启的第一天，神级玩家太少，等上十天半个月，排队人会很多。”

“那就开始排队吧。”许景明眼中有着期待，“现在能成神级的，都不是一般的高手。”

许景明点了一下对战按钮，提示出现了——六人已准备就绪。

“现在有六个人在排队。”青衫男子道，“等满了十人，对战才会开始。”

“估计要多久？”许景明询问道。

“可能需要些时间，这六人中排队时间最长的已经排两个小时了。”青衫男子说道，“之前也有排队的，不过撤销了。你可以在排队的同时去练武场修炼，去观看直播，甚至可以下线。一旦凑足十人，系统会立即给你发送通知，你只要三分钟内上线即可。”

许景明微微点头：“那就排着吧。”

“一旦这场对战开始，这将是夏国第一场神级高手对战。”青衫男子说道。

“夏国第一场神级高手对战？”许景明若有所思。

第18章 // 直播

虚拟世界观战平台的一个直播间内，数百名观众正在观看一场直播。黎渺渺也在其中，她正聚精会神地聆听着。

“剑客的实力百分之七十取决于步法。”一名穿着牛仔裤的男子正在练武场内教导剑法，“现在我让系统设置出一个战力500的陪练。”

哗——

一名手持砍刀的盗匪出现，扑了过来。

“剑是手的延伸，只需要通过步法就能控制和对手的距离。”牛仔裤男子快如幻影般连退数步，令盗匪的连续怒劈都劈了空。

“对方一刀劈空，想再次出手是需要时间的，这个时间，就是我们出招的时候。”牛仔裤男子找准对方劈空的时机，一个进步刺剑，在剑如毒蛇般刺入盗匪的脖颈后又瞬间拔剑后退，盗匪身体消散。

“剑在冷兵器中有很多劣势，比如比较短、力量不够，而它的优势是灵活，快如闪电。我们需要发挥它的优势。”牛仔裤男子讲解着。

哗——

看台上，许景明出现，走到黎渺渺身旁坐下了。许景明在观战平台是可以选择并进入好友正在观看的直播间的。

“渺渺，看什么呢？”许景明如今在排队等待神级高手大战开启，而且他练了八个多小时也累了，所以休息一会儿。

“学剑法呢。”黎渺渺看向许景明，说道，“我业余练剑七八年了，你这个大高手还亲自教过我。我以为自己剑术不错了，但是在虚拟世界游戏里面，我拼了命练习，基础战力才勉强156，都没资格参加定级赛，在繁星级打了两个多小时才满星，升到了银月级1星。可刚升上去，我就连输了三场。幸好这个游戏不会降级，我现在是银月级0星。”

许景明点头：“慢慢来，不急，才第一天，况且绝大多数人是新手，还在繁星级。”

黎渺渺感慨道：“曜日级的基础战力门槛可是400，神级的基础战力门槛更是1000，而我在银月级都是三连败，唉……”

“对了，这个主播丛尧可是拿过奥运会重剑奖牌的，也参加过世界武道大赛。”黎渺渺说道，“他讲的东西还挺有用的。”

“丛尧是挺厉害的。”许景明点头。

那牛仔裤男子目光扫过看台时，看到了许景明，微微点头。许景明也点了点头。

“他现在已经是曜日级28星了，在曜日级二十九胜两负，剑法非常厉害。”黎渺渺说道，“现在的主播中，论剑法，他应该是前几了。”

“没有神级玩家直播吗？”许景明问道。

“有，但是没有擅长剑法的神级玩家直播。”黎渺渺慨叹，“现在神级玩家太少了，夏国神级玩家才三十二位，直播的仅有三位。我们要学剑，只能找曜日级的。”

许景明点开观战平台，观看好友直播，发现竟然有一百二十五位好友在直播。

“你有不少朋友在直播啊！”黎渺渺惊叹道。

“职业选手也要人气的。人气高的，出场费都高得多。”许景明说道。许多朋友退役后也要经营自己，参加综艺活动的就有很多。

“我的好友中，职业选手近千人，一百多个直播，并不多。”许景明继续看好友直播，看到了阿烁。

杨青烁正在进行对战直播。许景明当即点开，直播画面变大。

“这是你的好兄弟杨青烁吧。”黎渺渺惊叹道，“好厉害啊！游戏开放第一天能进曜日级的，都是顶尖职业选手，曜日32星，就算是连胜，也需要连胜三十一场！”

“他是挺厉害。”许景明边观看直播边道。

杨青烁的直播间。

雪地战场。

“我们要发挥自身的优势，比如我速度快，那么就寻找落单的对手，逐个击破。”杨青烁穿着一身皮甲，手持一杆银枪，快如闪电般奔行在雪地上，直奔向对面一手拿大盾一手持大锤的对手。

杨青烁一边奔跑，还一边解说着，而且他说话的声音可以让直播间的观众都能听到。

因为杨青烁是曜日32星，而且是参加过世界武道大赛的选手，讲解也挺有趣，他的直播间热度还挺高，有上千人在观看。

持着盾、锤的对手魁梧高大，但速度慢，眼睁睁地看着杨青烁追来却逃不掉。

咻咻咻——

杨青烁犹如鬼魅，环绕着壮汉走了几步，便连续刺出几道枪影。

壮汉也是职业级高手，小心举着盾保护自己，但终究与杨青烁的差距还是大了些。

从侧面刺来的第五道枪影擦着盾牌边缘刺入了壮汉的头颅，壮汉的身影便消散了。

“漂亮！”

“曜日级对手，几枪就击溃了。”

“好厉害！三十二胜一负，真是‘怪物’啊！”

“杨青烁公布战力了，他的战力都到970了。曜日级基础战力的门槛是400，曜日级中能挡住他的没几个。”

观众们看得惊叹，同时也有热情打赏各种礼物的。

杨青烁看了一眼，心中一喜，接着说道：“我们在对战的时候，要选择自己能克制的对手。比如刚才的对手，一看就是笨重类型的，而我们是灵活类型的，可以尽情出招，对方却很难碰到我们。”

“看，远处那个用双刀的，”杨青烁盯着远处雪地上的另一名对手，“估计和我一样修炼的影豹进化法，但他速度不如我，兵器比我短，我很容易就能打败他。我们必须在对方团队会合之前尽量逐个击破，到后期我们团队就有人数优势，能轻易获胜。”

杨青烁迅速飞奔过去。

许景明看了下，心中觉得欣慰：“阿烁也有了用武之地，你凭借直播也能赚钱了。”

“天南海北的朋友们都在拼啊。”许景明看着一个又一个直播间。没直播的他不太清楚，但直播的朋友们都在对战。

他也在排队等待对战了，只因为是神级，凑足十人有点难。

“渺渺，直播的神级玩家在哪里？”许景明问道。

“在这儿呢。”黎渺渺对直播研究很透彻，迅速点出来了三个。

这三人的直播间都是同一个场景——

战斗空间的虚无之地，仅有提示：七人已准备就绪……

“直播，人都不在？”许景明笑了。

“直播场景可以锁定战斗空间。”黎渺渺说道，“能现在就成神级的，都是靠定级赛，而且代表他们的基础战力至少有1200，个个都是‘怪物’啊。很多世界武道大赛选手都达不到。”

许景明点点头，看向那三个神级玩家的直播间。

“熊猫张谦、神箭手王怡、女战神孙玉婷。”

许景明念出了这三人的名字。

这三人名气都很大。

黎渺渺也兴奋地道："之前因为男女身体素质的差距，世界武道大赛一直是男性的舞台，但是，现如今女性有了适合她们的基因进化法，身体素质不再处于弱势，第一天就有女性成为神级玩家了。神箭手王怡，三届奥运会射箭冠军，箭术界的大魔王。"

"神级的弓箭手是很恐怖。"许景明点头。

冷兵器中，弓箭手产生的威胁很大。

"女战神孙玉婷获得过两届女子世界武道大赛第一，但女子赛事的热度比男子赛事的低太多了。"黎渺渺说道，"如今，她们可以真正证明自己了。"

"女子职业选手的数量也比男性少很多。"许景明点头道，"就是因为热度普遍低，收入也普遍低。"

这也很正常，因为世界武道大赛是不限性别的，女性也可以去征战。但女性身体素质的确处于弱势，在世界武道大赛上，最耀眼的还是男性。

"有了基因进化法，女性的身体天赋丝毫不逊于男性。"黎渺渺道，"三个直播的神级玩家，两个是女选手，从这个比例可见一斑。"

"嗯，那是什么？置顶的直播间？"黎渺渺有些惊讶。

许景明也看到了，在观战平台，有一个直播间被置顶了。

"夏国官方直播间。"许景明、黎渺渺都看到了名字。

"走，去看看。"

两人轻轻一点便进入了直播间。

嗖！

作为自虚拟世界游戏开放以来观战平台唯一一个被置顶的直播间，夏国官方直播间此刻不断有观众进入。它的看台无限广阔，两百万人、五百万人……越来越多的人进来了。

许景明、黎渺渺也进来了，他们坐在位置上，遥遥看去。

"放大。"

他们轻轻一点，远处的直播场景便迅速拉近到了他们眼前。

有三人坐在解说台后。

"这里是夏国官方直播间。"主持人是官方的金牌主持刘鑫，她身旁是一男一女两名中年人，刘鑫笑道，"今天是我们官方直播间开播第一天，我旁边的两位，分别是国家武道队主教练黄永、女队教练秦一文。"

黄永、秦一文挥手："大家好。"

"我们直播间刚刚开始直播，观众就已经突破一千万人。"刘鑫笑容灿烂，她的一个笑容在网络上就能火起来。官方媒体将她当成宝，如今夏国官方第一次在虚拟世界直播，便让她来当主持人。

"我们第一次开播，直播的是我们夏国即将开始的第一场神级高手对战！"刘鑫说道。

第19章 // 夏国官方直播间

主持人说话间，直播间的观众数量不断增加。

黎渺渺看得惊叹："虚拟世界开放九个小时，大家不管是练进化法还是对战都有些疲惫了，但是看直播的人依旧好多，这一会儿，官方直播间已经突破三千万人了。"

"毕竟是观战平台唯一置顶的直播间。"许景明也看到直播间观众数量不断增加。

此刻，解说台后。

主持人刘鑫接着道："根据我拿到的资料，现在夏国还没有超过曜日级40星的，而曜日级50星才是满星，所以现在能成神级的，只有通过定级赛一个方法，这代表他们的基础战力至少达到了1200！"

"要做到这一点非常难。"黄永说道，"根据我了解到的情况，现在普通职业选手的基础战力大多也就两三百。能打A级武道赛事的职业顶尖高手的战力普遍在500到800，能参加世界武道大赛的，战力普遍不超过1000。"

"1200是什么水准？那是有望成为武道大师的水准！"黄永笑道，"现在的三十三位神级高手，依我看，要么是职业武道的名家，要么是其他格斗流派的传奇人物，又或者是民间奇人。"

"民间奇人？"刘鑫惊讶地道。

"民间藏龙卧虎。"黄永笑道，"像当初我师父柳海征战第一届世界武道大赛前，谁知道他如此厉害？”

“还有很多女性高手。”秦一文教练道，“人类群体中，男性女性各占一半。如今十种进化法中，适合女性的有五种，身体素质丝毫不逊于男性，可以预料，以后在神级高手中，女性大概率也会占一半。”

“我也很期待看到不同领域的高手比拼。”黄永说道。

主持人刘鑫忽然说道：“我们直播间的观众已经突破一亿人！截至此刻，我们夏国达到神级的有三十三人，第一场神级高手对战，已经有八人准备就绪，相信要不了多久便将开始。在开始前，我们先聊聊参战的神级高手。”

“首先是公开直播的三位，外号熊猫的张谦、人称女战神的孙玉婷，以及神箭手王怡。”刘鑫说道，“黄永主教练对张谦肯定很熟悉。”

“熊猫老张嘛，武道格斗领域的第一大网红。”黄永主教练笑道，“他之前在网络上有超过五千万粉丝，人称‘武术万花筒’，他的三尖两刃刀绝对有武道大师的水准。”

一旁的女队教练秦一文则说道：“之前网络上对他的实力有很多质疑，因为他没参加过世界武道大赛，但这次，他能在虚拟世界开放第一天就能达到神级，已经证明了自己的实力。”

“很多人都不敢相信一个格斗领域大网红能够比很多职业选手先一步达到神级，但是张谦做到了。”主持人刘鑫说道，“很期待这一场神级高手对战中他的表现。”

看台上，许景明、黎渺渺也注意到了直播间的热度。

“进来的观众突破一亿六千万人了！”黎渺渺惊叹道。

“这速度可真夸张！”许景明道。

“一传十，十传百，一旦对战开始，进来的人会更多，毕竟是夏国第一场神级高手对战。”黎渺渺说道。

许景明看向黎渺渺，笑道：“渺渺，这第一场神级高手对战，我也排队了。”

黎渺渺一愣。

“神级高手对战，景明，你也排队了?！”黎渺渺问道，“你是排队八人中的一个？”

“嗯。”许景明点头。

“景明，能让我看看你的个人战力面板吗？放心，我不外传。”黎渺渺的眼睛在放光。

许景明手指一点，他的个人战力面板显现了出来。

玩家：许景明

基因进化法：天蟒进化法（中阶20%；剩余练习时间共七百三十五天，不可提升）

身体指数：115

技能：枪法（二阶75%），步法（二阶16%），盾法（二阶62%）

基础战力：1380

实战加成：20%

战力：1656

“哇！”黎渺渺仿佛看到了一堆珠宝，激动无比，“这才第一天，你的进化法就中阶了？基础战力1380，比神级定级赛门槛1200都高啊！你的一点零头都比我多好多。”

“实战加成20%？这是什么？我的实战加成是0%。”黎渺渺抬头看向许景明，“景明，我看了那么多直播，不少主播都公开了自己的战力面板，但你这个是最夸张的。”

“强中还有强中手，毕竟第一天成神级的有三十三位。”许景明说道。

“景明，你要大火啦！等会儿对战开始，你们十个人一定会得到很多关注，会有很多粉丝。”黎渺渺说道，“我早知道你的前途会比过去光明百倍千倍，可没想到来得这么快。虚拟世界这才开放第一天！才开放九个小时啊！”

解说台后，女教练秦一文说着：“在冷兵器格斗的环境下，神箭手的威胁将非常大，相信等会儿大家看到神箭手王怡的表现会深有体会。”

“除了熊猫张谦、神箭手王怡、女战神孙玉婷外，我和黄主教练还知道两位参战的神级高手，分别是诡双刀董旭大师、苗刀女侠廉霜。”秦一文笑道。

“这是我在好友中打听到的，董旭师兄亲自和我说的。”黄主教练笑道，“董旭师兄今年已过五十岁，是老一辈的武道大师，当年拿过第十一届世界武道大赛的世界第三，他的诡双刀变化无穷，许多世界高手都曾败在他的双刀下。”

“苗刀女侠廉霜，也是我们国家队女队的教练。”秦一文道。

“很多男队员都向她请教过苗刀用法。”黄永笑道，“如今第一天就达到了神级，她证明了自己的实力。”

“准备就绪的神级高手已经九人啦！”主持人刘鑫忽然兴奋地道，“快了，快了，离十人只差最后一人。这一场神级高手对战随时可能开始。”

直播间人数不断增加，已经突破两亿两千万了。

忽然，主持人刘鑫、解说员黄永、秦一文都激动起来了。

“十人已满！”刘鑫声音都变得高亢起来，“第一场神级高手对战马上要开始了！”

坐在看台上的许景明收到了提示：“十人已准备就绪，对战即将开始！许景明，请准备你的兵器装备。”

“渺渺，对战开始了，我过去了。”许景明和身侧的黎渺渺说道。

“赶紧去。”黎渺渺激动得催促起来。

许景明哗的一下消失不见。

“爸、妈，赶紧来，赶紧过来。”黎渺渺立即联系人，“叔叔、阿姨、爷爷，我们夏国第一场神级高手对战，景明也参战了，你们赶紧来夏国官方直播间。”

“二姨、三姨、四姨、舅舅，你们赶紧来官方直播间。”

“老同学们，第一场神级高手对战开始了，你们看了吗？”

“孔姐、小曾，给我转发，让大家来官方直播间。”

黎渺渺不断呼朋唤友，兴奋得很。

“我和你妈早来了。”黎辰安和妻子来到了女儿身边。

“渺渺，”许洪和妻子以及许老爷子也来了，许母一出现就问道，“你刚才说这第一场神级高手对战，景明也参加了？”

“快看前面，开始了。”黎渺渺指向前方的解说台。

弧形的解说台后，主持人刘鑫、解说员黄永、秦一文都看向显现的战斗空间。战斗空间内，左边有五人，右边有五人，他们即将开始选择兵器装备。

“十位神级高手全部出现，左边队伍的五人分别是大力神高崇、血斧王谯、苗刀女侠廉霜、女战神孙玉婷，以及一位叫柳箭风的九十七岁的老前辈，似乎格斗圈没听说过这位老前辈。”主持人刘鑫有些惊讶。她只能看到每一个人的名字以及年龄，其他就不知道了。

这五人中，其他四人都名声赫赫，唯有柳箭风没听说过。

国家队的两位教练黄永、秦一文露出困惑之色，他们俩认识的圈内人很多，可也没听说过这个名字。

“九十七岁的老前辈在第一天就能成神级玩家，的确了不起。”黄永道。

主持人刘鑫接着道：“右边队伍的五人，分别是神箭手王怡、枪魔许景明、传奇拳王吴赛、诡双刀董旭大师，以及我们熟悉的熊猫张谦。”

第20章 // 神级高手对战

许景明点击进入战斗空间，便看到了其他四名同伴，对面是五名对手。

“小许。”一名短发中年人笑眯眯地看着许景明。

“董师兄。”许景明客气地道。

眼前的中年人正是诡双刀董旭大师，也是柳海门下弟子，不过年纪比许景明大多了。

“我们这支队伍可真是阵容豪华，董旭老哥、景明你们俩可都是武道赛场的老将。”胖乎乎的熊猫张谦作为格斗领域第一大网红，人脉很广，“吴赛是两个级别的世界拳王；王怡就更别说了，我们箭术界的女神。”

“大家好。”王怡微笑道，惜字如金。

“我没怎么玩过武道格斗，大家多多见谅。”传奇拳王吴赛很壮，笑道，“我的兵器是双盾。我们拳手用双盾，比较容易上手，到时候给大家冲在前面，抵挡对方进攻。”

“我的兵器是三尖两刃刀，这是最有把握的。”熊猫张谦道，“再带些暗器。”

“双刀和暗器。”董旭大师道。

“枪和双盾。”许景明说道。

“弓箭。”王怡说道。

熊猫张谦听了大喜：“很好，景明和吴赛都用盾牌，那我们团队的防御力就强多了，毕竟对面有大力神高崇在。”

“高崇！”

听到高崇这个名字，许景明、董旭、王怡、吴赛都变得郑重了几分。

他们如今看得到对面的五人，最让他们在意的就是大力神高崇，因为他是夺得过世界武道大赛第一名的，武道联盟可是给了他“大力神”的称号。

“请一位队员先选择兵器装备。”虚拟游戏的系统声音响起。

“兵器是依次选择的。”熊猫张谦解释道，“我们这边一人先选择，然后对面两人选择，我们再两人选择，对面也两人选择，我们最后两人选择，对面最后一人选择。因为双方看得到彼此的装备，可以选择克制对方的。”

“我第一个选吧，我只会用双盾。”传奇拳王吴赛很快就穿好了一身铠甲，手持双盾。

随着比赛开始，夏国官方直播间的观众数量迅速飙升。

“已经三亿八千万了，还在增加，人还真多啊！”许洪惊叹道。

“双方正在选择兵器装备。”解说台后，主持人刘鑫说道，“吴赛是两个级别的世界拳王，他的步法和他的重拳都是出了名的，他先选择了双盾！另一边，是大力神高崇、血斧王谯分别选择兵器装备。”

“高崇选择的是重型铠甲，目测重量应该至少有三百公斤。”主教练黄永惊叹道，“就算是在虚拟世界内，大家身体都进化了，穿上三百公斤的重甲，负担还是不小的。”

“高崇拿过第二十二届世界武道大赛的世界第一，以力大无穷出名，看他如今比现实中更壮硕魁梧的体形，应该练的是以力量为主的巨熊进化法，他的力量应该会达到更恐怖的地步。”秦一文惊叹道，“再加上他的枪法技艺，他的威胁程度非常高。”

“血斧王谯，在第十二届世界武道大赛中初登场，在第十五届世界武道大赛中就获得了第二。”黄永接着道。

“最后一位选手，九十七岁的老前辈柳箭风选择的是一柄剑！这是十人中，唯一一个只选择一柄剑的，女战神孙玉婷都是盾剑配合。在冷兵器格斗中，单手剑还是很吃亏的。”刘鑫有些惊讶，随即道，“好，现在双方全部选择兵器完毕。两位教练，你们看好哪边？”

“左边队伍。”黄永说道，“女战神孙玉婷、血斧王谯他们俩都是一手持盾一手持攻击兵器，适合正面进攻，更有大力神高崇正面对战！柳箭风老前辈以及苗刀女侠廉霜都擅长身法，可进行偷袭刺杀。当然最主要的原因是我很看好高崇！”

“我看好右边队伍，因为右边队伍有我们的神箭手，这可是十个人中唯一的神箭手。”秦一文说道，“传奇拳王吴赛和枪魔许景明可都带着双盾，许景明在世界武道赛场上也用过双盾。”

“他的双盾技法是进国家队后，师父柳海所传。他在盾法上的天赋很高，在世界武道大赛上也用双盾击败过对手，还是很有功力的。”黄永道。

“两个使用双盾的保护住神箭手，神箭手可尽情发挥。”秦一文说道，“这一战，我看好右边队伍。”

“大孙子，加油！”许老爷子高呼着，最是热情。

“他们总是夸那高崇，也不多说说景明。”许母则道。

“这十人中，高崇的实力应该是最强的。”许父也是圈内人，评价道，“当初比赛打得是真漂亮，其他人打比赛，需要各种比赛智慧，他打比赛，就是横冲直撞，根本就不带躲的，最终硬生生冲到了世界第一。他退役时，柳海曾评价过，夏国武道圈论枪之霸道，高崇当为第一！”

“别长他人威风！”许老爷子瞪眼，“还没开始呢，就怕了？打比赛，最重要的就是一个字，干！”

许洪立即赔笑道：“爸，你说得对。景明腿伤好了也是有冲击世界第一的希望的，至少能和高崇掰一掰手腕。”

“嗯。”许老爷子看着直播画面，“我最好奇的，是那位叫柳箭风的老哥，九十七岁了，居然在第一天就达到了神级。”

“叔叔，你认识这位柳箭风老前辈吗？”黎渺渺问道。

“我也算走遍了世界各地，也拜访了国内各个流派，但还真不认识他。”许洪说道，“他姓柳，景明的师父柳海的老家，冀北沧县的柳氏一族个个习武，柳姓的有很多。”

“对战开始了！”黎渺渺看向直播画面。

“虚拟世界，我们夏国第一场神级高手对战现在开始了！”主持人刘鑫声音高亢地说道，“此次对战区域，是小镇。”

古代小镇，细雨绵绵。

十人分散降临在小镇的各处。

许景明穿着暗红色的轻型护身甲，手持一杆长枪，背着双盾，出现在一家酒楼的二楼。

“对面的苗刀女侠廉霜以及柳箭风老前辈应该都擅长刺杀，我们必须先集合，保护好我们的神箭手。”熊猫张谦通过队内语音说道，“当然，董旭老哥可以单独行动。”

“好。”队内其他四人都没有异议。

通过队内地图，大家能清楚地知晓同伴的位置。

许景明沿着酒楼楼梯走下去，从后门出去了。外面细雨如丝飘在脸上，很是清爽。

许景明贴着墙小心前行，双耳仔细聆听一切动静。

另一边，身体精瘦、修炼影豹进化法的诡双刀董旭大师穿着皮甲，身形如鬼魅，手持双刀穿行在小巷中，寻找着猎物。

另一支队伍的五人也早就统一了意见。

“王谯师兄、孙玉婷，你们俩先和我会合；廉霜和柳箭风老爷子，你们自由行动，最好能在对战真正开始前先解决了神箭手。”大力神高崇通过队内语音说道。

“对战刚开始，所有人分散在小镇各处，是刺杀神箭手的最好机会。”苗刀女侠廉霜身影模糊，嗖的一声上了屋顶，小心翼翼地行走，从高处寻找着目标。

柳箭风老爷子瘦小如猴，剑在腰间，转了两三次便消失在了小镇中。

“好快的速度！”

直播间内，主持人刘鑫、解说员黄永、秦一文都注意到了柳箭风老爷子。

黄永更是道：“两边的队伍中，董旭、廉霜、柳箭风老爷子，他们三位应该都是擅长身法，但明显能看得出柳箭风老爷子速度最快、最灵活。”

嗖嗖嗖！

柳箭风老爷子穿行在小镇中，不时停下看看，但他一旦行动，一蹿就是老远，几步就消失在小巷里。

柳箭风忽然停下，双耳动了动，小心翼翼地走进一旁的客栈，来到客栈一间屋子内，在窗户边悄悄看着。

不远处一道身影正小心前行，正是许景明。

“柳箭风老爷子发现了枪魔许景明！”黄永连忙喊道，“许景明还没有察觉到，他危险了！”

第21章 // 第一次交锋

“那位柳箭风老爷子要对景明出手了。”直播间看台上，许母紧张起来，“景明能挡住他的偷袭吗？”

“偷袭，在于出其不意。”许洪郑重地道，“那位柳箭风老前辈行走无声，速度极快，一旦出招，如果发现得晚一点，景明可能来不及反应就会被一剑解决。这就是刺客的厉害之处。”

“那不是第一个出局？”许母担心起来。

“只要能发现对方，那就不足为虑了。”许洪道。

“叔叔，景明能发现对方吗？”黎渺渺问道。

“不知道，两边都是神级高手，难说。”许洪盯着看。

直播间无数观众都在盯着看，期待即将开始的交锋。

许景明右手持长枪，眼观四路，耳听八方，小心地沿着巷子迅速前进。

他穿的是轻型护身铠甲，还背着盾牌，行走时肯定会发出细微声音。如果是那些穿着柔软皮甲，修炼影豹进化法、幻猫进化法这一类的人，行走声音可以忽略不计。

他不知道此刻前方小巷的上方正潜伏着瘦小老者柳箭风。柳箭风缩在那里，悄无声息，只是用余光注意着许景明。他的呼吸都微弱到几乎没有，仿佛天地间都安静了。

许景明并没有察觉到异常，继续前进着。

就在双方距离三丈左右时，柳箭风眼睛一眯。

轰!

一瞬间，他整个人就仿佛一道闪电一般，从小巷上方俯冲而下。

许景明一抬头便看到一道剑光已到前方，抬头的刹那，他右手握着的长枪便本能地朝前崩挑开去。

长枪枪影模糊，同样快得可怕!

当!

那道刺来的剑光一转，劈在许景明的长枪上，同时借着反震力，那瘦小如猴的身影一踩小巷的墙壁，一跃便到了小巷之上，消失不见。

一击不成，已然遁走。

许景明的额头上有着冷汗："一点动静都没有，他动手引发了空气气浪我才有所感觉，差一点就没挡住，命就没了。"

之前，不管是练武场的陪练还是定级赛的对手，都是虚拟世界虚拟出的对手。在虚拟世界内真实对战，许景明这还是第一次。

至于现实世界中的武道大赛，也是在擂台上光明正大地一对一战斗。被高手刺杀，这是许景明第一次经历。

在生死边缘走了一遭，许景明有些头皮发麻："幸好我常练无影刺，瞬间发力够快，逃过一劫。"

远处，瘦小的老头柳箭风眼中却有着一丝笑意："挺厉害的小家伙，三丈之内，我偷袭他一剑，他竟然能反应得过来。"

这场神级高手对战是游戏中顶级高手第一次交锋，夏国官方直播间瞬间就沸腾了。

"漂亮！"黄永惊叹道。

"刺杀漂亮，挡得也漂亮！"秦一文也双眸放光。

刘鑫挥手点了下，在直播的战斗空间的高空区域，开始回放柳箭风与许景明交手的慢动作。

“你们看，柳箭风老爷子藏匿时，仿佛枯木，没有任何动静，许景明也并无任何察觉。待许景明到近处时，柳箭风老爷子出手了。”黄永指着画面说道。

慢动作场景中，柳箭风一扑之下，整个人就仿佛一柄剑刺出。

“柳箭风出招时，许景明才有所察觉。”黄永指着画面，“在他抬头的这一刹那，柳箭风手中的剑的剑尖距离他只有一丈左右。距离很近，按照这一剑的速度，柳箭风只需0.06秒左右就会刺中他。”

“虽然修炼进化法后，人类的反应时间变短了，”黄永说道，“但身体做动作是需要时间的。仔细看，许景明单手持枪，身体发力，长枪崩挑，快得连枪影都模糊了。这是一瞬间的寸劲发力，快如闪电！即便如此，他也来不及挡下这一剑，他这一枪是直接挑向柳箭风老爷子的。”

“对。”秦一文说道，“柳箭风老爷子如果继续俯冲，长枪会先一步刺中他的身体。老爷子变招速度极快，剑光一转就已经劈下，快如闪电。都说剑快，可快成这样，也是真了不起。劈在枪杆上，瞬间借反震力点了一下墙壁就逃离了。”

秦一文赞叹：“从出招到逃离消失，全程0.68秒，都不到一秒钟，简直太精彩了！过去的世界武道大赛从来没有精妙到如此地步的交锋！”

“必须承认柳箭风老爷子是真可怕！许景明的枪法也很恐怖，不愧是枪魔！一老一少，给我们展现了一场真正的巅峰视觉盛宴！”黄永无比赞叹。

越是武道格斗圈内人，越是为这样的交锋沉醉。这不比任何电影还要精彩百倍千倍吗？

直播间的看台上，观众们也都沸腾了。

“这是人能做到的？”

“如果我是许景明，根本察觉不到吧。就算抬头看见了，也来不及出枪应对。”

“就一瞬间，出枪怎么会那么快？”

“给你们普及一个常识：枪魔许景明名震全球的绝招叫无影刺，就是以出速度出名的。”

“许景明出枪快，柳箭风老爷子变招也快啊。看到许景明出枪的一刹那，他手中的剑就变招了。”

“双方交锋，真是厉害。”

“柳箭风老爷子从出手到逃离，仅仅0.68秒！这是人能做到的？”

“这是神！”

“这就是神级高手对战吗？”

直播间的评论区，无数留言不断翻滚。

主持人刘鑫也热血沸腾：“这就是神级高手对战，这还只是这场神级高手对战的第一次交锋。”

直播间的观看人数迅速增加，如今已经达到了五亿，这是一个匪夷所思的数字。

“漂亮。”

“枪法漂亮。”

许桂顺老爷子、许洪夫妇、黎渺渺他们都紧张地屏息看着，等到交锋结束才激动起来。听着两名国家队教练的解说，他们就更热血沸腾了。

“景明的枪法真是漂亮，我眼睛看会了，手学不会啊。”许桂顺老爷子慨叹。

“一个刺杀得漂亮，一个反击得漂亮，寸劲发力还是我教给景明的，现在我却不如他了。”许洪惊叹笑道，“将寸劲发力练到这地步的，全世界能有几个啊！我儿厉害啊！”

黎渺渺也看得眼睛发亮：“真厉害！”

她是练过剑的，她觉得那位柳箭风老前辈的剑术比国家队高手丛尧还要恐怖，可她的男友却依旧逼得那位老前辈退去。

黎辰安夫妇两人看着准女婿的战斗场景，都满意地点头，笑容也不自觉地愈加灿烂了。

细雨蒙蒙的小镇。

神箭手王怡在一家酒楼的屋顶上半蹲着，小心观察着。这家酒楼并非小镇的最高建筑，但视野很不错，酒楼前后的屋顶夹角恰好能让她藏匿起来。

“我到了。”许景明到酒楼后院，通过队内语音说道。

“我在酒楼前街盯着。”吴赛藏在酒楼对面的民居内，可监视酒楼前街一大片区域。

“景明和吴赛，你们俩先保护好我们的神箭手，我马上就到。”熊猫张谦通过队内语音说道，“人胖，走路慢了点，大家多多见谅。”

“我在距离神箭手两百米的范围内巡视。”诡双刀董旭大师也悄无声息地在一处处巡查着。

就在这时，一道灵活的身影从不远处屋顶一闪而过。

诡双刀董旭大师看到了，连忙向队内传音：“我发现了苗刀女侠廉霜！”

第22章 // 射箭

那道灵动的身影在一闪而过时，余光瞥到了沿着墙角行走的诡双刀董旭大师。

“柳箭风老前辈配合我，一起先解决了诡双刀董旭。”廉霜身影一动，跳下屋顶，迅速朝董旭冲来。

董旭站在原地，双手空空，双刀都已收起了，就这么看着廉霜冲来。

廉霜嘴角微微上翘，带着一丝冷笑，身影闪烁，不断改变方向，仿佛一只灵活的猫，几个闪烁便直扑向董旭。

咻咻咻!

董旭一甩手，就有三道流光射出，其中两道流光落了空，一道流光被廉霜手中的苗刀给格挡开了。

“早就看到你带暗器了。”廉霜格挡开那一柄飞刀，冲到董旭面前，双手握着苗刀直接怒劈而下。

董旭双手瞬间各握一刀，正面冲出。

当当当!

苗刀挥舞，凶猛至极。

苗刀足有一米六长，廉霜挥舞它时，整个人周围仿佛有着一条素练，他人碰到就得断胳膊少腿，然而董旭大师双刀配合，挡得滴水不漏，并且想近廉霜的身。

廉霜则是要保持距离，因为双方保持在两米左右的距离更适合她施展苗刀。双方步法变换，互相交锋，刀光飞舞。

另一处，在两条巷子外的柳箭风老爷子迅速朝这边赶来，与这里直线距离不足百米。

而在约两百米外，神箭手王怡在酒楼屋顶只是移动了几步，便看到了那条巷子里的交锋。

她感应着此时飘荡的细雨，感应着微风。

她躲在屋顶遮挡物下，仅仅微微露出一双眼，看着远处的交锋，计算着廉霜的身体移动规律，缓缓地拉弓满圆，箭已在弦上。

忽然——

她瞬间直起身子，一箭就已经飞了出去！

箭矢所过之处，形成高压气浪！

当当当！

董旭疯狂迫近，廉霜却不断后退保持距离，手中的苗刀一次次挥舞，威胁着董旭。

“嗯？”廉霜忽然意识到不对劲。

她一转头，便看到一道模糊的影子从十几米外袭来！

廉霜身体本能地一动。

她的身法很快很灵活，但那道模糊的影子快得可怕！

轰！

即便她勉强移动了，那模糊的影子却依旧贯穿了她的左胸口，跟着轰击在远处石板地面上，炸出了一个深坑。

深坑中有一些箭杆碎片，众人才能确定刚才那是一支箭！

廉霜抬头看着远处，隐约看到一名女子手持弓箭从屋顶看向这里，跟着便消失在屋顶。

“是她，神箭手王怡！”

廉霜明白了这一点，身影消散在小镇中！

苗刀女侠廉霜第一个被神箭手王怡一箭淘汰！

夏国官方直播间。

主持人刘鑫连续轻轻挥手碰触操作系统，将神箭手王怡一箭淘汰苗刀女侠廉霜的过程在战斗空间高空位置进行回放。

那一箭撕裂了空气，贯穿细雨，速度快得恐怖！这样的速度，衬托得廉霜和董旭大师的行动都变得无比缓慢。

在箭矢距离廉霜十余米时，廉霜终于有所感应，缓慢地抬头看到了这一箭。

但来不及了！

廉霜身体微微扭动，这一箭就穿越十余米距离贯穿廉霜的左胸，令其消散了。

接着，箭矢扎在远处的石板上，扎破石板，轰出了一个深坑，箭杆粉碎，箭头则扎入泥土深处。

这一箭，唯美又恐怖！

“这一箭太漂亮了！”秦一文兴奋地指着画面道，“看数据显示，这一箭最高速度达到了每秒四百三十二米，是超音速的一箭。从酒楼到交战地点，距离约两百米，箭矢在空中还是要飞大概半秒。半秒时间，廉霜是一直在移动的，而且天还下着小雨，有微风。王怡完全算准了天气的影响，甚至算准了接下来半秒廉霜移动的位置，有把握了，才放出那一箭。”

“一箭出，等廉霜看到，就已经晚了。”秦一文惊叹道。

“从廉霜看见箭矢到箭矢射中她，时间太短了，比柳箭风前辈的刺杀还要可怕。廉霜能移动一丝，已经算反应很快了。”黄永摇头道，“古代就有一句话，明枪易躲，暗箭难防。最难防的就是暗箭，如果是正面的一箭，约两百米距离，半秒时间，对廉霜他们这些神级高手而言，有充足的时间闪躲开。甚至在距离她五十米时发现这一箭，她都躲得开，但刚刚仅仅有十几米的距离，太近了。”

“暗箭难防，就在于发现的时候，身体已经来不及闪躲了。”秦一文也点头道，“在古代，很多名将都死于暗箭、冷箭，被正面一箭射杀的少之又少。”

“这一箭能成功，一是因为王怡的神射技艺；二是因为廉霜穿的是防护力弱的柔软皮甲，仅三十五公斤重。如果换成五十公斤的轻型护身铠甲，又或者是两百公斤的重型护身铠甲，是不可能被一箭贯穿的。”

“轻型护身铠甲可防箭矢，防刀剑劈砍，而重型铠甲不但防箭矢、刀剑，更防大斧劈砍、长枪怒刺，可能只有用重兵器去砸，才有点用。”黄永笑道，“当然，在游戏内，所有玩家都有一个共同要害——头。”

秦一文也道：“对神箭手而言，在高速移动的状态下，要命中对手的头，非常难。”

直播间内持续在解说……

小镇中，这场神级高手对战愈加激烈了。

嗖嗖嗖！

大力神高崇、血斧王谯、女战神孙玉婷三人正一同前进。

“廉霜被解决了。”孙玉婷严肃地道，“死于神箭手的一箭！”

“对面的队伍，对我们而言威胁最大的就是神箭手。”大力神高崇的双眸内也有着战意。

高崇体形高大，有两米一九，手臂粗壮无比，宛如直立的大熊。当然这也是他练巨熊进化法后身体有所蜕变，之前他只有一米九八，给人的压迫感没现在可怕。

高崇穿着重型铠甲，手握一杆粗大的长枪，看向身旁的血斧王谯、孙玉婷：“对方之前在那家酒楼，我们现在只管冲过去。我们三个人同时注意各个方向，小心她的暗箭就可以了。”

血斧王谯点头。

孙玉婷也很相信队友。队友高崇是拿过世界武道大赛第一的，血斧王谯拿过世界武道大赛第二，而她自身拿过两届女子武道大赛世界第一。

他们三人都经验丰富，擅长正面战斗。

“他们没有大幅度转移，应该还在酒楼那一片区域，我就在周围盯着那片区域！”柳箭风老爷子通过队内语音说道。

“老爷子帮忙看好了，我们从正面冲破。”高崇说道。

他们三人，血斧王谯一手大盾，一手大斧，行走在小队的左边；女战神孙玉婷一手盾，一手剑，行走在队伍的右边；高崇行走在队伍的中央，手持一杆大枪。

三人就这么快速朝酒楼冲去。

酒楼旁不远的一家客栈内，神箭手王怡在楼上，许景明、熊猫张谦也在楼上守着，吴赛则在楼下盯着，董旭大师在街道路口一带小心蹲守。

“高崇他们三个从正面冲过来了，”王怡皱着眉头说道，“速度非常快！他们个个铠甲在身，孙玉婷和王谯还带着盾。”

“妹子，有把握吗？”熊猫张谦在窗户处看着，问道。

“又是重甲又是盾牌，他们三个经验又丰富。”王怡摇头，“距离必须近，最好在五十米之内。近距离找机会出手，才有望命中他们的要害。”

“不能让他们进客栈，我们最好在空旷的地方和他们战斗，给王怡妹子出箭的机会。”熊猫张谦说道，“对方三个中，最难缠的是大力神高崇，谁去拦住他？”

“我力量大，有双盾，我去挡住他。”传奇拳王吴赛通过队内语音说道。

“我从正面上。熊猫，你见机行事。”许景明说道。

“好，就这么定了。”熊猫张谦点头。

此刻对方三人已经进入了客栈前的这条街道。

第23章 // 八极虎扑！

“酒楼左边那家客栈二楼，我可以确定有人！”柳箭风老爷子通过队内语音道，“但是你们要小心，到现在我也没找到诡双刀董旭，他随时可能出手偷袭。”

“就那家客栈！”

大力神高崇大步飞奔，每一步都令石板路震颤起来了。如果说之前他是在赶路，现在就是在冲锋！

血斧王谯、女战神孙玉婷同样持盾冲锋，直奔客栈。

“高崇，让我看看你有几分手段。”同样穿着重型铠甲的魁梧男子吴赛手持两面大盾，出现在街道上。

许景明这时候出现在了吴赛的左边，同样双手持盾，只是他的双盾比吴赛的明显小一些，直径仅仅六十厘米，而且他穿的也是轻型护身铠甲。至于他的那一杆长枪，则是分成两截背在身后。

高崇一旦战斗起来，就变得凶戾狂暴。当年在世界武道大赛中，他从第一场到最后一场，一直横冲直撞，杀到世界第一！那还是现实世界中的战斗，如今在虚拟世界内战斗，他更加放飞自我了。

“什么臭鱼烂虾！”高崇冲在最前面，一杆长枪直接朝吴赛挥劈过去！

这一劈，仿佛天河倒转，势头狂暴至极。

吴赛举着双盾抵抗。

常年的拳击练习让他习惯了抱架防守，此刻他也相信自己双盾在手，可以抵抗住对手的一切冲击。

轰——

高崇这一劈枪，如盘古开天地时怒劈下的一斧，直接怒劈在盾牌上。

吴赛只觉得冲击力透过盾牌碾压而来，身体不受控制地倒飞开去，这令他都不敢相信：“什么？”

“武道兵器格斗，他的实战加成是0%吧？”许景明见状，目瞪口呆。

这位传奇拳王吴赛对身体的掌控程度肯定很高，拳法和盾法也有共通之处，基础战力至少达到了1200，但兵器实战经验太少了。

“对方穿着几百公斤重的铠甲，冲锋时带着威势的劈枪，能硬抗？”原本藏在民居准备偷袭的熊猫张谦只能立即冲出，一杆三尖两刃刀立即化作游龙，阻挡欲要补枪的高崇。

当！

长枪和三尖两刃刀碰撞，三尖两刃刀枪杆一弯，熊猫张谦顺势退了两步，便抵御住了这一击。

“熊猫，谢了。”吴赛趁机站了起来，有些惭愧，“没什么经验，大家多多见谅。”

“赶紧来帮忙。”熊猫张谦仅仅与对方交手几招，就被逼迫得很难受。

另一边。

“先解决许景明。”血斧王谯、女战神孙玉婷看准机会，打算二对一先解决许景明。

许景明手持双盾，在两人逼近的刹那略微退了一步，双盾一斜一荡，便让血斧王谯、女战神孙玉婷冲撞时都别扭、难受。

“他的盾法是柳海教的，盾法是太极那一套，仿佛牛皮糖。”孙玉婷虽然盾击力道落空了，但依旧宛如毒蛇般给了对手一剑。

血斧王谯也一斧劈来。

当！

许景明一对二，却守得滴水不漏。

如果靠一杆大枪，要守住并不容易，但盾牌在防御方面具有很大的优势，师父柳海教的盾法虽然也有爆发的招数，但主要以借力、卸力为主。

在客栈对面的民居内，神箭手王怡观看着街道上的交锋。

高崇横冲直撞，招数暴力，一对二，都压制住了熊猫张谦和拳王吴赛。

许景明抵挡着孙玉婷、王谯的围攻，却守得滴水不漏。

“高崇！”王怡拉弓，箭在弦上。

高崇招数狂暴，对头颅的保护要比女战神孙玉婷、血斧王谯弱些。

王怡眼神一冷。

咻！

她手一松，一支箭矢瞬间从窗户射出，撕裂空气，以恐怖的速度直奔高崇。

高崇，能拿世界第一的人物，岂是真的莽撞之辈？他心中最警惕的，一直是藏在暗处的那位神箭手。

“好快！”即便一直心中警惕着暗箭，但那一道模糊箭影射来时，还是让高崇心惊。他仅仅抬了一下长枪枪杆，同时歪了一下头。

噗！

箭矢从脸庞擦过，他的脸就少了一块肉，右耳都消失了。

“在那里！”高崇不惊反喜，看向前方那座民居，疯狂地冲了过去。

“神箭手在那里！”女战神孙玉婷、血斧王谯同样看向那座民居，不再和许景明纠缠，都冲向那座民居。

“缠住他们！”吴赛持着双盾去硬抗。

熊猫张谦也冲了上去，合力一同阻挡高崇。

但伴随着高崇一个精妙的上挑，吴赛持着双盾竟然被挑飞了，熊猫张谦也被一枪砸得往后退了数步。

张谦龇牙：“在生命进化世界内，疼痛感只有百分之一，否则这一箭带来的疼痛会让高崇露出破绽。”

痛感削弱为真实痛感的百分之一，也是因为在生死对战过程中，许多伤势会很重。如果不削弱痛感，很多人会痛得崩溃的。

吴赛、熊猫张谦竟然都无法缠住疯狂的高崇。

另一边，许景明也无法一个人缠住两个人。在孙玉婷、王谯朝民居冲去时，许景明猛然前冲，同时通过队内语音说道："神箭手，配合我！"

轰，轰！

仅仅两步，许景明双腿爆发全部的力量，速度快到了恐怖的地步。

"什么？"孙玉婷立即察觉到不对，只觉得此刻爆发的许景明带着恐怖的凶猛腥气，仿佛一头远古猛兽扑来。之前一直卸力抵挡攻击的许景明露出獠牙，这一刻，孙玉婷觉得他比大力神高崇还要让她畏惧。

砰！

虽然孙玉婷左手已经竖盾，做好了卸力准备，但在许景明逼近她的瞬间，许景明将一双盾牌猛然拍出，冲锋的力道以及全身力道几乎完美地转移到了双盾上，再透过和孙玉婷盾牌的撞击，完全传递到了孙玉婷的身上。

孙玉婷只觉得她的盾牌使得她的手臂扭曲了，还撞击在她胸膛上，令她不受控制地被抛飞了，而且在冲击震荡下，她口中涌起一股腥味，忍不住喷出了鲜血。

咻！

这一刻，她看到了一支箭矢，依旧是从那座民居射出来的。

然而，被撞飞的孙玉婷根本无法闪躲，那一箭贯穿她的脖颈，令她的身体消散在小镇中。

女战神孙玉婷淘汰！在被许景明的双盾撞击得吐血，离地飞起后，面对神箭手的一箭，她毫无反抗之力。

"什么？"血斧王谯都不敢相信这个结果，才一个照面，自己的同伴就被撞飞受重伤了，"这不是柳海教的盾法。"

许景明手持双盾：盾法？

自己刚开始学盾法时，是完全按照老师教的做的，可如今自己都已经练到极高境界了，自然要走适合自己的路，毕竟自己从小学的是八极戳脚啊！

况且老爸最自得的一招，是八极虎扑啊！老爸四十年来主要就练这一招。作为最得意的招数，许景明小时候就被老爸手把手教这一招了。

“这一招盾法，是我父亲的绝招！”许景明道，“八极虎扑！”

夏国官方直播间。

看到这一幕的许洪忍不住眼睛湿润了，道：“八极虎扑！”

他年轻时是武术博主，学了很多武术流派的招数，样样都学，样样都没那么精通，但他就是喜欢。后来接触到八极虎扑这一招，他更是发自心底地喜爱。

他花费了很多心思才拜了师，得了八极一脉的真传，更在明月市创建了八极门。他每天练很多招数，但大半时间都用在了一招——八极虎扑上。

“儿子，八极虎扑，在于一个‘扑’字。不但要有全身的力气，还要有扑出全身的冲劲。”

当年，许洪在年幼的儿子面前演练着八极虎扑。

“甭管对手什么招，我八极虎扑抢中线，可将对手双臂扑开，拍在对手的胸膛上。”“都说猛虎硬爬山厉害，但八极虎扑更纯粹。”“一招练好，甭管什么对手，一扑即可。”

许洪无比信奉这一招。年幼的许景明不太懂父亲说的是什么意思，只知道相信父亲，一遍遍练着。在退役的三年里，许景明觉得自己的盾法不够凶猛，觉得完全可以融入八极虎扑的招数，所以慢慢将两者融合，形成了自己的盾法，这有别于师父柳海的盾法。

夏国官方直播间沸腾了。

原本战斗是很胶着的，甚至大力神高崇很强势，一对二都占优势，而许景明对王谯、孙玉婷，表面上只能防守。

可情况瞬间就变了！许景明一露出“獠牙”，瞬间就让孙玉婷受重伤被抛飞了起来。

“你们看，仅仅迈出两步，许景明的速度就达到了每秒30.8米。”看着慢动作画面，黄永主教练激动万分，指着画面道，“如果练习的是影豹进化法，速度提升到这种程度我不奇怪，但看许景明的体形与力量，练习的明显不是影豹进化法，但速度瞬间就爆发到这么快了，显然他对身体的调动能力达到了惊人的地步。”

“两步，许景明的速度就达到了恐怖的地步，而且他的双盾就仿佛是老虎的两个大巴掌，拍击在女战神孙玉婷的盾牌上。孙玉婷有盾牌抵挡，依旧被拍得吐血，倒飞开去了。”黄永赞叹道，“太厉害了！”

“在世界武道大赛上，许景明的盾法还没这么凶啊。”秦一文惊叹道。

“过去是太极的内涵，现在多了八极的味道。”黄永说道，“真是好凶猛的一招，许景明比三年前更强了！”

直播间的评论区内，无数评论在滚动。

“厉害！”

“同样是神级高手，直接被拍得重伤吐血，飞了起来？”

“他的盾牌简直不是盾牌！黄永主教练说得好，他那一双盾牌，就好像是老虎的两个大巴掌。”

“还不是一般的老虎，是虎妖！一头巨大虎妖的两个大巴掌！”

“许景明，你别叫枪魔了，叫盾魔！”

观众们看得热血沸腾，对战胶着时，要的就是打破僵局的杀招！

第24章 // 柳箭风老爷子

"不好！"大力神高崇看到己方又淘汰了一人，不由得急了，"现在是五打三，而且我和王谯还需要时刻警惕对方神箭手的箭，根本无法全神贯注地战斗 。"

神箭手威胁太大了，战斗时，只要露出大点的破绽，神箭手可能就一箭射过来了。

孙玉婷就是如此。如果没有神箭手，她即便被拍得吐血飞起来，队友血斧王谯也完全可以去挡住许景明，让孙玉婷来得及站起来，继续参战。

可对方有神箭手。

对神箭手而言，孙玉婷吐血被抛飞，那就是送上门的靶子！

"高崇，不解决神箭手，我们赢不了。"血斧王谯朝高崇靠拢，通过队内语音说道。

"我穿着重型铠甲，速度不可能赶得上神箭手，最多凭冲锋破坏对方同伴的阻碍，还是要靠你，靠柳箭风老爷子去解决神箭手。"高崇道。

他也觉得憋屈，他战斗时必须得留力，一半注意力都得小心神箭手，否则早就解决那个冷兵器战斗经验一般的吴赛了。

嘭！

忽然，远处民居发生了声响。

这让许景明、吴赛、张谦，以及高崇、王谯都不由得一惊。

那里是神箭手所在的民居！

“老爷子动手了。”高崇、王谯都确定柳箭风如今已经到了那座民居内。

神箭手王怡在窗户处盯着，随时准备出箭。其他窗户全部关死了，门也关死了，任何人都休想不惊动她擅闯进来。

然而古代小镇里几乎都是木质建筑，这座普通民居自然也是。

嘭！

其中一处墙壁突然炸裂，一道瘦小身影瞬间冲了进来，而且一进来立即就改变方向，扑向神箭手王怡。

来人正是柳箭风！

咻！

这座民居内，布幔后忽然有一道身影冲出来，拦截瘦小身影，正是诡双刀董旭。

董旭之前一直没找到藏匿的柳箭风，但他很清楚一点：“柳箭风老前辈的第一目标一定是神箭手，我只要在神箭手身边，就能等到这位老前辈。”

这间屋子并不大，显然是刻意选的，也就五米长五米宽，对他们这些高手而言实在太小了。

柳箭风一冲进来，董旭就立即出面拦截。

但在拦截的刹那，董旭心中一颤：“他比我快！”

第一次正面接触，董旭就察觉到了自己与对方的差距。

嗖——

柳箭风犹如鬼魅。

双方练的都是影豹进化法，可柳箭风明显更快、更灵活。

董旭手持双刀，正面扑了过去。

对方要么和他交手，浪费时间，要么就得后退避让，同样得耽搁时间。

董旭冲上去拦截柳箭风，刀光掠过时——

嗖——

柳箭风身体一缩，一瞬间缩成了一团，避开了刀光，同时身体一弹就要冲向神箭手。但董旭也是武道大师，他手腕一转，右手的刀便劈在了那一“团”身体上。

当!

这一劈，却仿佛劈在金属上，让董旭脸色一变。

挨了这一刀，那一团身影顺势加快速度，扑到了神箭手王怡身前。

王怡在对方破开墙壁冲进来的瞬间，就知道自己是来不及逃的，因为距离太近了，所以她直接拉弓。

但对方速度太快，进来后虽然立马改变方向了，又受了一刀，但从头到尾并没有和董旭纠缠，从进来到袭击到她眼前，都不足0.2秒。

咻!

王怡来不及多做准备，对方身影太诡异了，她只能凭着感觉射出了这一箭。

射中了!

但刺客依旧扑来，一道剑光一闪，王怡只觉得眉心一疼，身体开始消散。

“让这些神级高手冲到了面前，自己一招就没了啊。”王怡无奈暗叹。她的箭术很强，在箭术方面她是神级高手，可论近身战斗能力，她或许也就和黎渺渺差不多。

董旭大师面容有些扭曲，扑了过去。

这一刻，他只觉得自己承受了莫大的羞辱!

他早就守在这里，但连拖延时间都没做到，就令神箭手王怡被刺杀了。

“好厉害的神箭手。”柳箭风老爷子面带笑容，心中赞叹。他的左臂完全断掉了，刚刚那一箭威力太强，令他的手臂直接断了。

幸好现在的痛感是真实痛感的百分之一，柳箭风老爷子看向扑来的董旭大师，对方根本不会给他止血的机会。

嗖!

柳箭风没逃，反而身影一闪，主动迎了上去，只是，断掉一臂对他身法的影响很大。

双方交错而过，刀光耀眼，剑光隐约闪烁了一下。

柳箭风老爷子的胸口满是鲜血，笑着看向董旭：“小子，刀法不错。”跟着，他的身体消散不见。

“好快的剑！怎么这么快？”董旭的胸口此时才有一丝鲜血缓慢溢出，然后他的身体也消散不见了。

夏国官方直播间。

“老爷子太牛了！”

“先解决神箭手，受了重伤还换掉了诡双刀董旭大师。”

看台上都沸腾了，评论区无数评论在滚动。

主持人刘鑫在战斗空间上方慢速回放了那段刺杀画面。

“柳箭风老爷子在进屋子后，只有一个目标，解决神箭手。”黄永主教练指着画面道，“进来后，他先遇到了董旭大师的拦截。董旭大师的策略没错，也的确守到了柳箭风老爷子。”

“董旭大师也很聪明，他阻拦柳箭风老爷子，不求有功，但求无过，他这两刀是为了拖延时间。柳箭风老爷子如果抵挡，就会拖延时间，如果后退避开，依旧浪费时间，但是老爷子身体一缩，一米六几的身高缩成了几十厘米，直接避开了两道刀光。我敢肯定，老爷子应该练的是形意，而且是形意猴形。”黄永主教练无比确定。

“练了一辈子的形意猴形吧，这身法太不可思议了！”秦一文也道。

“董旭大师也很厉害，明明招式用老，可发现对方身体一缩，他右手刀光一转就劈在了柳箭风老爷子的身上。”黄永主教练指着那画面道。

那一刀劈下，柳箭风老爷子没躲，仅仅用左臂挡了下，布衣被劈得炸裂，碎布飞开，露出左臂上的黑色金属护臂。

“老爷子是戴着金属护臂的，他虽然选择的是贴身软皮甲，但前臂却是金属的。”黄永主教练道，“他凭这护臂挡了这一刀，然后顺势继续冲向神箭手。这时，神箭手王怡被迫射出了那一箭。柳箭风老爷子一直在高速移动，并且刺杀来得太快，神箭手没十足的把握，但再不射出这一箭就没机会了。这一箭其实也挺准，是射向老爷子左胸位置的。”

箭矢的确很准，近距离下，按理说应该会一箭射中左胸，但老爷子身体一扭，箭矢却只是射穿了他的左臂。

“应该是在看到王怡放箭的刹那，老爷子的身体本能地一扭转。就是身体这一扭，老爷子仅仅断了一臂，却活了下来，他活下来，王怡就没命了。”黄永主教练点头赞叹，“厉害，厉害！”

秦一文说道：“断臂后，血流太快，实力也受影响。董旭大师也不可能浪费这个好机会，所以柳箭风老爷子不可能逃得掉，所以他毫不犹豫迎向董旭大师的攻击。”

“董旭大师双刀在手，攻防兼备。”秦一文道，“但老爷子仅仅出了一剑。在董旭大师右手刀劈出的刹那，他出剑了！虽然董旭大师左手出刀欲要阻挡，却挡了个空，他一剑就刺中了董旭大师的心脏。”

画面很清楚，董旭大师的右手刀划过了老爷子的半个胸膛，老爷子必死无疑，而老爷子出剑速度太快，董旭大师心脏被贯穿。两人接连消散。

“剑走轻灵，本就以快著称。”黄永赞叹，“柳箭风老爷子的影豹进化法练得也足够高深，身体速度都比董旭、廉霜更快些。但更厉害的还是他的剑！剑速极快！之前偷袭许景明，许景明以无影刺回击，方才勉强挡下，但董旭大师没能挡住，而且这一次柳箭风老爷子心怀死志，拼死也要刺出这一剑，所以也更可怕。”

“真没想到，在虚拟世界开放的第一天，一位九十七岁的老爷子能展现出如此可怕的身法，如此可怕的剑术，了不起！”黄永赞叹道。

这时夏国官方直播间的观众已经达到了六亿三千万，而且人数还在不断增加。

看台上有一名魁梧的中年男子，正是柳海，国内顶尖职业武道选手绝大多数都是他的弟子。

“二叔的形意猴形可真是练到骨子里了。”柳海笑得很开心，“能看到二叔再度展示剑法，真是让人开心啊！”

柳海孩童时的武道就是二叔教的，后来被发现天赋高，才由师爷亲自带在身边教导。

师爷早就去世了，世上对他有授艺之恩的就是二叔了。二叔九十七岁了，早就享受晚年了，每天驼着背，要要剑养养生。哪想时代变了，二叔也恢复到巅峰，并且身体也进化了，彻底且完美地展现了一身本领。

“二叔自己也一定很开心吧。”柳海满心畅快，比自己得到世界第一都开心。

第25章 // 许景明和高崇

程子豪也在夏国官方直播间的看台上。

在现实世界中发泄了许久郁闷情绪后，得知夏国第一场神级高手对战在直播，敏锐地嗅到了商机的他立即上线进入了直播间。

“六亿多观众？”程子豪看着直播间的人数，不敢相信。这场神级高手对战是一场视觉盛宴，让无数人为之热血沸腾，为之惊叹，但程子豪没有任何兴奋喜悦的感觉，有的只是压抑，因为他从云端彻底跌落了下来。

“这么庞大的流量，得值多少钱啊！”程子豪看着不断跳动的观众数字，“虎鲨集团那么多年从来没有过哪一场直播有如此多观众同时在线。”

程子豪看着直播中的神级高手们，他们每一个都吸引了无数观众的目光，而且其中就有许景明。

许景明如今变得耀眼起来，程子豪心中是很难受的。

他不再多想，继续寻找商机：“直播时，还可以给任何一个选手打赏。”

他轻轻点开了打赏栏。

十名神级高手，打赏榜排第一的是神箭手王怡，毕竟是美女，射箭杀敌的场景又很酷炫，自然吸粉，如今打赏金额达到了六百五十二万多。

打赏榜排第二的是柳箭风老爷子，打赏金额是五百五十多万。女战神孙玉婷、高崇、许景明、张谦等人收到的打赏金额相当，都是三百多万。

诡双刀董旭、血斧王谯、苗刀女侠廉霜、拳王吴赛收到的打赏都比较少。

“许景明收到的打赏金额排在第五？”程子豪看着这个和他打过交道的职业武道高手，撇了撇嘴，“一般般吧。”

“这些打赏的钱，虚拟世界官方要分一半。”程子豪想着，“官方是真赚钱，在个人空间买个云层之上的仙宫就要一千万。这些都是虚拟场景罢了，但就是能获得巨额利润。”

“以后人类每天有一半时间会在虚拟世界中度过，最大的商机在这里。但是，我该怎么挖掘商机？”程子豪看着这场直播，心里想着。

此刻，主持人刘鑫、解说员黄永、秦一文正在解说着柳箭风老爷子刺杀神箭手王怡的详细过程，柳箭风老爷子的打赏额还在提升。

小镇，细雨蒙蒙。

破破烂烂的石板街道上，高崇、王谯、许景明、吴赛、张谦五人都收到了提示，知道自己有队友淘汰了。

“哈哈哈……”高崇发出大笑声，“老爷子厉害啊，一个换了两个。”

“老爷子牛啊！”血斧王谯也笑道，开心得很。

他们俩都觉得轻松了很多。之前战斗时，需要时刻保持最高警惕，警惕那可怕的箭矢射来。这对精神、体力的消耗是非常大的。

现在他们轻松了。

“没了神箭手的威胁，可以好好陪你们玩了。”高崇看着前方的吴赛和张谦。

“景明，别以为伤了孙玉婷，你就奈何得了我。”血斧王谯说道。

许景明看了看自己手中的双盾。盾牌上有伤痕，都是斧头劈的，孙玉婷的剑是伤不了这圆盾的。

砰砰！

许景明随手扔掉双盾，盾牌摔落在了一旁的地面上，接着他伸手拿出背后的两截枪杆，一合一转，就彻底锁死了。

许景明手持长枪，看着血斧王谯。

“终于用枪了！”血斧王谯看着许景明道。

“王师兄，仅仅靠双盾可对付不了师兄你。”许景明微笑着道。

“哦？用枪就行了？”血斧王谯看着这个年轻的师弟。

许景明加入国家队的时候才十八岁，那时候血斧王谯已经退役了，偶尔会回队里陪师弟师妹们切磋切磋，所以他很清楚这个许师弟天赋很高，毕竟许景明二十岁就能登上世界武道大赛的舞台。

“至少把握大一点。”许景明说道，同时仔细地盯着对方。

没有神箭手帮忙，一对一对付血斧王谯，他必须全力以赴，毕竟对方是拿过世界第二的，而且擅长防御。

“都受死吧！”

不远处，高崇已经亢奋了！

他再无丝毫顾虑与担心，彻底放开手脚，先是一枪暴力地扫过去，将熊猫张谦扫得连连后退，跟着猛地踏步向前冲，冲到吴赛近前，一枪凶猛地刺出，刺向吴赛的头颅。

吴赛双手举盾去挡那一枪。

嗡！

原本是前冲怒刺，但高崇猛然腰腹发力，向前刺的一枪猛然变成下劈。

砰！

长枪直接劈在盾牌上沿，吴赛只觉得左手一疼，盾牌直接砸在地面上，石板街道都破裂开来了。

高崇先砸盾牌，长枪如龙，顺势一刺。

吴赛来不及防备，被高崇一枪命中了喉咙，身体消散在小镇中。

“实战加成是0%吧！”高崇嗤笑了一声。

击败一个冷兵器格斗经验很少的对手，高崇并不觉得多有成就感，只是这场对战进行到现在，他憋屈了许久，现在总算痛快了一回。

被一枪逼退的张谦还没来得及赶过来，就看到同伴被对手命中要害。

太快了！

刺枪变劈枪，再顺势一刺，队友就没了！

“到你了！”高崇看着张谦，“熊猫，你可得让我多用上几招，否则太不尽兴了。”

“我可不会傻乎乎地和你硬抗。”张谦持着一杆三尖两刃刀，施展着身法，灵活得很。

高崇咧嘴一笑，直接冲了上去。

另一边。

许景明和血斧王谯都不敢分心。

“吴赛的冷兵器战斗经验还是太少了，也在预料之中吧。”许景明不再多想，仔细盯着眼前的血斧王谯，寻找着对方的破绽。

轰！

许景明踏步向前冲。

“来了。”血斧王谯也谨慎万分。

咻咻咻！

在逼近血斧王谯的刹那，许景明手中的长枪一瞬间变得模糊了，化作一道道枪影连续刺向王谯。

这就是长兵器的优势！

血斧王谯单手持盾，大半个身体躲在盾牌后，另一只手持着大斧。这斧头足以当小半个盾牌用了。他竭力往前顶，想靠近许景明。

两人一个攻，一个守。

防守的持着盾牌往前顶，进攻的拿着长枪，却在保持距离。

“王师兄能拿世界第二，盾斧配合得的确精妙，而且他很熟悉我的无影刺，非常小心，不给我机会。”许景明不急不躁，耐心地寻找着机会。

到了他们这个级别，如果谁急躁了露出破绽，对手就会迅速把握住机会。外行人对许景明的绝招无影刺了解不深，但这些武道大师早就研究过。因此，他们清楚，破解这一招的唯一方法就是不要给许景明机会。

“只要给许景明机会，无影刺一旦被他施展出来，我就输了。”血斧王谯此刻犹如一块礁石，顶着许景明的一道道枪影，防守得滴水不漏。

“不好，熊猫那边快不行了。”许景明知道自己必须冒险了，否则熊猫张谦一败，高崇和王谯就是二对一对付自己了。

“守得滴水不漏，没任何破绽，那就打得你露破绽！”许景明眼睛一红，踏步向前冲，宛如飞奔的猛兽，而长枪就是猛兽的独角，怒撞过去。

他没有攻击其他地方，就是攻击王谯手中的盾牌。

枪法——破山！

轰！

血斧王谯虽然早有准备，依旧被这一枪蕴含的冲击力撞击得踉跄往后连退。

“好凶猛的招数！”

王谯重心不稳，踉跄后退时，许景明再度踏步向前冲，长枪或劈或崩，招招势大力沉，劈在盾牌上，扫在盾牌上，崩在盾牌上。

轰轰轰！

血斧王谯努力要稳住，要守好，但面对许景明一招招凶猛至极的枪法，就仿佛被洪水冲击一般，只觉得自己摇摇欲坠，要被冲垮。

“我这师弟这么凶？”

噗！

血斧王谯余光注意到了一道残影：“不好！”

这道残影一闪，擦着盾牌，刺穿王谯身上的轻型护身铠甲，刺入了他的胸膛。

“无影刺。”王谯看到许景明，“还是被你找到机会了。”

王谯的身体消散开去。

王谯虽然穿着轻型护身铠甲，但防不住大枪的怒刺，或许只有重型铠甲能抗住这一击。

在他的盾牌被许景明轰击得不稳，露出破绽时，许景明就施展出了杀招无影宇宙公民许景明，来自猫爪宇宙城，吴钩星盟，蓝星文明。希望他的故事你能喜欢。

我吃西红柿

PROFESSIONAL PLAYER
OF THE UNIVERSE
1
UNIVERSE
宇宙职业选手

刺，一招建功！

许景明来不及放松，转头看向不远处。

高崇手持一杆长枪，正虎视眈眈看着他，一旁只有跌落在地的三尖两刃刀，熊猫张谦已然消散。

“你还挺快，我刚解决张谦，你就解决了王谯。”高崇看着许景明，咧嘴一笑，“如今就剩下你和我了。”

“对，只剩下你和我。”许景明也看着对方。

第26章 // 巅峰对决（上）

夏国官方直播间。

“熊猫张谦的三尖两刃刀已经很厉害了。”黄永指着回放画面说道，“他避免和高崇硬碰硬，仗着身法的优势游走在高崇周围，一次次进攻。”

回放画面中，高崇的长枪如大龙，横冲直撞，威势恐怖，但三尖两刃刀韧性十足，即便碰触到高崇的长枪，杆子都弯曲了，张谦却能顺势转身，三尖两刃刀也顺势更快地一刺，锋利尖端直指高崇的眼睛。

高崇枪杆一抬，便挡住了这一刺。

咻！

三尖两刃刀一碰就滑开，滑溜得很，滑开的同时又再次刺来。

一刺连一刺！

“高崇当初能拿世界第一，可不是玩虚的，他的大枪崩劈也是练到了极强的地步。”一旁的秦一文说道，“高崇开始施展他的崩枪之法。崩枪之法在于瞬间发力，想卸力就难多了。”

画面中也是如此。高崇开始施展崩枪之法，每次都是长枪和三尖两刃刀快碰触时瞬间发力，令张谦难以完美卸力。

占据上风后，高崇接连出招，一连十二枪狂攻。张谦的三尖两刃刀再阴柔，最终还是被攻破防御，被一枪贯穿胸膛，丢了性命。

“枪魔许景明也真不愧是枪魔。”黄永看着新的回放战斗画面，赞叹道，

"血斧王谯很强，盾法守得也很好，但枪魔许景明一旦爆发就难以阻挡。这一记枪明明是轰击在盾牌上，却让王谯踉跄后退，他身体失去了平衡。在对战时，身体失去平衡是很危险的。许景明自然抓住机会，趁势疯狂进攻，攻得王谯的防守出现破绽，直接被一记无影刺带走性命。"

"很可怕！"秦一文也赞叹道，"王谯仅仅失去平衡，就被许景明一枪带走了。王谯可是拿过世界第二的盾法高手，一露出破绽人就没了。"

"实在是许景明的进攻太可怕，招数连绵不绝，不给人喘息的机会。"黄永道，"随意一招的威势都很恐怖，最后的无影刺更是一旦施展出来，对方根本无法防！"

"无影刺的核心就是快到让对方来不及反应。"秦一文道，"毕竟人的神经反应时间是有极限的。但我们也得注意许景明这一枪，为什么会导致王谯失去平衡？他是被许景明一枪正面轰击在盾牌上，轰得失去了平衡的。"

"放眼全球，能靠枪法轰得王谯连盾都扛不住，失去平衡的，三十年来，寥寥无几。"秦一文赞叹道，"不愧是公认的历史枪法前十！"

"枪法前十，不代表是第十名。"黄永笑道，"而是代表他们的枪法在全球都是顶尖水平。许景明的盾法很厉害，但枪法更可怕。"

"这场对战有意思了。"秦一文有些期待地说道。

"这场神级高手对战只剩下两位神级高手了，一位是高崇，一位是许景明，他们俩的实力在之前都有所展现。高崇一对二，解决了吴赛和张谦。许景明则重伤了女战神孙玉婷，再一对一解决了王谯。"主持人刘鑫惊叹道，"针尖对麦芒，真的精彩了！两位，你们看好谁？"

"我还是看好高崇。"秦一文道，"毕竟是一场场实战打出来，拿到世界第一的，实力毋庸置疑，而且他身穿重型铠甲，许景明的长枪根本攻不破，必须攻击高崇的头颅才行。而高崇却可以攻击许景明全身，许景明身上的轻型护身铠甲可扛不住大枪捅刺。"

"论逃命，许景明穿轻型铠甲，逃得快，但现在是一对一战斗，还是高崇占优势。”秦一文确定地道。

“我和你不同，我看好许景明。”黄永说道，“我一直在国家队，所以和许景明接触较多。他年仅二十岁就参加过世界武道大赛，你翻看历史，有几个能在二十岁就登上最高舞台的？而且他那次就杀出小组赛，杀到了十六强，只可惜被盾击断了腿。”

“断腿后，他没有自暴自弃，五年后再度卷土重来，这次他实力更强，成为世界八强。”黄永说道，“其实大家也清楚，实力到了顶尖层次，差距越来越小。世界八强和世界第一之间的差距没那么大。那时候，许景明是带着腿伤拿到世界第八的，他如果没有腿伤，得多强？现在大家就将看到。”

黄永笑道：“他一直是被大众低估的选手，行业内公认他枪法历史前十，要知道，高崇的枪法并不在前十。”

“黄教练，我觉得实实在在拿到一次世界第一，需要的是全方面的能力，不仅仅只是历史枪法前十就能做到。”秦一文反驳道，“之前在神箭手的威慑下，高崇对吴赛、张谦都存在压制，我很相信他的实力。”

在两名解说员争论时，评论区内无数评论滚动。

“许景明这么牛吗？能与世界第二一对一？”

“我错了，你不用改称盾魔，你还是枪魔，你的枪法更凶啊！”

“许景明只是一对一，高崇可是一对二，全都解决了。”

“高崇拿过世界第一，这是实实在在的成就。”

“高崇无敌！”

“高崇的身体比许景明壮得多啊！”

“许景明能解决世界第二，就能解决世界第一。”

“许景明更帅！”

评论无数，打赏金额也在提升。

在高崇一对二，许景明解决了王谯时，他们俩的打赏金额分别攀升到了第一和第二。

高崇收到的打赏金额多达九百多万，许景明也有八百多万。

“许景明竟然这么强？”程子豪看看对战，又看看打赏金额，不由得皱眉。

“景明加油！”看台上，许母激动地欢呼。

在练了进化法后，许母的头发完全变成了黑色，皱纹也没了，看起来才三十多岁，年轻了许多。此刻为许景明加油，她更是充满了活力。

“当年你也是这么给我加油的。”许洪看着夫人说道。

“你也去啊！”许母笑道。

“我的冷兵器经验少了些。”许洪摇头道，“就像传奇拳王吴赛，有着二三十年拳击的经验，突然要用双盾。虽然那已经是最适合他的兵器了，可他还是无法和这些使用冷兵器格斗了多年的高手比。我还是多练练吧。”

“直接说你没有达到神级不就行了？”许母打趣道。

“快了快了。”许洪说道。

他好歹也是明月市八极门的门主，不要面子的吗？

“叔叔，景明和高崇交手，有胜算吗？”黎渺渺问道。

一旁的许老爷子道：“到了他们这个层次，打了才知道。”

许洪笑道：“不管他们谁赢，这场对战，对他们而言都会有大的收获。数亿人观战，一对一生死战斗，都会让他们爆发极限力量。对战结束后，他们可以仔细回顾这场对战，好好反省、反思，这对他们会有很大的帮助。”

“吃一堑长一智，才能越来越有进步。”一旁的黎辰安也道。

黎渺渺继续仔细盯着对战。

小镇上，雨渐渐大了些。

“曾拿过世界第一的对手。”许景明心中有火焰在燃烧。为了成为世界第一，他奋斗了很多年，最终因为伤病退役了，但成为世界第一一直是他的梦想。

“一对一，决生死。”许景明眼中满是战意。

“哈哈哈……你们这一队，吴赛的冷兵器经验几乎是零；张谦终究没进入过武道大赛，实战还是差了些。只有你，许景明，只有你勉强可以当个对手。”高崇双眸泛红，那是全身气血都在汹涌的结果，“不过，这一战，你还是输定了。”

“输定了？”许景明看着对方，冷漠地道，“等会儿你就知道世界武道联盟为什么会将我的枪法定在历史前十，而你不是了。”

“战斗的本质是力量，是速度！”高崇怒了。

话音一落，高崇踏步向前冲！

身穿三百公斤重甲，手持一杆大枪，魁梧如巨熊的高崇冲锋起来，令这残破的石板地面都在颤抖。他每迈一步，地面上都有裂痕，仅仅数步，就让他看起来宛如高速冲锋的钢铁坦克。

“冲锋。”许景明没有闪躲，同样向前冲，仅仅两步，他的速度就爆发到凌驾于高崇的地步。

毕竟轻型护身铠甲负担小得多，而且天蟒进化法本就比巨熊进化法在速度与灵活方面有优势，加上从小学的八极，最擅长的就是瞬间爆发，许景明的冲锋速度显然更快。

双方在冲到近处的刹那，许景明顺着前冲之势瞬间劈过去，这一劈，长枪就仿佛斧刃劈向对手。

高崇咧嘴笑着，宛如一头巨熊持着一杆长枪，猛然就是一个上挑。

一个劈枪，一个挑枪，都是硬碰硬，谁也不怵对方！

砰！

两杆长枪碰撞，声音炸响。

第27章 // 巅峰对决（下）

许景明只觉得有无比雄浑的力量透过枪杆传递而来，不由得双手发麻，长枪被震得反弹上挑，整个人连续后退三步，每一步都令地面裂开了。

“嗯？”高崇也觉得一股恐怖的冲击力从劈枪中传递过来，劈得他手中长枪都不受控地砸在地面上。他算上铠甲、兵器有超过五百公斤的重量，都被反震得后退了两步，一时间体内气血翻涌。

双方都盯着对方。

许景明退了三步，高崇退了两步，但这并不代表高崇就占优势，有时候多退几步，卸去冲击力，伤势反而更轻。面对凶猛的冲击，硬是一步不退，等于冲击力全被身体承受了。

能逼得骄傲的高崇连退两步，也实在是许景明的枪法威势太猛了。

“有进化法之前，我一枪全力爆发，冲击力就超过一千公斤。”许景明看着对手，“如今修炼天蟒进化法，身体素质强多了，并且身体韧性十足，脊椎犹如大龙，更适合调动全身力量。我这一枪，至少有上万公斤冲击力，这高崇竟能扛得住。”

高崇也盯着许景明：“修炼了最适合我的巨熊进化法，借助重型铠甲的重量将冲锋力道转为长枪力道，竟然没占上风。”

他选择重型铠甲，一是为了防御；二是为了让自己重量更大，因为以超大的重量奔跑起来，冲击力也更恐怖。

三百公斤，是他平衡诸多方面后所选择的重型铠甲重量，若再重就影响他施展枪法了。

“痛快！”高崇大笑道，“有本事接着硬抗！”

“来！”许景明大喝一声，先一步向前冲。

许景明对自己很自信，受伤后的这些年，他不断完善自身枪法，如今和大力神高崇交手，不正是他验证自己枪法威力的最佳时机吗？

“好！”高崇也踏步迎了上去。

两大神级高手都不约而同地放弃了闪躲，选择纯粹的对攻。

砰！

这一次是高崇劈枪，许景明冲刺挑枪，两人都被震得后退了数步。

但两人毫不犹豫地再度向前冲。

轰！

砰！

大崩！大劈！扫！刺！拦！拿！划！……

每一招都是全力爆发，两人连续极限冲撞了九次！

对攻时，谁都不敢不顾对方的长枪而直接攻击对方的身体，因为高崇一枪就能贯穿许景明的铠甲，而许景明的无影刺只要有一点机会，就能刺穿高崇的头颅。因此，两人必须破开对方的枪势。破开了对方的枪势，枪没威胁了，才能趁机解决对手。

怎么破开对方的枪势？

双方都很高傲，选择了九次硬冲硬对打。

“这是什么枪法？”

“这是神仙打架啊！”

“我的天哪，他们在拆房子吗？”

夏国官方直播间的观众数量已经突破了七亿，此刻观众们都沸腾了。

这一场神级高手对战，如果说神箭手的箭是犀利而酷炫的，柳箭风老爷子的刺杀犹如白虹贯日般让人心惊，那此时，许景明和高崇的对战，宛如神话中两员猛将的搏斗。

轰隆隆——

街道旁的墙壁都在崩塌，长枪扫在哪里，哪里就崩塌了，石板地面早就彻底破烂了。

许景明和高崇每一次蹬地都让泥土碎石飞溅，他们的每一枪都引起狂风呼啸。

“这才是世界第一层次的实力啊！”熊猫张谦退出了战斗空间，也来到了夏国官方直播间的看台上，看着这一幕，“他们俩都比我强多了。”

看台上，柳海也在看着，点头道：“景明退役这三年没有松懈，枪法更加纯熟了。高崇对力量的运用也越发自然了。他们俩是碰到对手了。”

普通观众看得目瞪口呆，看得热血沸腾。

解说台后的三位同样震惊。

“这……这也太强了！我从来没见过哪两个人能打成这样！”主持人刘鑫完全被震撼了。

“这是战斗艺术！枪法的艺术！”黄永主教练说道，“大力神高崇这么多年来一直硬打硬杀，仿佛靠蛮力硬来，可那是假象！靠蛮力是拿不到世界第一的，高崇对全身力量的调动和对铠甲重量的利用都是出神入化的。”

黄永激动地道：“学过物理的人都知道，动能是很受质量影响的。高崇穿着三百公斤重的重型铠甲，自身体重也大，每次冲杀，冲击力都很恐怖。他完美地调动自身冲击力，才使得他的每一枪都是那般无可抵挡。”

“但许景明挡住了。”秦一文说道，“而且同样在对攻！”

“对。”黄永点头，“许景明爆发力更猛，速度更快！许景明有八极戳脚的底子，每一次蹬踏仿佛都让大地震动。他的发力技巧更完美，选择天蟒进化法，也更利于他发力。”

一旁的秦一文赞叹道：“之前他以双盾拍飞孙玉婷的时候，我记得他仅仅迈出两步，速度就爆发到了每秒30.8米，媲美练习影豹进化法的高手。”

“这就是高明的发力技巧了。”黄永说道，“他们俩现在都选择了硬打硬冲，想将对方冲垮！”

小镇，街道上。

许景明和高崇再一次碰撞后，两人都踉跄地退到一侧，盯着对方。

“有些疲惫了。”九次对冲硬打，许景明感觉到全身脏腑震动，喉咙发痛，肌肉有些发软。

实在是每次的反震力太强了，身体也有些伤到了。

“高崇练的是巨熊进化法，体质和力量本来就强。我更多是靠发力技巧，才能短时间内硬碰硬不落下风。”许景明暗道，“但太伤身体，耗到最后，肯定是我先撑不住。”

对方的体质本就擅长硬抗。

“硬碰硬，短时间不落下风，但长时间硬抗，还是不如这高崇。”许景明很清楚这一点，“也算打得尽兴了，还是换成最适合我的战斗方式吧。”

许景明的枪法从来就不是硬打硬冲的风格。

“我名传世界的绝招是无影刺，无影刺的特点是快！”许景明身影一动，一闪就转移到了高崇的侧边，同时一枪快如闪电般刺了过去。

“怎么了？怕了？开始躲了？”高崇故意挑衅，却更加小心。他的长枪势大力沉，但出枪速度相比较许景明还是慢了些。

“刚才是力量招数，现在是速度！”许景明说着，一次次出枪，每一枪追求的都是快，追求的是速度达到极限。

咻咻咻！

枪尖飞舞，一次次朝高崇身上刺去。

许景明的长枪不止一次刺在高崇的重型铠甲上，扎出了小眼儿，但离刺穿铠甲还差得远。

“你有本事，只管刺这重甲。”高崇打趣笑道。他只要小心保护好自己的脑袋即可，这还是比较轻松的。

高崇只要稍稍留心自己的脑袋，许景明的许多枪法招数，他根本不予理会，只有威胁到头颅的才阻挡一二，其他时候都是进攻。

轰隆隆！高崇大步向前冲，疯狂进攻，一枪又一枪，令周围的小镇建筑都遭到了破坏。

他这么多年来习惯了这样的战斗方式。

进攻，进攻，不断进攻，让对手在攻击狂潮中崩溃，对手只要失误一次，他高崇就可以碾压对手。他就是凭此手段夺得的世界第一。这次他也相信自己同样能碾压许景明。

许景明的长枪即便刺在重型铠甲上，也只是扎出了个小眼儿。想要刺穿厚实的重型铠甲，还差得远。

“找准机会！”

“机会只有一次，若出现一点失误，高崇就会戒备，想赢就难了。”许景明在攻击的同时，也在寻找着机会。

宛如巨熊的高崇披着重型铠甲踏步向前冲，犹如愤怒的野兽，同时手中的巨大的长枪怒劈向许景明。

许景明不退，反而前进了一步。

仅仅一步，他的身体便已经爆发，长枪刺出，宛如独角兽的独角，一个中平刺，刺向高崇的胸口。

高崇眼眸中凶光一闪：刺向我胸口？只要威胁不到头颅，可以无视。

哧！

高崇的长枪还没劈下，却被这一枪顶得停下来了。他低头看向胸口，许景明长枪的枪头刺穿了厚实的重甲，刺入了他的心脏！

这一刻，高崇感觉全身力气都在退去，身上的铠甲也变得很重。

他抬头看向许景明，许景明站在那里，被冲撞得双脚都陷入了地面，握着枪杆的双手上隐隐有血迹。

许景明看着他，咧嘴一笑：“这一枪如何？”

高崇嘴巴动了动，想要说话，身体却消散在小镇中。

第28章 // 落幕

高崇身体消散的同时，这座古代小镇天空中飘洒的雨忽然停了，太阳出现，光芒照耀，令雨后的小镇分外美丽。

阳光照耀下的雨后小镇里，仅有许景明一人。

“赢了！”许景明发自心底地高兴。

他退役三年了，如今在虚拟世界里真正痛快地打了一场，击败了曾经拿过世界第二的王谯、世界第一的高崇。在击败高崇的过程中，他更是颇为艰难才抓住一次机会。

此刻，小镇已在他眼前消散，他的身体也变得虚幻，回归了战斗空间。

夏国第一场神级高手对战结束了！由许景明、王怡、张谦、董旭以及吴赛组成的队伍最终获得了胜利。

夏国的官方直播间在许景明和高崇进行巅峰碰撞时，观众数量突破了八亿！

虚拟世界开放九个多小时，人们对进化法、对战都暂时觉得疲惫了，更愿意观看直播，而且一传十，十传百，夏国官方直播间又是唯一被置顶的直播间，所以才会有如此惊人的观看人数。

许景明和高崇战斗时，黄永还在说着：“有些僵住了啊，高崇的崩劈大枪奈何不了许景明，许景明也遇到了麻烦，重甲在他面前就仿佛乌龟壳，他必须击中高崇的脑袋，才能解决对方。”

“只有等了，等他们体力消耗到一定程度，就会露出破绽。”秦一文也道。

“高手对战就是这样，我不给你机会，你也不给我机会。一般等到体力消耗，状态下滑了，才更容易出现一击必杀的情况。”黄永说道，“大家好好欣赏，这是非常精彩的高手交锋，他们——什么？发生了什么？”

“怎么回事？”秦一文惊呼。

“许景明怎么一枪刺穿了高崇的重型铠甲？”主持人刘鑫也难以置信，“不是说重型铠甲不可能被长枪刺穿的吗？”

“哇！”

“许景明厉害！”

“怎么了？到底怎么回事？”

“没看清啊，怎么就一枪刺穿了？”

“之前不就勉强在重甲上扎出个眼儿吗？怎么刺穿了？”

“许景明是怎么做到的？”

……

这八亿多观众本来做好了耐心欣赏高水平交锋的准备，哪想毫无征兆，高崇被许景明一枪刺穿了重甲，还被刺中了胸膛，当场毙命？

谁都没想到会是这个结果。

观众们只觉得自己心跳都加快了，头皮也发麻。

“漂亮！”看台上，许洪和妻子无比激动。

“景明……”黎渺渺看着阳光照耀下的许景明，不由得眼睛湿润了，她曾亲眼看到许景明每天不松懈地练枪，沙袋都不知烂掉了多少个，“你终于展现了自己的实力，这才是你真正的实力！”

这是没有伤病的许景明，彻底展现了自己实力的许景明。

看台上的柳海也露出了笑容：“不错，脚下生根，架子够稳。”

柳海起身，消失在了直播间，想看的他都看到了。

在许景明刺穿高崇胸口铠甲的刹那，柳海便看透了虚实。

“我们看看刚才到底发生了什么，看看许景明怎么做到刺穿重型铠甲，击败高崇的。”主持人刘鑫挥手，战斗空间上空开始回放之前的战斗场景，而且是超慢速回放。

高崇硬打硬冲，狂暴无比，冲得非常凶猛，一记劈枪劈向许景明。

许景明看似寻常的一记进步中平刺，高崇没当一回事，只要没威胁到头部，他不需要理会，只需要以攻对攻！

“看！”黄永眼睛亮了，“许景明这一刺，和寻常的刺击是有区别的。”

直播间八亿多观众都在听着，超过九成九的人都不太懂有啥区别。

许景明怎么就刺穿了高崇的重型铠甲？

“高崇修炼巨熊进化法，以他的身高、体重，再加上三百公斤重的重型铠甲，他应该是超过五百公斤。”黄永说道，“他冲过来，就仿佛一辆高速行驶的汽车，所以一般的刺击刺了一枪就要顺势收枪，如果不收枪，会被高崇撞得长枪抛飞。”

“但许景明没有！他这一刺，表面看是刺击，严格来说，更像是拒马桩！”黄永指着许景明刺枪的身姿道，“他握枪时，仿佛和长枪一体，整个人的姿态化身为拒马桩！冲锋的高崇是一头撞击在拒马桩上。”

“这一枪，只能说三成是许景明本身的力道，七成是高崇冲锋的力道。”黄永说道，“最重要的是许景明这个架子！他站在这里，即便受到剧烈冲撞，也只是被撞击得双脚陷入地面，但人依旧定在原地，双手也是死死握住长枪。而且这一撞击的威势即便让他双手都受伤了，他依旧可以努力稳住架子，令这撞击的冲击力没有被卸掉，让高崇完全承受了这股冲击力，而携带这股冲击力的枪尖就硬是刺穿了重甲。”

“这有点像迎击，但技巧方面更高级，对持枪的架子要求也很高。”秦一文也看明白了，赞叹道。

听了他们专业的解说，部分观众也听明白了。

“对，是像拳击里面的迎击。就算是抗击打能力再厉害的拳王，一不小心挨了一下迎击拳，也可能直接被击倒。这是因为迎击拳不但有自己一拳的力道，还有对手冲来的力道。”

“太厉害了！”

“这可比迎击拳难多了，毕竟高崇的重甲在冲锋时，一般都能将对手连兵器撞飞！”

“许景明被撞得双脚陷进地面，双手受伤流血了，可还是稳住了。他这身体架子就像是建筑里面的稳定架构，在承受力方面非常稳。从力学角度看，这身体架子……”

“许景明厉害啊！”

“太牛了！”

……

各种评论不停滚动，也有不少观众在激动、兴奋之余，对喜欢、崇拜的选手进行打赏。

只见此次对战的十名选手中，许景明收到的打赏金额已然超越高崇，爬升到了第一位。

“这是夏国第一场神级高手对战，纵观这场对战，有太多让我们难忘的交锋。”主持人刘鑫慨叹道，“像柳箭风老爷子的刺杀，不管是第一次出手对付许景明，二者的强强对决，还是后来先刺杀神箭手王怡，又换掉了董旭大师，都让我们惊叹。还有神箭手王怡，千万别给她机会，只要有一点机会，她的对手便逃无可逃，廉霜便是被她用一记冷箭解决的。女战神孙玉婷也是被许景明撞飞后，被她解决的。”

“当然，最耀眼的还是许景明和高崇。高崇先后解决了传奇拳王吴赛、熊猫张谦，之后正面对攻许景明。”主持人说道，“许景明先是配合队友解决孙玉婷，一对一灭王谯，之后和高崇展开最终对决。”

“二者对决，也是本次比赛中最酣畅淋漓的对决，最后的致命一击，让我们惊叹。”刘鑫说道。

“除了吴赛因为冷兵器使用经验太少有些吃亏外，其他人经验都很丰富。”

黄永说道，“这场对战，绝对值得反复欣赏！”

随着这场神级高手对战结束，看台上的人开始退场，观众数量从八亿多迅速下滑，七亿、六亿……

第29章 // 早间新闻

“大家别急着走。”主持人刘鑫见状，连忙笑着说道，“我们官方直播间会持续播放六个小时今天的神级高手对战！毕竟在虚拟世界开放的第一天，能靠定级赛成为神级玩家的，都是顶尖高手，他们的对战无比精彩。”

“我也提醒广大观众，为了保证广大群众在现实世界中的工作、生活稳定，也为了保证大家在现实世界中的身体健康，从7月26日0点开始，大家每天在虚拟世界的在线时间是有限制的，十六岁以下未成年人每天的在线时间极限是八小时！”刘鑫说道。

下面顿时出现了一堆评论。

“不单单限制八小时，而且还禁止使用兵器铠甲。”

“让我们赤手空拳对战！”

“不公平！”

解说员黄永在一旁笑道：“兵器只是手的延伸，赤手空拳的诸多拳法非常重要。像刚刚的枪魔许景明，也是从小练的八极戳脚，有八极戳脚的底子，枪法才能练得那么厉害。你们现在赤手空拳对战，也是在打基础。”

“拳法越高，兵器上手就越快。”秦一文道。

“十六岁以上的，”刘鑫说道，“繁星级、银月级每天在线时间极限是十小时；曜日级每天在线时间极限是十二小时；神级高手每天在线时间极限是十六小时。所以，想在虚拟世界待得久，就让自己变得更强吧。”

“我提醒大家，也可以通过现实世界中的电视、网络等媒体同步观看我们官方直播间的直播。”刘鑫说道，“虽然看的效果没有在虚拟世界震撼，但能节约虚拟世界的在线时间。”

刘鑫说完，轻轻一点，她身后的直播画面锁定了一个直播间，画面上显示“已有三人准备就绪”。

“现在第二场神级高手对战已有三人准备就绪，看来还需要多等些时间。”刘鑫说道。

忽然画面上显示的内容变了，变成了“已有两人准备就绪”。

“有人退出了。”刘鑫道，“看来有神级高手被其他事情耽搁了。”

下方看台上，观看人数已经下滑到了三亿多。

“我兵器使用经验太少，还是别上去丢脸了，先忍忍。”一名壮硕的汉子自言自语道，刚才就是他点了取消排队，“吴赛小老弟不就丢脸了？”

这名壮硕汉子正是夏国有史以来最了不起的拳王熊天山，拿过从122磅到140磅共五个级别的“世界拳王”称号，巅峰对决的出场费上亿，如今也在国家重点栽培名单内。

看到吴赛小老弟丢脸，他虽然更强，但也得谨慎点儿。

“冷兵器……在虚拟世界练三天再对战吧。”熊天山暗道。

“许哥没了腿伤，真的所向无敌啊！”杨青烁坐在看台上，看得惊叹，“论枪法，我和许哥相比，的确还差很多。”

“我也要努力了，尽快达到神级。”杨青烁起身离去了。

“老许真一飞冲天了。”一名精壮男子也从看台上站了起来，眼中有着期待，“没了腿伤，完全发挥实力，击败了高崇，实力比我都强了，我也得好好努力了。”

这名男子正是衡方，许景明当初在国家队的好兄弟。两人实力相当，经常互相切磋。

“老爸，这十名神级高手个个了不起，但许师兄在其中是最耀眼的，许师兄是真厉害啊！”一名年轻女孩惊叹道。

“在他小时候我就知道他前途无量，”扎着马尾辫的帅气中年男子笑着说道，“所以我才收他为徒。你看他刚才架子那么稳，就是因为有从小练戳脚的功底。这就叫名师出高徒！”

这名中年男子正是许景明少年时的另外一位师父——明月市戳脚门门主戴通达。他的年龄和许洪相当，修炼进化法后年轻了不少。

“哦，老爸，你这位名师如今战力多少啊？到神级了吗？”年轻女孩问。

“咯咯……”

“古人云，弟子不必不如师，师不必贤于弟子。正所谓青出于蓝而胜于蓝，弟子能比师父强，代表师父教得好。”戴通达摇头晃脑地说道，越说心情越美。

“不谈师兄了，老爸，我战力896，你呢？”年轻女孩看向戴通达。

戴通达看着女儿，终于恼怒了：“戴晓青，你老爹辛辛苦苦一个人将你养大，教你练武，你就是这么回报你老爹的？你等着！只要半个月，半个月后，你老爹我熟悉兵器了，再来跟你比比谁战力高！我会让你知道，你老爹终究是你老爹！”

说完，他起身直接离去了。

“说完就走。”戴晓青撇嘴，眼中却带着笑意。因为是单亲家庭，父亲将她养大，父女俩一直没大没小的，她早习惯了。

“半个月后要跟我比，老爹也有斗志了啊。”戴晓青道。

在她的记忆中，父亲离婚后就变得很颓废，这些年老了，身体也差了很多，她很担心父亲，却没任何办法。如今进化法出现了，父亲身体蜕变，又看到了武道前途，精神也不一样了。

“这个时代真好。”戴晓青也起身消失了。

现实世界中，朝阳升起。

在许景明、黎渺渺的住处，两大家子人欢聚在一起，一同吃早饭。

“景明啊，”许洪一手拿着油条，一手端着豆浆，看着儿子，“你虽然参加过两次世界武道大赛，但就算是世界武道大赛决赛，观看人数估摸着也就几亿，能和这次直播的观看人数比一比，但夏国的观看人数肯定赶不上这次虚拟世界的直播人数。”

“是。”许景明点头，“一个国家就有超过八亿的观众，之前任何一种赛事都没这么夸张过。”

“你这是一战成名了。”许洪点头道，“但你千万别骄傲，因为这只是虚拟世界开放的第一天，你们这些职业选手毕竟练了多年，占了先机。之后全球数十亿人都会在虚拟世界练进化法、兵器，几十亿人一起奋斗，医学行业天才、科技行业天才，还有其他各个行业的天才人物，蓝星上智商最高的一群人都会进来，到时候竞争会激烈千倍万倍。”

许景明点头道：“师父也说过，在开始的一个月里，职业选手还占优势，只要半年，职业选手怕就会被淹没了。”

“应该是九成九的职业选手都会被淹没，只有最优秀的极少数选手才能在几十亿人的竞争中继续站在顶端。”许洪看着儿子，“所以你不能躺在功劳簿上睡大觉，那样最终会‘泯然众人’。”

“爸，我记住了！”许景明点头。

“大孙子，你这次收到的打赏有一千五百多万吧？”许老爷子在外面散了一圈步，走进客厅，看着许景明问道。

“嗯，一千五百多万。”许景明点头，“不过虚拟世界官方要分一半，之后还得交税，最后到手四百万左右。”

一千五百多万，虚拟世界官方分一半，剩七百多万，然后以许景明的收入，是要顶格交税的，45%的综合个人所得税率，最后到手约四百万。

“很厉害了，我年轻时一年也赚不到这么多。”许老爷子笑道。

“这是夏国第一场神级高手对战，比较特殊。”许景明道。

“你账号的关注人数有多少？”许老爷子追问道，“看直播时，是可以关注对战选手的。”

“六千多万吧。”许景明道。

“参加了一场对战，就有六千多万人关注？”黎渺渺忍不住道，“我创作了那么多歌曲，关注我的粉丝总量最多也就破千万。”

一旁墙壁上的光幕开始播放新闻。

“这里是早间新闻。

“虚拟世界开放后，夏国在线总人数最高达十二点八亿。

“夏国第一场神级高手对战在一个多小时前结束，由枪魔许景明、神箭手王怡、熊猫张谦、诡双刀董旭大师、传奇拳王吴赛五人组成的队伍获得了最终胜利。

“第二场神级高手对战，截至现在，有七人准备就绪。”

一条条新闻被播报了出来。

光幕上面有精彩的对战画面，比如许景明一枪刺穿高崇的铠甲的画面。

“早八点新闻几乎全是虚拟世界的新闻！”许洪看着，惊叹道，“时代真的变了！”

第30章 // 师父召见

在虚拟世界内的练武场上，程子豪站在那里，看着一个个到来的身影。

“老板，三家公司的管理层到齐了。”中年男子站在程子豪身边说道。

程子豪看着这群管理层，淡然道：“大家应该猜得到，虚拟世界的出现，令虎鲨集团日子很难过，我们没办法继续依靠虎鲨集团了，必须靠自己。”

管理层们个个乖乖听着，毕竟这是他们的老板。

“虚拟世界的出现是危机，”程子豪说道，“也是机遇。我这三家公司，一家模特公司和两家主播公司，之前很多员工在直播的时候偷懒，在线观众只有个位数，依旧不着急不在乎，甚至还连线同样只有个位数观众的闺蜜，两人在那儿聊天，一聊就一两个小时，每天完成在线时间就下线，每个月从我这儿拿两三万的工资，好开心哟。”

程子豪瞪着眼道：“我以前可以不在乎，但现在不行了。”

“三家公司必须赚钱！”程子豪盯着这群管理层，“赚不了钱，你们这些管理层，一个个都卷铺盖走人！”

“老板，我们接下来干什么？现在虎鲨流量大跌啊。”有管理层问道。

“还用问？”程子豪道，“我说了，虚拟世界的出现是危机，也是机遇！看夏国第一场神级高手对战了吗？超过八亿的在线观众，简直不可思议！这就是在虚拟世界直播的魅力。我们的主播们，从今天开始全部转进虚拟世界！我要求你们每天在虚拟世界直播至少六小时。做不到的，就给我滚蛋！”

“老板，我们和虎鲨集团还有直播合同……”一旁的中年男子说道。

“老周，放心吧。”程子豪摇头道，“蓝星联盟各国很快就会出规定，保障人们在虚拟世界直播的权利，虎鲨集团也会很快和主播们调整合同。你们的任务，就是给我好好想想怎么让直播更吸引人，吸引更多人看。”

“我觉得，可以让五个美女组成队伍。美女战队，一定有吸引力。”

“还得有特色！美女有高冷风的，也有可爱风的，不同风格的美女战队要区别开来。”

“火的战队可以与公司其他战队对战，带一带人气弱的。”

“还得找有实力的队员。公司得签下职业武道选手，男选手、女选手都要签一些。那些职业武道选手，特别是能进入A级、B级赛事的，很多赚不到多少钱，很容易就能签下。可以让一个厉害的男选手带四个美女组队。”

“还可以让五个女弓箭手组队，弓箭更好练。”

一个个管理层想出了各种点子。

程子豪听了满意地点头：“我相信，美女总是吸引眼球的。我们的三家公司在虚拟世界一定大有前途！我要求你们在今天晚上八点前，给我拿出一套完整的可执行方案。之后我会正式通知公司所有人，从明天0点就要开始执行这个方案。”

没办法，普通员工在虚拟世界一天最多待十个小时，今天大家的时间都消耗得差不多了。

“是。”

“是，老板。”

这些管理层个个应道。为了自己的饭碗，他们也得拼一把。

很快，管理层全都离去了，只剩下中年男子还在程子豪身边。

“老周，你跟了我这么多年，”程子豪盯着中年男子道，“应该知道现在我没有退路了，必须放手一搏。搏成功了，你我都发达；搏失败了，你就只能找下家了。”

“老板放心，现在转进虚拟世界的公司不少，”周峰郑重地道，“但我们三家公司是有优势的，我们选的主播、模特个个都是真的美女。在虚拟世界，模样是无法伪装的，个个都是真实模样，我们反而占便宜。”

“竞争很激烈，必须好好拼。”程子豪说道。他这些年看着老爸管理公司，自己管理公司也吃过亏，还是有些经验的。

“许景明不在国家重点栽培名单上，竟然一对一解决了王谯，又灭了高崇。”一名脸上有着刀疤的瘦削男子观看着那场直播的视频，说道，“我和上面早就说过，唯成绩论，选出的人并不是最合适的，太多有天赋的选手因为各种情况成绩并不高。”

“上面也怕徇私舞弊，所以干脆唯成绩论。”刀疤男子轻轻摇头，“不过我也得好好努力了，否则哪天被柳海的徒弟给击败了，那就丢脸了。”

刀疤男子名叫雷云放，是夏国武道界三大传奇人物之一，初次参加世界武道大赛，便获得了第三届世界武道大赛第一名，休息数年后参加第八届世界武道大赛，遗憾的是只获得第二名。他那次输给了白鹰联邦传奇选手魁·圣·米尔斯。隔年第九届世界武道大赛他又和老冤家魁·圣·米尔斯在决赛中遇到了，不过这次他夺得了第一名，但他随后因为伤势宣布退役了。

魁·圣·米尔斯是白鹰联邦最令人敬仰、钦佩的武道选手，他拥有完美的体魄和完美的兵器使用技巧，是世界武道联盟获得第一最多的选手，在职业生涯中拿过四次世界第一。因此，雷云放和这位传奇选手的两次巅峰对决也是武道界的一段传说。

“师父说得没错，景明这小子如果没有腿伤，是能拿世界第一的。”矮胖的铁莲云也在仔细观看第一场神级高手对战的视频。

铁莲云是柳海最得意的弟子，今年三十九岁，征战过五届世界武道大赛，拿过三次第一，是夏国武道界三大传奇人物之一。

只是在夏国三大武道传奇人物中，他排名最末，因为他击败的对手不够强。不像柳海，年老征战于最野蛮时期都有那般成就，还教导出了一大群厉害的徒弟；不像雷云放，和魁·圣·米尔斯的两次对决让人津津乐道。

“太好了！一个个退役的老前辈都会出现，甚至无数民众中也会涌现天才。在这个时代，我也会证明自己。”铁莲云道，“我才是夏国最强的！”

“高崇、王谯、董旭都栽跟头了，武道大师一样输！”

“九十七岁的老前辈都能力压武道大师一头，不进步，就会被超越。”

杨青烁、衡方、刘冲远、戴晓青等高手，包括民间的戴通达、许洪，还有柳箭风老爷子，都在努力。

虚拟世界练武场内。

许景明正看着对战的回放画面，研究自己的应对反应。

“我以后进入对战区域去和队友会合的时候，最好使用双盾。”许景明看着自己被柳箭风老爷子刺杀的场景道，“如果手持双盾，行走时就能护住身体绝大部分地方，刺客要刺杀我，难度会高十倍。柳箭风老前辈就是再强一大截，我将双盾稍微一合，他就傻眼了。”

“我一对二对战王谯和孙玉婷时，一味地防守，太保守了，应该在防守中带着些攻击。”许景明观看着，“有时候，进攻就是最好的防守。”

就在许景明琢磨着自己在这场对战中的问题时，他忽然收到了邀请。

“柳海邀请你前往他的个人空间。”

“师父邀请我？”许景明有些惊讶，当即轻轻一点。

哗——

许景明只觉得眼前场景一变，他便来到了另一处练武场，魁梧壮硕的柳海正站在那里。

“师父。”许景明道。

习惯了师父的头发是花白的许景明，此时看着中年人模样的师父，他还真有些不习惯。

“景明，”柳海笑着看向许景明，“赢了那一战，击败王谯、高崇，是不是觉得春风得意？”

许景明咧嘴笑了：“是挺开心的。”

“那我就让你冷静冷静。”

柳海一伸手，就用单手拿着一柄刀：“你随便选兵器装备，尽管来。”

“师父，你就穿着布衣、拿着单刀？”许景明道，“这太瞧不起徒弟了吧。”

“你不是想知道师父巅峰状态时有多强吗？”柳海看着许景明，“全世界没人看到过，今天让你瞧瞧。”

第31章 // 柳海教徒（上）

许景明心中的战意燃烧起来。他加入国家队的时候，师父都六十多了，不可能再和他全力对战。师父参加第一届世界武道大赛时都四十五岁了，他巅峰时到底有多强，的确是一个谜。

“穿上你的铠甲，拿上你的大枪。”柳海说道。

“铠甲对布衣？”许景明看着柳海说道，“师父是真自信啊，那徒弟我就不手软了！”

说着，他的身上就出现了暗红色轻型护身铠甲，手中则拿着一杆大枪。

穿着铠甲，手持大枪，许景明在装备方面占据绝对优势。

“师父，小心了。”许景明当即就要出招。

“等一等。”柳海伸手阻止，问道，“你身体指数多少？”

“115。”许景明说道。

“我先调整下身体指数，否则太欺负你了。”柳海说着开始手动调整，将进化法的练习时间调短，身体指数自然就下降了。

平常都是调整到身体极限，像许景明就是调整到“练习时间七百三十五天”，身体达到了极限，如果改为“练习时间一百天”，身体就弱多了。

“嗯，练习时间调整为六十八天，身体指数115，和你一样了。”柳海满意地点头。

许景明听了脸色都变了，自己修炼的是天蟒进化法，达到中阶20%，需要练习七百三十五天才达到身体指数115，师父只要六十八天，就能达到身体指数115？

“师父，你的进化法达到高阶了？”许景明问道。

“嗯，我的暴虎进化法达到了高阶。”柳海微微点头，“别慌，我猜测全球能够现在达到进化法高阶的，不超过一手之数。”

许景明暗暗惊叹：师父的确厉害！自己和高崇、王谯他们都交过手，在身体方面差距没那么大，大家应该都只是中阶水准。

“短时间的领先不算什么，毕竟我比你多练了快五十年！”柳海说道，“刚开始占据点优势是正常的。”

“现在我们身体指数一样，我布衣单刀。”柳海饶有兴味地看着徒弟，“有本事，来击败我吧！”

“师父，小心了。”

许景明手中长枪一抖，长枪犹如大龙，化作模糊残影，直奔柳海的胸膛。

柳海站在原地，丝毫没有避让，直接一刀劈了出去。

砰！

柳海的刀光如练，犹如鞭子般抽击在长枪上。许景明只觉得长枪一晃，就偏到了一旁，同时柳海就要进步，逼近他。

“单刀劈开长枪？”

许景明虽然吃惊，但立即将长枪一转，横扫向柳海。

承受这一扫之威，那便是一座房屋都会被扫得粉碎。

当。

柳海单刀一挡，阻挡时刀影模糊了一下，许景明只觉得长枪仿佛被粘住了，发不出力。

先挡一枪后，柳海再迈步挥刀。

这一刀，太快。

都说柳箭风老爷子的剑快，但柳海的刀更快。

许景明要退避闪躲，他的腿好了，身法也没任何问题，可就是来不及。长枪发力欲要阻挡，也同样来不及。

噗!

刀光一闪，许景明感觉有刀光掠过自己的胸膛，他低头一看，自己的铠甲仿佛豆腐般已被整整齐齐切过，留下一道刀痕。

许景明看着胸口的刀痕，只能无奈地伸手点了下个人面板，身体恢复到巅峰状态。

“我输了！”许景明站在原地，心里很困惑，“师父，我以大枪对你的单刀，为什么你硬碰硬，能一刀劈开我的长枪？”

“因为我一刀的威力比你大。”柳海说道。

“我长枪横扫也扫不动，”许景明说道，“力道都被完全卸掉了。”

“我的防御力也比你好，自然能卸掉你的长枪的力道。”柳海笑道，“之所以能一刀打败你，是因为我的速度比你的枪快，你挡不住，也逃不掉。”

“差距这么大吗？”许景明有些恍惚，“我知道师父很强，教出了那么多弟子，各个流派、各种兵器你都懂，技巧也很高明，能教所有徒弟，但……”

“但当年我老了，没有和你们真正全力战斗。”柳海说道，“如果我和你们拥有一样年轻的身体，早就欺负你们这群小家伙了，哈哈哈……痛快啊，恢复到年轻的感觉真好！”

“别丧气！”柳海看着许景明，“毕竟我比你多练了近五十年，而且当国家队主教练的二十年里，教导拥有各种绝技的国家队弟子，我的收获也很大。教你们的同时，你们也会触动我，我的技巧也在不断成熟。经历了七十年的成长，我才有如今的技艺。”

许景明点点头。

“现在，放眼全球，我的战斗技艺或许还有优势，”柳海说道，“但现在虚拟世界开放了，不管是练武场的功能还是对战空间的对战，都会让人们的技艺成长得非常快。以后，你们一个个也会达到我的战斗技艺境界，甚至超越我。”

“今天我找你来，是要将我的一些感悟都教给你。”柳海说道，“也让你能少走点弯路，更快提升。”

“师父……”许景明有些感动。

“我也不单单教你一个，我看好的几个徒弟，都会教。”柳海说道，“毕竟往后是队伍和队伍的竞争，一支队伍五个人，靠一个人可不行。以后我夏国和其他国家的比试武道，你们都是核心选手。”

“现在开始，你好好听，好好学！”柳海看着徒弟，“我教你的，是我修行武道七十年的领悟。”

许景明听着。

“过去我不愿拔苗助长，怕害了你们，现在有虚拟世界，你们可以好好学了。”柳海单手持刀道，“今天我要教你的第一项，是身体发力技巧！”

“发力技巧？”许景明仔细聆听。

他的发力技巧够厉害了，所以创出了无影刺、破山这等绝招。

“身体发力是关键，我的发力技巧比你的高明，所以同样的身体指数，我的速度比你快，力量比你大。”柳海说道，“你和我就仿佛小孩和大人一般，你自然无法战胜我。”

许景明点点头：自己穿铠甲、手持大枪都被师父“虐”，这就是发力技巧带来的巨大差距。

“我从小练形意，后来蒙师爷手把手教我太极，虽然通百家，国内武术都学过，当国家队主教练后更是参悟过国外各个流派的学术精髓，但我的核心还是太极，以太极兼容各家。”柳海看着许景明，“你应该知道，身体发力的关键是脊椎。脊椎如大龙，连接身体上下。力量传递需节节贯穿，方能将全身力量统合为一，爆发出的力量才够强。”

许景明点头。

“但力量更进一步，就不是节节贯穿了，”柳海看着许景明道，“而是身体如水。”

“身体如水？”许景明有些疑惑。

“身体仿佛水一般自然。”柳海身体前后摆动，仿佛一条大蛇，关节肌肉无比自然，“前后摆动，左右摇动，一切自然而然。”

“身体一旦发力，力量仿佛水流一般流动，自然而然，没有任何阻碍。”柳海朝下方一拍掌，啪，空气炸响，地面都被空气波轰击出了一个大土坑。

“发力于脚，身法快捷。”柳海身体一动，身影模糊，蹿出老远，比柳箭风老爷子还快。

“发力于手，快如闪电，威力奇大。”柳海挥动单刀，刀光一闪，撕裂空气，刀风已然令地面裂开。

“心灵意志彻底融入身体每一处，感应到每一处，无不得心应手。”柳海说道，“心念一动，招数便已动，速度、力量皆达到极高境界。”

许景明微微点头。

“记住这句话，身体如水，心灵融入身体每一处，感应每一处，处处得心应手。”柳海说道，“努力以这样的状态去练盾法，暂时不要将八极融入盾法，仅仅以太极方法去练，这是练力，练你的身体掌控能力。身体掌控能力到了境界，发力技巧自然就提升到了新的天地。”

“弟子明白了！”许景明说道。

“之前是怕你们练歪了，甚至练伤了身体，现在在虚拟世界，倒是不怕了。”柳海笑道，“刚才只是教你第一项，现在要教你的是第二项，实战！”

第32章 // 柳海教徒（下）

“这是达到身体如水境界后的战斗技巧。”柳海说道，“我也是多年来慢慢积累，自然而然就掌握的。现在我先教你，将来等你到了身体如水的境界，就可以自己慢慢琢磨，慢慢学。”

许景明仔细听着。

“你看。”柳海一伸手，手中单刀消失，换成了一个苹果。

柳海轻轻一抛苹果，苹果下落后，砸在他手中。

“苹果直接砸在手中，还是有些疼的，对吧？”

柳海又一抛苹果，这次苹果下落时，柳海手掌跟着下落，顺势一接：“这样落在手中，会很轻。”

许景明点头：“我明白，从物理学的角度解释，这是相对速度。手停留在原地，任由苹果自由落下，砸在手中，苹果的动能都由手掌承受了，而如果手掌随苹果一同下落，相对速度可能只有苹果下降速度的三分之一乃至五分之一，撞击的动能是三分之一的平方或者五分之一的平方，动能小太多了。”

柳海的眼角抽搐了一下。

物理学？啥玩意儿？

“好，原理你是懂了。”柳海说道，“我想要教你的，就是在实战的时候掌控速度。苹果的速度是对手的速度，手掌的速度是你的速度，控制双方速度，令对手攻击的威力只能发挥出十分之一乃至更低。”

许景明有些明白了，说道："之前早学过，卸力的其中一种技巧，就是顺应对方的速度。"

"你是被动地顺应对方，我说的是掌控速度。"柳海一手拿刀，"算了吧，还是动手来得直接，你以最快的速度进攻我。"

"好。"

许景明伸手，持着一杆长枪，当即进步出枪。

当!

柳海随手一挡，挡的时候，许景明只觉得长枪被粘住了，威力怕只发挥出十分之一。

咻咻咻!

许景明也不犹豫，以最快的速度出枪，几乎眨眼间连续刺出了数十枪。

柳海站在原地，随之出刀，刀刀都挡住了许景明的枪，令每一枪都被粘住了，威力发挥不出来。

"每一枪都被粘住，我整个人仿佛陷入了泥坑，有力无处使！"许景明感觉很痛苦。

当许景明进步刺出第五十八枪时，柳海瞬间斜着进步。

双方同时进步，令距离一下子缩短，许景明一惊，感觉刀光一闪便已经刺入了自己的胸膛。

许景明只能无奈地点击个人面板，恢复巅峰状态。

"看懂了吗？"柳海说道，"身体如水，对手一动，水便出现波纹有所感应，随之而动。你连续刺出五十多枪，每一枪我都会随之出刀，你招招完全被我粘住了。"

"这是本能反应。"柳海说道，"如果靠大脑思考，是来不及连续挡五十多枪的，并且每一枪还要挡得完美。"

许景明点头。

出招快到极限，是会超出神经反应速度的。

“面对对手，若实力连十分之一都发挥不出，那肯定输定了。”许景明道。

柳海道：“之前连续阻挡五十多枪，是防御。最后一招，在你进步刺枪的一瞬间，我也进步出刀，一刀便击败了你。”

“迎击？”许景明忍不住地问，“我进步刺枪时，师父也能抓住机会迎击？”

“身体如水，经过锻炼就可以做到。”柳海说道，“对方动，我先动。对方在动的一刹那难以变招，就在这一刹那，我便出招，进步出刀。”

“出招能快成这样？身体也是需要反应时间的。”许景明喃喃道。

“我说过，身体如水，心灵融入身体每一处，感应每一处，处处得心应手。”柳海说道，“你的心灵融入身体每一处，你的身体就能更快！”

许景明若有所思。

他对身体的掌控程度没到师父的境界，但明白师父的意思。

“掌控速度，不但是防御，也是进攻。特别是将来五人队伍对战时，掌控每一个人的速度，让对方的速度成为你战斗的辅助因素，每一个人都仿佛是你的棋子，成为你实力的一部分，你自然就强大得多。”柳海说道，“要达到我这般境界，首先得达到身体如水境界，心动，则身体已动，否则看到对方速度变化，你来不及做出变化，自然是不行的。”

许景明微微点头。

“对方动，我先动。顺之可控，逆之可杀。”柳海微笑着道，“这也是太极一直追求的！”

“这就是师父的境界吗？”

许景明总算明白了，过去他只知道师父的战斗技艺比自己强，比国家队其他任何一人都强，但强多少，他不知道。

“我也是身体达到巅峰之时才能真正施展。”柳海说道，“师父教你的两点，一是掌控自己的身体，达到身体如水的境界；二是掌控对方的速度，对方就仿佛是你的棋子，想利用就利用，想弃就弃。真传一句话，假传万卷书。我讲的就这两点，你若想完全掌握，需要苦练。”

“是，弟子明白。”许景明只觉得自己的眼界大大开阔了，知晓战斗技巧应该朝哪个方向练习。

“这是我七十年的领悟，再往后，就要靠你自己摸索了。”柳海说道，“好了，回去吧。抓紧时间，现在全球无数高手都在拼命努力练习。”

“是。”许景明恭敬地行礼，“谢师父！”

“当师父的，最开心的就是看到你们能比我强！”柳海微笑着道，“行了，赶紧走吧。”说着，他一挥手，就把许景明驱离了。

练武场内只剩下柳海一人站在原地。

“如今这个时代存在无限可能，不知道你们这群小家伙能成长到什么地步。”柳海对待看重的徒弟就仿佛自己的子女。

这些徒弟刚进国家队时还比较稚嫩，在他的敲打、引领下，越来越成熟，甚至登上了最高舞台去和世界高手争锋。其中也有些徒弟因为伤病或者谈恋爱等各种状况，断送了武道前程，他很心痛。

如今，看到很多徒弟有更光明的未来，他很开心。

“不过，师父终究是你们的师父，你们在努力，我也在进步啊。”柳海手一伸，一手拿盾，一手拿刀，“有本事，堂堂正正地超越我吧！”

许景明回到了自己的个人空间练武场。

“师父……”许景明很感激自己的师父。

放眼全球，能达到这般战斗技艺境界的，说不定只有师父一人，即便还有他人，也屈指可数。因为拿过世界第一的高崇和被认为历史前十枪法的自己，境界距离师父很远。能和师父站在同一高度的，能有几个？

“这样的武道领悟，万金不换！师父却不需要我付出任何东西就传授给了我。”许景明只能将师父的恩情默默记在心里。在如今的虚拟世界时代，这样的武道领悟更是无比珍贵。

“师父教的两点，第二点是达到身体如水境界后的战斗技巧，不急着学。”

许景明道，“如今要学的是第一点，身体如水。”

“身体如水，便能更好地掌控身体，爆发出身体的潜力。像师父，同样的身体指数，但他的力量、速度、反应样样都凌驾于我。”许景明一伸手，拿着一面盾牌，“现在就开始训练吧。”

第33章 // 六天后

六天后，虚拟世界的峡谷中。

许景明全身脏兮兮地躺在满是泥泞的山路上，无力地喘息着，身上还有血迹。他伸手轻轻一点个人面板，身体恢复到巅峰状态，这才精力十足地站了起来，然后捡起破破烂烂的一双盾牌，伸手轻轻一点，身上衣服也变得干干净净，盾牌表面的坑坑洼洼也都消失，变得崭新。

“还真是难啊，来自基础战力800的对手的围攻这么难抵挡吗？”许景明双手持盾，“再来！”

呼呼呼！

大量密密麻麻的身影出现在峡谷中。

足足一百名悍勇的匪徒个个手持长枪、大斧或重锤冲来。这三种兵器中，大斧和重锤冲击力大、破坏性大，长枪则是速度快，更难缠。

“杀！”

一百名悍勇匪徒个个基础战力800，从四面八方一拥而上。

即便这些虚拟出的匪徒战斗智慧不算高，可不需要多少智慧，就这么围攻，许景明想抵挡住也很难。

许景明立即移动，绝不能傻乎乎地站在原地，得尽量靠身法营造出有利环境。可一百人从四周围过来，任凭他再躲，也很快有十余名匪徒冲到了他身前。

许景明双手各持一盾。

他的盾法非常高明，仿佛两张蜘蛛网，让那些攻击虚不受力，甚至他还能借力打力让那些匪徒力量消减，一个个踉踉跄跄。

他的身法也很灵巧，游走于匪徒中，让每次攻击他的匪徒尽量少。

呼呼呼——

在许景明同时挡住三柄大斧、两柄大锤的时候，还有三杆长枪从后方的空当中刺来。

长枪撕裂空气的声音让许景明头皮一麻。

嗖！

许景明本能地身体一闪，险之又险地避开了三杆长枪。

“杀！”

“杀了他！”

那群匪徒变得疯狂了。

许景明几乎时时刻刻都得面对一堆大斧、重锤、长枪，自然也有些狼狈，只能左闪右躲，努力借力打力。

“按照师父说的，心灵意志融入身体每一处，感应到每一处，无不得心应手。”许景明想着，“我的身法和师父比起来，显得那么笨重。我的盾法也没那么快，卸力借力也没那么完美，显然对身体的掌控度还不够。我得再快点，再灵活点，盾法也再快点！”

许景明努力调动自己的身体，想象身体如水，心灵、意念、感应融入身体每一处，努力调动身体每一处的力量。

噗！

一杆长枪从侧面刺穿了许景明的肩膀，使得他的右臂一软，右手握着的盾牌没能抵抗住攻击，重锤、大斧劈砸在盾牌上，也撞击在他身体上，他整个人顺势倒了下来，没有再挣扎。

周围所有匪徒都消散了。

按照设定，这些匪徒只要攻击到了他，便会散去。

“又失败了！”

许景明躺在泥地里，回忆着刚才的交手，思索着自己的盾牌使用技巧。

躺了许久，他才伸手一点个人战力面板。

玩家：许景明

基因进化法：天蟒进化法（中阶75%；剩余练习时间共七百二十天一天，不可提升）

身体指数：127

技能：枪法（二阶88%），步法（二阶62%），盾法（二阶83%）

基础战力：1651

实战加成：23%

战力：2030

“虚拟世界开放七天了，进化法依旧没到高阶，盾法和枪法进步也比较慢，倒是步法提升较快。”许景明想着，“可能是步法方面本来就比较弱。”

二十岁就伤过腿，长期的腿伤令他无法学习很多步法。

如今在虚拟世界练武场进行高强度训练，一百名匪徒的围攻对步法的提升还是很大的。就算是一个什么基础都没有的普通人一直被一百个人围攻几百次几千次，身法也会提升一大截。

“快七点了，该吃晚饭了。”许景明查看个人面板时注意到了时间，立即轻轻一点，退出了虚拟世界。

晚饭后，客厅内。

许景明和黎渺渺坐在沙发上吃着餐后水果，看着光幕上的节目。

“你堂堂神级高手，每天在虚拟世界的时间最高可达十六个小时，我却最多待十个小时。”黎渺渺吃着葡萄，嘀咕道，“你可得多陪陪我，别总是沉浸在虚拟世界里面。”

“这不是来陪你了吗？”许景明赔笑道，“而且我相信，以你的天赋，一定会在短时间内达到曜日级，那样你的虚拟世界在线时间就可以达到十二小时了。”

“曜日级？太难了！”黎渺渺无奈地道，“我每天那么辛苦地练身法，练剑法，可自从达到银月级20星，才赢了一场，输了两场！我太难了！”

“银月级只要30星就满级了，还是很快的。”许景明说道，“而且你的基础战力也没到曜日级门槛，不用太急。我每天教你半个小时，相信你在一个月内，基础战力一定到400。”

“一个月内？”黎渺渺苦着脸。

“你如果努力点，半个月估计就行了。”许景明笑道，“在虚拟世界锻炼实战技巧，前期进步还是很快的。”

达到了许景明这样的境界，进步就变得很慢了。

“对了，今天雷云放终于参加神级高手对战了。”黎渺渺说道，“这一战很突然，官方也没来得及直播，不过后来视频放出来了。你看了吗？”

“没有。”许景明摇头笑道，“准备下线后和你一起看。”

“哼。”黎渺渺撇嘴，但她还是操控光幕，让光幕上播放的节目变成了一段对战视频。

“夏国武道界的三大传奇高手，铁莲云是虚拟世界开放第一天出手的，柳海是第三天出手的，雷云放竟然第七天才出手。”黎渺渺感叹道。

此刻视频中，对战的十人在选兵器装备，其他九人在看到雷云放后，都显得有些震惊。

“雷云放前辈今年其实才五十六岁，比我师父小得多，但他参加过第三届世界武道大赛，在我们武道圈资历非常老，而且因为参加武道大赛时他正处在身体巅峰状态，展现的实力比师父还要强。”许景明也道，“他也是世界武道圈公认的夏国最强者。”

师父柳海终究老了。

雷云放前辈在二十多岁到三十多岁时活跃在世界舞台上，展露出来的实力也比柳海强得多。

黎渺渺点头："我知道，雷云放前辈在世界武道圈是'三王'之一。"

"对。"许景明点头，"近三十年，世界武道大赛最耀眼的三位选手分别是我们夏国的雷云放、白鹰联邦的魁·圣·米尔斯、罗刹国的阿兰·艾米连科，他们也被称作武道界的'三王'。他们三位只要参加世界武道大赛，就能够轻松碾压其他对手。武道界有一句话——只有王才能击败王！"

"比如雷云放和魁·圣·米尔斯，互有胜负，魁·圣·米尔斯和阿兰也互有胜负，其他人，都未曾击败过'三王'。"许景明感慨，"'三王'巅峰时，都能轻松碾压其他对手，与对手有着肉眼可见的差距。这是其他选手都很难做到的。"

许景明一边说着，一边观看着光幕上的对战。

这场对战的场景是雪地。

苍茫雪地中。

雷云放神色冷峻，脸上有着刀疤，穿着布衣，背着两柄刀，行走在雪地中，犹如鬼魅。

咻——

有箭射来，却只射中雷云放移动的残影。

"'三王'中，雷云放身法最强，是世界武道圈中身法最恐怖的。"

许景明仔细观察着。

雷云放行走在雪地中，忽然看到远处的对手，速度陡然爆发，化作模糊残影追了过去。

对手根本逃不掉，当即三人集结，一同对付雷云放，同时暗中还有神箭手放出了一箭。

"在一般情况下，应该是先解决神箭手。"黎渺渺惊叹道，"雷云放前辈却直接冲向对方集结的三人，根本没理会暗中的神箭手。"

"太自信了！"许景明感叹。

只见化作残影的雷云放很快就冲到了三位神级高手面前，仅仅走了几步，便游走在了对手之间。刀光闪烁，三位神级高手便皆倒下了，或是喉咙中刀，或是胸口铠甲被掠过，个个消散。

“击败神级高手，简直是砍瓜切菜！”黎渺渺转头问道，“景明，你跟他比怎么样？”

第34章 // 夏国排名

许景明笑了，他还是有自知之明的。

“渺渺，那是公认的夏国武道最强者，武道界的‘三王’之一。”许景明笑道，“我的实力只能算是和高崇相当，强也强得有限。我和高崇联手估计都斗不过雷云放前辈。”

“这么夸张？”黎渺渺有些惊讶。

“他的进化法已经达到了高阶，而且他的步法至少是三阶。”许景明道。

他亲眼见过师父柳海展露身法，必须承认，雷云放的身法比师父柳海的还要可怕些。

“你看雷云放前辈的身法，他现在冲向神箭手，任凭神箭手射箭，他也不会被碰到。”许景明惊叹地看着。

只见雪地中，雷云放直奔向神箭手，身法极快。

神箭手逃无可逃，只能边逃边放箭。连续六箭，只有第六箭是在数丈距离内射出的，勉强擦到了雷云放的衣袍边，其他几箭连衣袍边都没碰到。

雷云放就这么光明正大地到了神箭手面前，一刀带走了神箭手。

“神级的神箭手在他面前都不堪一击。”黎渺渺惊叹道。

“全球武道界‘三王’中，雷云放前辈拥有最匪夷所思的身法；魁·圣·米尔斯拥有‘怪物’般的身体；阿兰拥有最完美的冷兵器使用技巧。”许景明说着，“在身法方面，雷云放前辈是公认的武道界历史第一！”

“历史第一，还是遥遥领先的那种。”许景明非常钦佩雷云放，“即便有虚拟世界，我若想拥有这种层次的身法，估计要好些时间。”

这场对战很快就结束了。雷云放一人灭四名对手，他的同伴们总算抓住机会，解决了最后一名对手。

“雷云放前辈很厉害。”黎渺渺点头道，“但是现在虚拟世界开放七天了，拳击、自由搏击、散打等格斗派系有很多高手熟悉了兵器，开始展现实力，并且出现了很多神级女子，还有很多民间高手。”

“这才七天，就百花齐放了。”黎渺渺说道，“我相信随着时间流逝，会有越来越多的高手崛起。所谓全球武道界‘三王’，将是过去的产物，毕竟现在可是七十亿人在竞争！一年之后的全球前十，我预言，他们‘三王’中，最多只有一个能留在全球前十。”

许景明笑着拍手道：“渺渺说得对。”

“就算是现在，全世界可能也有比他们三位强的。”黎渺渺又道，“毕竟谁知道全球哪个旮旯里会冒出个‘怪物’来呢？”

“对了，今天还有个新鲜玩意儿。”黎渺渺立即操控光幕，光幕上开始出现视频。

“这是大网红王仙姑定的夏国神级高手排行榜。”黎渺渺将视频快进到了榜单的部分。

“夏国神级高手排行榜？”

“这份榜单虽然引起了争议，但总体还是有参考价值的。”黎渺渺道，“它是根据所有能查到的神级高手对战推算出来的，比如你的排名就比高崇高两位。今天雷云放前辈对战刚结束，王仙姑就推出了这份榜单。这个视频播放量都过亿了，非常火。”

相比于专心修炼的许景明，黎渺渺更关心虚拟世界的各种大事小事。

“你的消息可真灵通，每天晚上吃饭，我都能从你这里知道很多武道新闻。”许景明笑道。

“虚拟世界非常重要，我让孔姐、小曾也帮忙收集了几乎所有重要的新闻。”黎渺渺说道，“你赶紧看看排名，点评一下是否公允。你看，她把你师父柳海排在了第一位。”

许景明看着排名，名单上一共有三十六人。

第一：柳海（拥有着仙姑所见到的最完美技艺，仙姑相信柳海拥有巅峰身体后，会比武道界“三王”更强！）

第二：雷云放（武道界“三王”之一，身法是仙姑见过最匪夷所思的。）

第三：周羿（最可怕的神箭手，周羿酷爱箭术，成年后自己改名为“羿”。仙姑打听到，他从国家队退役后，曾多年居住深山练箭，对箭早已入魔。他的一手速射箭术让世人见识到了会近战的弓箭手的可怕！）

许景明看到这里，点头道：“周羿的确怪，一手弓、一手箭，近距离射箭，可以在对手冲锋的五十米内瞬间解决了五名神级高手。”

“他射箭速度太快了。”黎渺渺说道，“身法也快，他在高速移动中就咻咻咻射出去了，而且还很准。”

“这榜单的前三名，我还是很认同的。”许景明继续看榜单。

第四：铁莲云（夏国拿到世界武道大赛第一最多的人，但他崛起后，“三王”已经退役。他也输给过不止一位武道大赛选手。全球武道界对他的评价也逊色于“三王”。从最近七天他的八场对战来看，比柳海、雷云放略逊一筹。但他的冷兵器技艺非常全面，盾斧凶猛暴力。八场神级对战，他以一人之力胜了七场，也说明了他的实力。）

第五：熊天山（夏国最了不起的拳王，拿过五个级别的世界拳王，在选择盾斧为兵器后，实力进步迅猛。最新一场对战中，他和铁莲云的巅峰对决就能够证明他的实力。那一战，他缠住了铁莲云，最终带领队伍获得胜利。虽然在使用冷兵器的技巧上略逊色于铁莲云，但指挥队伍的能力比铁莲云强，也带给了铁莲云在虚拟世界游戏中唯一的一次失败战绩。）

“熊天山，”许景明看过那场直播，“不愧是世界史上都排在前几的大拳王，熟悉盾斧后，能和铁师兄斗得相当，甚至带队伍获胜。”

“那场对决是真精彩，铁莲云一对一明明占优势，可熊天山就是带队赢了。”黎渺渺笑道，“感觉铁莲云被熊天山的智商打败了。外界都认为只要给熊天山时间继续提升冷兵器使用技巧，熊天山将来会彻底超越铁莲云。”

许景明点头接着看。

第六：张青（女子武道格斗界的不败女神，曾连拿三次女子世界武道大赛第一，因为无敌而退役。在虚拟世界中，曾凭借双剑正面击败过高崇、杨誉，和许景明交手也有优势，而且张青的双剑之术太美了！仙姑甚至相信，张青将来会冲到夏国前三！）

第七：许景明（枪盾双绝，在团队中能发挥很大作用。他参加十五场对战，十三胜两败！和众多神级高手的交锋完全证明了他的实力。高崇和杨誉都在一对一时败给过许景明。他排在第七位，是众望所归，而且他是前十当中最年轻的，仙姑觉得他前途无量！）

第八：杨誉（拿过世界武道大赛第一，双枪之术华丽无比，行动如风，凭借双枪鬼魅般冲杀，但败给过张青、许景明、铁莲云，所以将其列在第八位。）

第九：高崇（拿过世界武道大赛第一，大力神依旧暴力凶猛，其实他和杨誉交手并未分出胜负，只是杨誉更灵活，对团队作战帮助更大，所以将高崇列在第九位。）

第十：柳箭风（九十七岁的老爷子，是至今夏国所有神级高手对战中最可怕的刺客！许多神级神箭手都败在他手中。连周羿面对他也得同时射出三箭。三箭齐出，柳箭风老爷子没能躲开，被近距离命中。因为正面搏斗能力略逊，所以仙姑将他排在第十位，但我是柳箭风老爷子的粉丝！老爷子的刺杀太帅了！）

一个个排名后面简单叙说了理由。

……

第三十六：吴赛（虚拟世界开放第一天，第一场神级高手对战绝对是吴赛的耻辱之战。那时他不熟悉冷兵器使用技巧，没有足够多的对战经验，是纯粹的

“躺赢”。但接下来，我们看到吴赛迅速成长，彻底证明他能在第一天通过定级赛成神级玩家，底子还是很深厚的。技巧、经验提升上来后，他排在第三十六，仙姑认为还是很公允的。）

许景明看完整个榜单，微微点头。

“感觉怎么样？”黎渺渺问道。

“挺公允的。”许景明道。他与张青交手时，的确被张青压了一头。

许景明认为张青应该是夏国剑术最高明的一位，双剑之术既华丽又暗藏危险，对战时，他被迫以防御为主。像杨誉、高崇这种防御能力比许景明差些的，都是被张青一对一击败的。

“这才是虚拟世界开放第七天，一个月后，榜单一定会更精彩。”黎渺渺忽然注意到了时间，“哇，已经8点55了，任务空间就要开放了。”

虚拟世界分为个人空间、任务空间、战斗空间三部分。按照官方的通知，今天晚上9点，任务空间将正式开放。

第35章 // 任务空间开启

“任务空间推迟到现在才开放，也不知道是为什么。”黎渺渺说道，“景明，你说任务空间会有什么？”

“从名字来看，应该是给我们下发任务。”许景明说道。

“应该没这么简单。”黎渺渺道，立即起身走向卧室，“走走走，我们别在这里聊了，赶紧上线吧。”

许景明也跟着起身，两人一同进入卧室，躺在床上，戴上了虚拟头盔。

“我总感觉这次任务空间会给我们一个大惊喜。”黎渺渺转头看向身旁的许景明。

“等会儿就知道了。”许景明一笑，轻轻碰触虚拟头盔启动位。头盔内的一个个金属片贴合头皮，令他的头皮微微一麻，意识便迅速下沉。

虚拟世界个人空间，雪山之巅。

许景明悠闲地坐在客厅内，点开了个人面板。任务空间选项依旧是灰色的，无法点开，不过却出现了开放倒计时。

“10、9、8、7、6、5、4、3……2……1！”许景明看着倒计时。

在倒计时结束后，任务空间同战斗空间一样，能点开了。

“进入。”

许景明轻轻一点，便直接前往任务空间。

这一刻，全球无数人都在虚拟世界内点击进入任务空间。

嗖——

许景明出现在一个世界的高空，俯瞰着大地。

“这就是任务空间？”许景明俯瞰大地。

大地浩瀚，九成九以上的区域都被黑雾遮掩着，只有中央一块区域能够看清，那里有一座巍峨的高塔。

许景明宛如流星坠落在高塔前。

“这座塔得有几千米高吧！现实世界中最高的高楼也没这么夸张。”许景明在高塔前抬头仰望。

这座塔太震撼了，感觉比现实世界中的任何一座高山都要巍峨。

许景明一人走到这座高塔的正门处，正门旁的塔壁上开始浮现文字。

个人任务第一项：闯星空塔。

星空塔共七层，闯过第三层的全球前一百人名列星空榜，榜单上会显示姓名及国籍。第一名，奖励五亿蓝星币；第二名到第十名，奖励一亿蓝星币；第十一名到第一百名，奖励一千万蓝星币。

第四层、第五层的奖励，等同于第三层；第六层、第七层，奖励未知（不公开）。

所有人可无限次尝试闯星空塔。

许景明看着这些文字，思索着：闯星空塔是个人任务第一项，代表将来可能会有第二项、第三项个人任务，甚至可能有团体任务。不过，奖金还真多，比世界武道大赛的奖金还多些。

许景明颇为心动。

世界武道大赛冠军的奖金是五亿现金，但亚军奖金只有一亿，第三名往后不断减少，只进入小组赛的更是只有安慰奖金。而星空塔仅仅第三层的奖金，从第二名到第十名全都是一亿，甚至从十一名一直到一百名都有一千万奖金。

“全球公开排名？谁是世界第一，谁是世界第二，不就清清楚楚了？”樱花国，一名穿暗红衣袍的长发男子看着星空塔塔壁上的文字，眼中闪烁着光芒。

“全球不同时期、不同格斗类别的高手全都聚在一起，将世界第一到世界第一百明确列出来，谁也不需要打‘嘴炮’了。”一名光头男子看着塔壁上的罗刹文说道，“我也可以向全世界证明，我才是全球最强大的人类！”

“连国籍都显示，各国高手都会疯狂竞争吧，而且还有这么多奖金。”

“五亿、一亿？就算给我最少的一千万，我也发达了呀！存在银行，每年利息都有几十万呢。”

“好多钱，我如果拿到，就可以还清贷款了！”

“赶紧进去试试，说不定就出现奇迹了呢！”

“蓝星联盟厉害啊，发这么多奖金！”

“手快有，手慢无，冲啊！”

“跑在第一个！”

……

看着星空塔塔壁上的文字，全球无数人都激动起来了，蜂拥冲进了星空塔。许景明、柳海、雷云放、高崇、杨青烁等人也一个个进入了星空塔。

星空塔第一层是一片茫茫大草原。

一道身影降落，正是许景明，有蒙蒙光影笼罩着他。

“许景明，请选择你的兵器装备。”有声音响起。

许景明非常熟悉地轻轻一点面板，身上便穿上了暗红色铠甲，手中出现了一杆长枪。

如果是团体战斗，为了配合队友，双盾有时候能起到更大作用，但如果完全靠自己一人对战，长枪是更好的选择，况且不携带双盾，负重也能轻许多。

在许景明选好装备后，远处有一头头灰狼出现。

嗷嗷嗷——

百余头灰狼在草丛中若隐若现，一边盯着许景明，一边逼近。

“狼群？”许景明持枪观察着，“这些灰狼体长达两米，肩高也有一米二左右，看样子，灵活程度远超现实世界中的狼。也是，对付进化后的人类，普通狼群威胁性太低了。”

狼群在逼近许景明，并且很自然地散开，形成包围圈。

嗷呜——

伴随着头狼的号叫，一头头灰狼终于冲刺起来，它们的身影在茂盛的杂草中若隐若现，速度极快，而且个个眼神冰冷，带着杀机。

“给我练枪法吗？”许景明笑着主动上前，仅仅几步速度就飙升起来，奔跑时身影都模糊了。

双方接近的一瞬间，足足有六头灰狼飞扑了上去。

噗！噗！噗！

许景明手中长枪一动，只见枪影飞舞，几乎一瞬间，长枪仿佛分化成了六杆！最先冲上去的这六头野狼仿佛同时被刺穿了身体，无力地翻滚到一旁。

“比那些匪徒弱太多了，估计也就200的基础战力。”

许景明手持长枪在狼群中横冲直撞，所过之处，枪影不断闪烁，一头头灰狼倒下。

这些灰狼体形这么大，最多也就八九头同时围攻，以许景明出枪之快，足以全部解决。如果三五头分开上，更是容易解决。

仅仅十余次呼吸时间，这支庞大的狼群队伍便只剩下两头幸存的了。这两头灰狼吓得低声呜呜叫着，朝远处飞奔逃离。

“第一层通过，准备进入星空塔第二层。”有声音响起。

此刻许景明的身体也得到了恢复，连长枪上的血迹都消失了。

“第一层是真简单。”许景明暗道，他忽然想到了女友，“可能对渺渺这些新手有些不太友好。”

对黎渺渺而言，这种大型灰狼即便只有一头，都颇有威慑力。

百余头围攻？

对新手们太残忍了些！

呼——

眼前场景变换，许景明已然来到了星空塔的第二层。

第36章 // 闯星空塔

“这么多狼？”

黎渺渺穿着柔软的皮甲，左手拿着一面小盾，右手拿着一柄长剑。那小盾直径仅三十厘米，也就比人的手掌略大些。

此刻黎渺渺有些心慌，实在是这些狼太大了，速度又快。

“这才是星空塔第一层？”黎渺渺看着远处狼群逼近，连忙飞奔，“我得跑，在跑动过程中找机会，不能让这些狼群围攻我。”

嗖嗖嗖——

狼群擅长配合，速度又快，仿佛狩猎一般，耐心压缩黎渺渺的活动范围，根本不会单独上。

“这些狼也太狡猾了吧。”黎渺渺心里发苦，“找不到逐个击破的机会啊！”

随着活动范围越来越小，终于有三头狼率先扑了上来。

嗖——

黎渺渺一个飞蹿，同时左手举着小盾挡住野狼的爪子，右手的剑迅疾地一刺，刺入了野狼的脖颈。毕竟虚拟世界开放七天了，而且黎渺渺每天都得到了许景明的单独教导。

许景明曾教她：“你现在只学一招——刺，这也是最适合剑的一招。进步刺、退步刺、反手刺、转身刺，总之，不管身体怎么移动，甚至是跌倒，都要能刺出这一剑。左手你就拿着一面小盾，毕竟你没练过盾牌，盾牌太大会影响你的剑术。一面小盾也可以让你左手格挡防御。”

许景明手把手地教黎渺渺技巧。

噗噗！黎渺渺左闪右避，手中小盾艰难抵挡，动作还算是迅疾，连续刺杀了三头野狼。

但更多野狼扑了上来。

“完了！”看着周围大群野狼扑来，黎渺渺瞬间选择退出。

退出后，她回到了星空塔外。

看着巍峨的星空塔，黎渺渺嘀咕道：“星空塔第一层就要对付百余头野狼，那第三层得是什么样？也不知道景明闯到哪层了。”

星空塔第二层，这里是一片大雪过后的原始山林。

“好冷。”

许景明仔细观察四面八方，寒气透过铠甲侵袭他的身体。

他一眼就看到前方有一个巨大的山洞，洞穴外正有五头巨型棕熊在玩闹。

这些棕熊的模样让许景明神色严肃了几分。

这几头巨型棕熊体长超过四米，肩背都高高隆起，壮硕得吓人，寒冷环境下形成的浓密棕色毛很是粗长。这些厚厚的毛皮便是它们天然的铠甲。

“体长超过四米的巨型棕熊，体重目测至少三吨，以它们的体格，怕是一巴掌就有上万公斤的冲击力，一旦冲撞起来，威势恐怖。人类不适合和它们硬碰硬。”许景明观察着，做出了判断，“它们的毛皮很厚，再加上皮下脂肪，长枪怕是不容易刺穿，得针对要害进攻。”

五头巨大棕熊一齐看向许景明这个不速之客。

嗷——

其中一头巨大的棕熊突然动了，别看它体形壮硕，冲刺起来，速度却很恐怖。当这头巨大棕熊突然冲向许景明的时候，另外四头棕熊也站立起来，只是没急着围攻许景明，显然它们认为同伴足以对付这个外来者。

许景明站在雪地中，平静地看着那头冲来的巨型棕熊。

棕熊飞奔时速度很快，当冲到许景明近处时，直接一跃而起，巨大的熊掌扑打过来。

嗖——

许景明脚下一动，灵活地滑动两步避让到一旁，令巨型棕熊扑空了。

在避让的同时，许景明一枪刺出。

噗！

长枪如毒蛇出洞，瞬间刺入巨熊的脖颈。这是巨熊的要害，但许景明只觉得刺入时无比艰难，阻力极大，枪头仅刺入部分就刺不动了。

许景明拔枪避开巨熊的反扑时，又一枪刺出。

这一枪速度更快，撕裂空气，带着奇特的声音，瞬间刺入巨熊脖颈一大半深度，随着长枪被拔出，巨熊开始无力地倒下。

“普通的戳枪威力不够。施展无影刺，才解决一头巨熊。”许景明暗暗评价，同时抬头看向远处山洞。

山洞处的另外四头巨熊本来没将外来者当威胁，可外来者仅仅两枪便击杀了它们的同伴，这让它们感觉到了巨大的威胁，同时也有满腔的愤怒。

嗷——

嗷——

四头巨熊飞奔而来，它们的咆哮怒吼声中带着哀伤。

“虽然有些难缠，但四头还是能解决的。”许景明清晰地判定局势，“这些巨熊在体格、力量方面占据优势，但在速度、灵活方面逊色于我，也挡不住我的无影刺。”

可就在这时——

嗷——

一道低沉雄浑得多的吼声从山洞中传出。

这吼声让许景明脸色变了。只见山洞震动着，一头无比庞大的巨熊从山洞中冲了出来。这是一头体长足有六米的超巨型棕熊，和它一比，之前的五头巨熊就仿佛是小崽子。

“可能这五个小不点的熊真是它的孩子。”许景明暗暗嘀咕，不但没逃，反而主动迎上愤怒的四头巨熊。

他如鬼魅，在逼近四头巨熊时，一个急速变向，随之就是一记刺枪。

七天时间，许景明的枪法、盾法有进步，但进步最大的还是步法。

在许景明面前，这四头巨熊显得太笨拙了。

一枪深深刺入一头大熊的脖颈，在另外一头大熊愤怒扑来，挥拍熊掌时，许景明立即收枪闪躲开去，而且在闪躲的同时，转身就是一个回马枪，全力爆发，枪尖再度刺入一头大熊的脖颈。

仅仅几步，接连解决两头大熊。

“那些顶尖高手面对我，会保持距离，会小心防御，不给我出无影刺的机会，但这些大熊根本不防御，就知道冲。”解决两头大熊后，许景明又瞥了一眼远处正疯狂冲来的超巨型棕熊。

“熊王来了，速度比我还快，很难对付啊！”许景明暗道。

行走间，他又是一记无影刺，在一头大熊的脖颈上留下了一个大窟窿。

如今只剩下最后一头大熊了，那头大熊怕了，转身就朝那头熊王跑去。

“所以得尽快除掉其他大熊。”许景明丝毫没有顾忌飞奔来的熊王，反而主动追向最后一头大熊，他的速度和这些大熊比还是占优势的。

轰!

许景明正面追击，一记凶猛暴力的破山，命中了狼狈转身抵挡的大熊。

嗷——

那头熊王无比愤怒，咆哮着扑来。

许景明冷静地拔枪一个闪躲，避开了这一扑。

“论体格、力量、速度，我都不如这头熊王，唯有在灵活和技巧上占优势。”许景明少年时就明白一个道理，在擂台上一对一的时候，一旦失去冷静，那就输掉一大半了。

一对一对战，要规避自己的劣势，发挥自己的优势。

熊王体长六米，体形太过庞大，一双熊掌挥扑过来时，能够笼罩一片区域。许景明借助山林中的树木闪躲着。

这些树木对体形小的他而言，是助力。

砰！

熊掌拍在一株大树上，大树树干竟然直接断裂开来了。这让许景明的眼角抽搐了一下，他知道熊王的力气肯定可怕，可这也太可怕了。

“只要被它一掌拍中，我就没了。”

许景明小心地闪躲，寻找着攻击机会。

熊王追杀他，他借助地形不断闪躲。一时间，一株株大树倒下，地上的雪被震得飞扬了起来。

在纷飞的大雪中，一杆长枪突然刺出！

长枪快如闪电，又是近距离突然出现，愤怒冲撞中的熊王一头就撞击在长枪上。

长枪命中熊王的一只眼睛，可仅仅刺入一部分就卡住了。

嗖——

许景明瞬间拔枪暴退。

嗷——

被刺瞎一只眼的熊王愈加愤怒疯狂了。

“这都还没结束？”许景明也有些不敢相信了。

疯狂的熊王追杀许景明，许景明借助山林地势不断闪避，偶尔反击一枪。

熊王非常小心地保护自己另一只眼睛，但它的脖子被许景明刺出了一个又一个窟窿。

在经历了足足十八分钟的艰难搏斗后，那头熊王终于无力地倒下了。

许景明疲惫不堪。

十八分钟！高度紧张、全力战斗的十八分钟！

“我在熊王脖子上刺出那么多窟窿，还是靠流血把它耗死的。”许景明也很无奈，“实在是皮太厚了。”

“刺在它胸口上或背上，根本刺不穿。”许景明颇为无奈，他看向周围，大量树木倒下，雪地上一片狼藉，“幸好虚拟世界开放七天来，我的步法进步了很多。如果第一天就碰到这头熊王，怕是一巴掌就被拍死了，根本无法周旋这么久。”

许景明长时间训练身体发力技巧，让上百名悍勇匪徒围攻自己，步法确实进步很大。

“第二层通过，准备进入星空塔第三层。”有声音在他的耳边响起。

许景明的身体恢复到巅峰状态，长枪、铠甲都变得干干净净。

眼前场景开始变换，他来到了星空塔的第三层。

第37章 // 名列榜单

星空塔第三层是一片热带雨林。

许景明小心地观察着，雨林幽暗潮湿，树木粗壮，藤蔓肆意生长，一片寂静，仿佛没其他任何生物。

“嗯？”许景明忽然感觉到远处有一双暗黄色的眸子，不由得打了个激灵，仔细看去。

远处一只大型猫科动物正盯着这里，它有着浅黄色的毛，体表有着一条条黑色横纹，头部硕大，暗黄色的眼睛里仿佛没有任何感情，在审视着眼前的猎物。眼睛的上方是由一条条粗大黑纹勾勒形成的“王”字。它肩高两米，体长足有六米，庞大的体形让许景明心头发紧。

“好大一只猛虎！体形比熊王略小一些，可威慑力感觉更恐怖。”许景明很警惕。

如果说熊在体格、力量方面很强，那老虎就是全面性的代表，体格、力量、速度、灵活度、攻击、技巧等都很强。

虚拟世界星空塔模拟出的这只庞大老虎，更是远远超越现实中的老虎。以现如今许景明的实力，面对眼前这只大型老虎，他竟感受到了死亡的威胁。

这只大型老虎迈着步子走了过来，走得很优雅，甚至都没怎么发出声音，四个巨大的虎爪肉垫很温柔地踩着地面，同时它在观察着眼前的猎物。

嗖——

许景明持着长枪直接冲了上去。

嗷——

这只大老虎见状，只觉得遭到了冒犯，暴吼一声扑来。

一人一虎体形相差巨大，都正面扑向对方。

在接近的刹那，许景明脚下一踩大树，陡然变向，很突兀地就是一枪刺向老虎。这只老虎眼中带着冷意，抬起虎爪拍在长枪上。

轰！

许景明只感觉有一股恐怖力量传递过来，他被震得连滚带爬到了大树上。

“太灵活了，反应也快得可怕。”许景明有些头疼。

嗖——

老虎瞬间蹿上大树，继续追杀许景明。

许景明被追得不断闪避、逃跑，就算艰难找到机会反击，也被这只老虎轻松挡下了。

“这只老虎在体格、力量、速度方面很不错就算了，我怎么觉得它比我还灵活？”许景明也就凭借体形小，借助雨林环境以及一杆长枪能威胁老虎一二，勉强拖延。

可在他被追持续了五分钟后——

嗖！嗖！嗖！

“嗯？”许景明脸色一变。

四面八方出现了一只又一只庞大的老虎，体形小一些的有五米长，体形最大的更是达到七米多长。

那只体形最大的老虎在原地没动，其他老虎都缓缓逼近过来。

“星空塔第三层要对付这么多老虎？”许景明有些发蒙，“一只普通点的大型老虎都斗不过，更别说数十只了。”

嗖嗖嗖——

忽然，六只大型老虎同时扑来。

许景明猛然向前冲，主动迎向一只老虎。

嗷——

那只老虎发出怒吼声，虎爪朝许景明拍了过来。

许景明悍勇至极，仗着长枪长度的优势，在虎爪要落下时，长枪先一步刺入老虎的脖颈。

“破山！”

威力最强的枪招！长枪硬生生刺入这只大虎的脖颈一大半，但虎爪落下、划拉，便撕裂了许景明的铠甲以及身体。

这只大虎和许景明都消散了，另外五只猛虎冲到近前，发出了怒吼声。

“真难哪！”许景明失败后，出现在星空塔外，“以命换命，也只是解决一只猛虎，而且我施展破山，长枪仅仅刺入老虎脖颈一大半，如果用无影刺，怕都没用。”

观战平台。

黎渺渺坐在看台上，观看着神级高手闯星空塔第二层的直播。

“渺渺，”许景明出现在一旁，“在看直播呢？”

“嗯。”黎渺渺点头，“星空塔实在太难闯了！那些野狼，两三头我还能斗一斗，上百头围攻而来，我根本无法打。我连第一层都闯不过去，唉——你看，这是孙玉婷的直播，她在闯星空塔第二层，在艰难地杀死五头大熊后，遇到这头熊王，看样子是斗不过了。”

许景明看去。

直播场景中，那头体形庞大的熊王追着孙玉婷，孙玉婷步法极好，不断借助山林闪避，她的盾牌早就被抛飞到了远处，左臂耷拉着，兵器只剩下右手中的一把剑。

“孙玉婷在王仙姑定的排名中排第十六位，如今夏国神级高手近八百人，孙玉婷绝对是神级高手中的顶尖水准了。”黎渺渺说道。

许景明点头。

虚拟世界开放七天多，夏国十几亿人口中，神级高手有近八百人。像国家队近三十年的一队、二队男女队员，加起来有三百多人，还有很多征战A级、B级赛事的职业队员，其他格斗流派的高手，还有民间高手……因此，七天多时间有近八百名神级高手，这在许景明预料中。

“孙玉婷盾剑配合，攻防合一，绝对算厉害了，可是遇到熊王，她的盾牌根本没用，反而影响了她的身法。熊王一巴掌就拍飞了她的盾牌，连手臂骨头都被拍断了。仅仅凭借一把单手剑，都破不开熊王的皮。之前解决五头大熊时，她还能命中它们的眼睛、头颅。这熊王的速度、灵活度明显更强，她根本无法近它的身。”

“就算能近身，也很难刺中眼睛。”许景明评价道，“就算刺中眼睛，也不太可能刺中头部。”

毕竟他曾经对熊王施展过无影刺，长枪都无法深深刺入它的眼睛。

“熊王速度太快了。”直播中，一直在逃命躲闪的孙玉婷发出语音，所有观众都能听到，“一身毛皮更是厚得夸张，我的剑根本刺不穿它的毛皮，无法给它带来伤害。我的伤势有些重，快扛不住了。”

轰——

一株大树被熊王拍断，破裂的木头撞击在孙玉婷身上，孙玉婷狼狈地闪躲，同时立即点了退出。

她的身体无法坚持下去了。

“直播的神级高手有很多，可一个闯星空塔第三层的都没有。”黎渺渺浏览着其他直播间，“很多神级高手连五头大熊都斗不过，也就夏国排名前列的能和熊王斗一斗。”

“很多神级高手是在曜日级达到50星时升到神级的，基础战力可能也就一千出头。”许景明说道，“对付一头大熊，的确很难。对了，有几人和熊王厮杀过？”

“孙玉婷、张谦、方虞、牛浩，直播的神级高手中就这四位，都是夏国中足以排在前五十的神级高手。”黎渺渺说道，“他们和熊王交过手，可都输了。熊王太厉害了，防御强得离谱，速度又快，力量更是大得不可思议。”

许景明点头：“熊王是很强。”

“景明你呢？”黎渺渺问道。

“闯到了星空塔第三层，但最后失败了。”许景明说道。

“你打败了那熊王？”黎渺渺又惊又喜，问道，“熊王那么厉害，你怎么做到的？”

“我和它搏斗了十八分钟，熊王是流血过多死的。”许景明感慨道，“熊皮太厚实，根本无法一枪解决它，只能让它不断流血。”

黎渺渺眼睛放光：“不愧是我家景明，厉害！快说说星空塔第三层是什么？”

“老虎。”许景明说道，“比熊王还厉害的老虎。”

“比熊王还厉害？”黎渺渺吃惊地道。

“而且有几十只。”许景明摇头，“几十只大型猛虎一同围过来，我根本无法抗衡，差距太大了。”

黎渺渺听了都咋舌：“难怪蓝星联盟制定的规则是闯过第三层的才有奖金，而且不限定时间。按照你说的，可能要很久，全球才能累计出一百个闯过第三层的人。”

“嗯？”黎渺渺注意到观战平台的众多直播间不太对劲。她长期研究观战平台，目光一扫就能发现甚至有主播修改了直播间的名字。

“景明，赶紧去任务空间。”黎渺渺连忙说道。

“怎么了？”许景明问道。

许景明还没发现什么呢，毕竟直播间密密麻麻太多了。

“全球第一诞生了！”黎渺渺催促道，同时她一点，立即去了任务空间。

任务空间。

呼——

许景明从高空降落到了星空塔前。

星空塔旁，夜空中出现了巨大的榜单，悬挂在高空，和星空塔等高。

如今这巨大的榜单上仅有一行字：

全球第一：柳海（夏国）

第38章 // 全球沸腾

许景明抬头，看着几千米高的巨大榜单，以及榜单上仅有的一行文字。

此刻，全球无数人都在仰望这个名字！

“全球第一！”许景明仰头看着，“这可不是过去的世界武道大赛，也不是其他任何格斗流派的比赛，而是所有人类都在参与的竞争，师父他老人家竟然拿到了全球第一！”

“师父，我知道你很强，可你真是惊呆了无数人啊！”许景明笑了，“全球第一，柳海，夏国！”

许景明眼中有着崇拜与钦佩，也有着向往。

在白鹰联邦，也有一人正仰望着那巨大的星空榜，看着榜上唯一的名字。

“星空塔才开放三十八分钟，柳海这位老前辈就闯过了第三层？”这人高大魁梧，身高一米九六，站在那里就给人恐怖的压迫感。

他就是世界武道界“三王”之一的魁·圣·米尔斯，他拥有着人类中堪称“怪物”的身体。

“我的进化法已经达到了高阶，也就一对一解决那只大型猛虎还算轻松！”魁·圣·米尔斯看着榜单，思索着，“六只大型猛虎围攻我，我勉强解决了四只，就被其他猛虎给咬死了！这星空塔第三层可是有数十只猛虎，其中还有最厉害的虎王。我距离成功还很远，但柳海他成功了，这个夏国的老前辈还真是厉害啊！”

魁·圣·米尔斯自视甚高，可柳海在星空塔仅仅开放三十八分钟后，就通过了第三层，还是让他心服口服的。

差距太大，他只有钦佩。

“我的进化法达到高阶32%，短时间内无法提升，想要闯过去，必须磨炼我使用兵器的技巧。”魁·圣·米尔斯思索着，又进入了星空塔，他打算利用星空塔来磨炼他使用战斧的技巧。

“夏国的柳海这么快就闯过了星空塔第三层？”罗刹国的光头男子阿兰·艾米连科被誉为拥有人类最完美的冷兵器使用技巧的人，此刻他也在仰望星空榜上那唯一的名字，“面对虎群的围攻，他怎么赢的？在我杀死十二只猛虎后，虎王也参与了进攻。虎王和众多猛虎一同进攻，我根本无法抵挡，它们瞬间就撕碎了我！我一直以为进化法弥补了身体的弱点，我将彻底超越魁·圣·米尔斯和雷云放，成为星空榜上的全球第一。”

“谁想柳海这位老前辈出现了。如今这个时代，真的高手太多了。”阿兰·艾米连科眼中有着战意，“不过，这才是最精彩的时代。柳海，我很快便会超越你。”

看到柳海名列星空榜第一，全世界都沸腾了。

全世界的顶级高手仰头看着星空榜上那个唯一的名字，都想着自己有一天能超越他。

而普通大众则开始了他们的狂欢，特别是夏国人，更是倍感自豪，官方媒体、自媒体上铺天盖地全都是关于柳海的新闻。

许景明埋头苦练了五个小时后，回到个人空间歇息。

他点开了观战平台，随机点开了一个直播间。

“全球所有人去闯星空塔，但只有一个人闯过了星空塔第三层，那就是我们夏国的柳海！”直播间中，主播慷慨激昂地说道，“全球第一是我们夏国人！”

这个直播间只有九个观众，许景明又点开了第二个直播间。

这是个美女主播。

“有部分观众可能不太了解柳海是谁，”美女主播微笑着道，“我给大家讲解一下。柳海，年轻时曾拿过全国摔跤冠军，在摔跤方面很有天赋，但他最热爱的还是兵器格斗。那时候兵器格斗非常小众，柳海自费组织了一支战队，在全球范围内打比赛。”

在女主播讲解的同时，视频画面旁边还有柳海年轻时摔跤的照片、自费出去打比赛的照片。

“后来柳海年龄大了，才安心经营自己的武馆。在他四十五岁那年，世界武道大赛正式举行，他那时候身体已经远不如年轻时，可他激动无比，立即去参加比赛，在预选赛事中一路连胜，获得了足够的积分，杀入了世界武道大赛。这一打，就是连续五届杀进世界武道大赛，而且在五届大赛中全部是世界前三！他在第五届武道大赛中获得第一后，才退役，后来担当国家队主教练……”

许景明点开了第三个直播间，毕竟师父的事情，他比这个女主播知道得多。

“柳海，厉害啊！人类第一人！我之前就说了，只要夏国人拿到星空榜第一，我老王就发一万个红包，每个红包一万块，我说到做到！我现在钱都准备好了，给你们看看，这是余额，八个零，没错吧？我准备了一亿现金，从现在开始，我会持续发红包！我算了一下，五分钟发一次，每次一百个红包，要八个多小时！”一名土豪主播开始了抽奖，他的直播间热度迅速飙升，已经是观战平台里热度前三的了。

“豪气。”许景明赞叹道，看向下一个直播间。

“夏国人拿第一，我写完这一百份高考模拟试卷，我说到做到！这是完成的第二份试卷，我现在接着写第三份试卷！”有高中学生在直播，“全程直播，不会有丝毫作假！”

许景明咋舌：一百份试卷，对自己这么狠？

“好家伙，你高考成绩一定会很厉害。”

……

许景明看着一个又一个直播间，百分之九十的直播间都在谈论柳海。

柳海这一刻成了夏国的全民英雄，毕竟世界各国都在争这个全球第一，夏国人争到了，大家自然倍感自豪，无比光荣！

“景明，你在看直播？”黎渺渺过来了，坐在沙发上，“我刚才看你的游戏状态还在闯星空塔。”

“失败了一次又一次，先出来歇一歇。”许景明说道。

“你师父他好厉害，如今全网都疯狂了。”黎渺渺说道。

“毕竟《生命进化》这款虚拟世界游戏，全世界的人都在参与。在过去，哪一项体育运动能让这么多人去拼命参加？”许景明说道，“师父这个全球第一自然更让人疯狂。我猜白鹰联邦、罗马国、罗刹国等一个个国家的国民们肯定都憋了一口气，觉得很不爽。”

“哈哈哈……我刚刚下线，已经听说过外国网民们的议论声了，他们虽然很佩服柳海，但的确都很不爽。”黎渺渺笑着说道，“毕竟他们各国都有传奇格斗选手。”

“五个小时过去了，全世界竟然没第二个人闯过星空塔第三层。”许景明感慨道，“师父比其他人领先太多了吧！”

“景明，你师父是很强。”黎渺渺鼓励道，“不过我相信景明你将来一定更强，毕竟你师父比你多练了近五十年。”

“老婆大人说的，我一定努力实现。”许景明握拳。

黎渺渺听了，笑得眼睛眯了起来。

他们这对情侣一边聊着天，一边看着一个个直播间。

忽然，黎渺渺看到有直播间改了标题，连忙说道：“景明，好像出现全球第二了。”

“终于出现了吗？”许景明心头一震，是谁呢？

他们俩立即前往任务空间，来到了星空塔前，仰望那巨大的榜单。

巨大榜单上如今有两行文字。

全球第一：柳海（夏国）

全球第二：泰格·福森（白鹰联邦）

第39章 // 这公平吗?

“竟然是他?”许景明看着这个名字,“全球第二竟然来自拳击界!”

“黎渺渺邀请你前往她的个人空间。”许景明收到提醒,当即轻轻一点,接受邀请。

沙滩边。

黎渺渺坐在沙滩椅上喝着饮料,正在查看泰格·福森的资料。

“渺渺。”许景明走了过来。

许景明也在沙滩椅上躺下,听着海浪声,呼吸着海边的空气,拿起一旁的西瓜吃了起来。

“景明,这个泰格·福森的资料感觉有些乱。”黎渺渺看着资料道,“获得了各种赛事的拳王头衔。”

“看不懂很正常,拳击界和武道格斗界区别很大。”许景明笑道,“世界武道大赛不分年龄,不分体重,披甲进行兵器格斗,含金量都很高,所以拿到世界第一、世界第二的奖金、出场费也很高。但拳击按照体重是分很多级别的,重量级、次重量级、轻重量级等十几个量级,并且又分成四大职业拳击组织,所以拳王非常多,很多拳王名气不够,出场费也很低,平常还得干其他工作养活自己。”

“收入这么低?”黎渺渺有些疑惑。

“当然也有收入高的。”许景明道,“比如如果在轻重量级获得了四大组织的金腰带,那么在这个量级无敌!升一个级别后,如果还能获得金腰带,再无敌。依次递增。名气自然越来越大，成为一个时代最耀眼的拳王，出场费上亿也正常。”

“泰格·福森在历史上众多拳王中排在第几，可能有很多争论，但他是最令人敬仰、钦佩的重量级拳王，这一点毋庸置疑。”许景明说道。

黎渺渺看着资料，说道：“十八岁进入职业拳击领域，二十岁拿到重量级世界拳王头衔，一直到二十八岁退役，只意外输了一场，其他全胜。”

“二十八岁时，他觉得拳坛没对手，就退役回家带娃，后来又办了拳馆教徒。他教徒弟太失败，徒弟都不行。

“所以他一怒之下于四十三岁复出，又征战了十年，十年间竟然全胜，无一败绩。你能想到一个五十三岁的老一辈拳手称霸重量级拳坛吗？职业生涯九十二战，九十一胜一负，八十六次击倒对手结束比赛，这样的胜率听听都吓人。他号称拥有着重量级拳赛有史以来最可怕的拳头，五十三岁退役那年，那些年轻一辈都不敢和他硬碰硬换拳！”

“我听说有职业生涯全胜的拳王。”黎渺渺说道。

“有，”许景明说道，“但要看实际情况。有些拳王虽然全胜，可打的都是不成名的对手，胜率含金量低。就像我师兄铁莲云，虽然也获得过三次世界第一，但就是比不过武道界‘三王’。为什么？就是因为他击败的对手不够强。拳王也是一样，击败一个个强大对手才能证明自己。”

“这位老拳王年轻时是因为彻底无敌而选择退役的，年老了更是十年全胜，也是无敌，而且还是在最残酷的重量级比赛中全胜，”许景明道，“所以他在拳坛的地位非常高。”

“只是我没想到这样一位老拳王拿起兵器短短七八天，就能闯过星空塔第三层，名列全球第二。”许景明面带钦佩之色地道，“恐怕全世界众多格斗流派也没想到这位老拳王会是全球第二。”

“武道界‘三王’呢？他们不是很强吗？”黎渺渺问道。

“只能说，放眼全球，还有更强的吧。”许景明道。

时间流逝。

任务空间开启，星空塔开放三十八分钟后，夏国柳海闯过了第三层；星空塔开放五个多小时后，白鹰联邦的泰格·福森闯过了第三层。

然而，三天过去了，星空榜上依旧只有这两个名字！

虚拟世界，柳海的个人空间。

夏国的五位高层，四男一女，一同来慰问柳海。

“柳海教练。”一名儒雅的中年人微笑道，“我们好些年没见了吧？”

“老领导，你们坐。”柳海也很客气。

“哈哈……我比柳海还大几岁，如今看看，我和他都变年轻了。”这名儒雅的中年人笑道，他旁边的四位同伴也都笑着点头。

如今人类的寿命大大增加，寿命达到了一百六十岁到两百岁，八九十岁也属于壮年。

“柳海教练，生命进化是整个人类文明的重要进程，国家非常重视，为此专门组建了生命进化局，专门负责管理生命进化的一切事宜。”儒雅中年人说道，“虚拟世界游戏也是由生命进化局来负责。”

柳海一听，立即明白了这个未曾公开的神秘部门的权力有多大。

如今虚拟世界对人的生活影响太大了，生命进化更是无比重要。而这一切相关事宜，就是由这个生命进化局来负责管理。

“我给你介绍一下，这位是周老，也是我们局长。”儒雅中年人向柳海介绍中央坐着的一位老者。

“周局长。”柳海在这位领导面前变得局促了几分。

在柳海年轻时，这位老者就身居高位。

“哈哈……”这位周局长笑呵呵地道，“我早就退休养老了，哪想到遇到了生命进化这样的事。我算是比较早的一批实验者了，侥幸成功才活到今天。这些年，我一直负责生命进化的诸多试验、虚拟世界的试验等事宜。”

柳海乖乖听着。

“周局长主持大局，我们四个帮忙分担。”儒雅中年人说道，“这位是王书祁副局长，这位是梁倩副局长，这位是张童方副局长。”

另外三位副局长都笑吟吟的，其中那位女副局长笑道：“柳海教练，你这次可是给我们夏国大大争光了，所有夏国人都觉得自豪。你成为全球第一后，三天时间过去了，全球依旧只有两人闯过那星空塔第三层。虽然闯星空塔只是虚拟世界内的个人任务，但它却是对你们实力的考验。实战证明，在生命进化的进程中，你走在了最前面。”

“很厉害！”

“局里为你感到自豪！”有副局长竖起了大拇指。

“也只是多修炼了几十年。”柳海谦逊地道。

周局长微笑着道：“柳海教练，这次来，我们一是想问问你对我们生命进化局有什么建议，毕竟生命进化局刚刚步入正轨，存在很多经验上的不足；二是想问问你还想要什么帮助。毕竟你是全球第一人，我们自然要重点栽培你，好钢也要用在刀刃上嘛。”

“大胆说。”儒雅中年人也道。

“那我就斗胆说了。”柳海斟酌了下，说道，“拿到世界第一，其实我是有些惭愧的。”

五位领导虽然疑惑，但都平静地听着。

“能夺得全球第一，我自身经验是一方面，另一方面是虚拟世界开放第一天，我就得到了国家的栽培。”柳海说道，“得到了栽培，我的成长速度自然比那些没得到的要快。过了七天时间，我的实力比进入虚拟世界第一天时强了很多。所以星空塔一开放，我就轻松闯过了第三层。”

“但我是得了外力相助。”柳海说道，“全国只有二十人得到栽培，还有十几亿人只能靠自己去拼。”

“你不必惭愧。”儒雅中年人道，“国内获得重点栽培的有二十人，全世界各国都会栽培自己的精英。据我所知，全世界受到栽培的，有八十人左右，可星空塔开放至今，只有两人闯过星空塔第三层，一个是你，一个是白鹰联邦的那位老拳王。”

“获得栽培只是外力，它是需要随着时间流逝慢慢体现出作用的。你们前期就这么厉害，还是因为你们俩的底子强。”儒雅中年人说道。

柳海点头：“国内受到栽培的有二十人，我选择的资源是五阶盾刀术，这需要我自己慢慢学。随着时间流逝，我学得越来越多，会越来越强。另外那些受到栽培的人也是一样，他们也会很快成长起来。可其他人呢？比如我的一个徒弟，许景明。

“在虚拟世界开放第一天，第一场神级高手之战中，许景明是最耀眼的。那一战，他明显强于高崇、王谯、董旭，可是他没有得到栽培，只能自己慢慢摸索。而高崇、王谯、董旭是武道大师，都获得了资源，他们之后的进步速度会很快。”

“虚拟世界开放第一天，许景明比他们强，但是一个月后，他们估计都会超越许景明。到时候夏国排名前二十的，估计绝大多数都是这些受到栽培的人。”柳海说道，“这公平吗？”

五位领导默默听着。

“游戏仅仅开放几天，就能看出来很多女性选手在崛起，甚至有民间选手在崛起。”柳海说道，“但随着受栽培人员逐步将特殊获得的资源利用起来，加上过去的底子，他们会提升得很快，会超越女性选手、民间选手，这公平吗？”

第40章 // 名单

“我一直觉得，现在的栽培方案对很多女性选手、对比受到栽培的人数多十倍百倍的民间选手而言不公平。”柳海说道，“生命进化是针对全体民众的。”

“既然要栽培，就要栽培所有夏国人中最优秀、最有天赋的。”柳海看着五位领导，“我柳海只是多修炼了几十年，暂时领先而已。论天赋，夏国十几亿人中，完全可能有比我更强的。从‘好钢用在刀刃上’的角度来说，好的资源，应该用在那些天赋更高的人身上。”

“这就是我的建议。”柳海道，“当然，我的眼光可能不够长远，只希望能给五位领导一点参考。”

五位领导彼此相视，都露出了笑容。

“我来解释一下吧。”周局长微笑着道，“之前的重点栽培名单唯成绩论，是有很多问题，但我们也是为了杜绝人情交易，杜绝徇私舞弊，尽量做到最公平。”

“至于说对女性选手不公平，对更广大的民间选手不公平，的确存在这一情况。”周局长说道，“毕竟在生命进化出现之前，女性在身体素质方面的确比男性弱，女性比赛的观看人数少，女性职业选手也少，民间选手到底谁厉害更是无法辨别，这些都是现实存在的情况。

“国家栽培人需要谨慎又谨慎。比如你选的五阶盾刀术，是虚拟世界根据你使用盾刀的技巧，全功率推演五分钟，才推演出来最适合你的盾刀术。虚拟世界主机是荧火星上的重大发现，整个蓝星联盟都将它当成宝贝疙瘩，让它全功率为某个夏国人推演五分钟，我们夏国需要付出一定的代价。”

“这样的栽培模式肯定无法普及。”旁边另一位老者也说道，“这是为条件所限。”

“论天赋，我相信全国十几亿人，比名单上的二十人强的多的是，但要从十几亿人中发掘天才，需要时间。”周局长道，“至于名单上的二十人，其实也是‘火种’。”

“火种？”柳海心中一动。

“像你选的五阶盾刀术，像高崇选的五阶枪术，都是虚拟世界主机根据你们自身的战斗技巧推演出来的最适合你们的进化法。”周局长说道，“你们在学习成长过程中的战斗视频会让无数人在观战平台观摩到，他们会学习你们这些强大高手的战斗技巧。”

柳海安静地听着。

即便可以观摩视频，普通大众哪里又赶得上受栽培的人？

“你们这些‘火种’只是第一批受栽培人员。”周局长说道，“根据后续情况，我们还会有后续的栽培名单，只是名单会变。谁表现得更好，天赋更高，受到的栽培力度将更大。”

“后续栽培名单？”柳海问道，“什么时候？”

儒雅男子笑道：“我们已经定下了，在虚拟世界开放一个多月后，就是9月1号左右，举办一场‘火种杯’大赛。根据大家在这场全国大赛中表现出的战力从高到低排名，还会有一批人受到栽培。”

“9月1号，‘火种杯’大赛？”柳海说道，“那之前二十人不是很占优势？按照战力排名，他们中的大多数一定会排在前面。”

“之前得到资源的，会排除在第二批名单之外，除非是表现得特别优秀的。像柳海教练你这样，如今都全球第一了，我们自然要加大力度栽培。”儒雅男子笑道，“之前的二十人，能受到再次栽培的，能有两三人就不错了，主要还是针对新产生的高手。”

柳海点头。

“你自身还需要什么资源吗？”周局长说道，“我相信白鹰联邦那边也会更加重点地栽培那位老拳王。”

“我能先保留这个机会吗？”柳海问道，“我想等‘火种杯’大赛结束之后再提出自己的要求，毕竟现在在虚拟世界内我也才练了十天。”

“好，那就暂时保留。”周局长点头道，“我想请你帮个忙。”

“局长请说。”柳海说道。

“你闯过星空塔第三层的视频，我希望你能公开。”周局长说道，“我们希望广大民众都能看看你的战斗技巧，让他们观摩。”

“好。”柳海点头，“我今天就公开。”

“我发现，你很少参加神级高手对战。”周局长说道，“十天了，你才参加了两场对战。我知道，神级高手对战对你一点挑战性都没有，但每天参加一场，耗费几分钟，这可以吧？这样可以让其他神级高手多向你学习。你们是火种，多照亮一些人嘛。”

“好。”柳海直接答应道。

毕竟这个要求并不高，一场神级高手对战，他如果参战，的确能一人“带飞”全组，对战在几分钟内就能结束。

“对了，五位领导，‘火种杯’大赛的消息什么时候公布？”柳海问道。

“就今天。”周局长说道。

夜。

黎渺渺和许景明在聊天。

“渺渺，我看了你在虚拟世界的数据，你比过去强多了嘛。”许景明打趣道。

“这就叫生命进化！”黎渺渺白了许景明一眼，哼了一声，道，“等我彻底进化，你就知道我的厉害了。”

“好。”许景明乖乖应道，“我也一定勤练进化法，绝对不让老婆大人失望。”

“哼！”黎渺渺决定不跟这个男人比脸皮厚度。

“听夏国官方直播间说零点会公布一个大消息。”黎渺渺说道，“现在快到时间了吧？”

许景明看了眼手表：“已经过0点了，不过不急，夏国官方直播间公布的消息，晚一点知道也没什么。”

“已经过0点了？”黎渺渺一骨碌爬起来，跨过许景明，拿起化妆台上的虚拟头盔，同时催促道，“重要消息得第一时间知道！别慢吞吞的！”

“又不是虚拟世界官方的消息。”

不过，许景明还是拿起了虚拟头盔。

两人先后戴上虚拟头盔，进入了虚拟世界。

观战平台，许景明和黎渺渺都来到了夏国官方直播间。

夏国官方直播间此时的观看人数达到了两亿多，毕竟只是公布一个消息，对普通民众的吸引力没那么大，能有两亿多人观看已经算是非常多了。

“这次由夏国官方举办的‘火种杯’全国大赛，是面向全国所有民众的。只要是由神级高手组成的队伍，就可报名参加。”主持人刘鑫正在说话。

“‘火种杯’全国大赛会在9月1号正式举行，从预赛到决赛，赛程持续六天。到时候，众多神级队伍相互比拼，强者进入下一轮，弱者淘汰。我们官方直播间以及众多家媒体会进行全方位报道。”主持人刘鑫说着，“而且我们已经得到了确定的消息，如今全球第一的柳海会选择四名非职业选手作为同伴，参加这次‘火种杯’全国大赛。”

另一名男主持人靳凡笑着道：“我现在就很想看柳海展现实力了，他带上四名非职业选手，是不是依旧能获得全国第一呢？”

“虚拟世界自开放到今天才十天，就涌现了一千多名神级高手，而‘火种杯’全国大赛9月1号才举行，还有近一个月，到时候神级高手肯定更多了。”主持人刘鑫说道，“相信到时候的比赛会有更多看点。”

“嗯，现如今厉害的选手可能会被新出现的高手超越。”靳凡也道，“所以各位高手，努力吧，让自己变得更强大！等到9月1号，再和全国其他一支支强大的队伍比拼！”

“这次大赛高手如云，奖金也非常丰厚。”主持人刘鑫一挥手，旁边出现了大量文字，“‘火种杯’全国大赛的详细规则都清晰地写在这里了。”

无数观众仔细看着。

许景明、黎渺渺同样在仔细阅读。

“火种杯”全国大赛报名时间：8月29号0点—8月31号晚10点。

大赛时间：9月1号—9月6号。

报名条件：必须是由五名神级选手组成的队伍，队伍中至少有一名替补队员（替补队员最低等级为曜日级）。

大赛奖金：……

报名细则：……

第41章 // 柳海的视频

“只要进入正赛就有奖金。”黎渺渺看着规则惊叹道，“冠军队伍，五亿蓝星币奖励；亚军队伍，两亿蓝星币奖励；第三名、第四名的奖励是一亿蓝星币。官方组织这次大赛，还真是‘大出血’了。”

“奖金的确丰厚。”许景明也点头。

第五名到第八名的队伍，有三千万蓝星币的奖励；第九名到第十六名，有两千万蓝星币的奖励；第十七名到第三十二名有一千万蓝星币的奖励。

黎渺渺感慨道：“预选赛后，进入正赛的一共有三十二支队伍，每支队伍至少有六人，也就是至少有一百九十二人可以分得奖金。单单为了奖金，很多人都会参加。”

“这种大赛是磨炼自己的最佳机会。”许景明同样心头火热。

可以和师父柳海、雷云放前辈等一位位高手真正全力相拼，还会遇到全国涌现出来的各种各样的高手，想想都热血沸腾啊！

“来吧！高手越多越有意思。”许景明愈加期待了。

黎渺渺则是点开观战平台，想看看各方对这次大赛的评价。忽然，她惊讶地道：“景明，你师父开直播了！”

“戴师父吗？”许景明随口问道。

“是柳海师父！”黎渺渺道。

“不可能！”许景明不相信，立马点开一看。

此刻，有一个直播间的热度正在迅速飙升，排到了第二，仅次于夏国官方直播间，正是许景明的师父柳海的直播间。

“师父怎么会开直播？”许景明很惊讶，“师父那么嫌麻烦的人。”

许景明很清楚柳海的性格，而且柳海是一个绝对的武痴，七十多岁了，每年都要闭关半年钻研武道，不喜欢媒体采访、直播这些玩意儿。闭关的时候，连亲人都不见。

这样一个人，直播？

“景明，你师父都直播了，你至今一次都没直播过。”黎渺渺说道。

虽然许景明参加的有些神级比赛是对外公开的，但那都是官方的直播，或者是其他队友的直播，许景明自己还真没有开过直播。

“以师父的性子，不太像会直播的。”许景明点进了柳海的直播间。

柳海的直播间的观众人数迅速飙升，如今已有五千多万观众，数量还在攀升。毕竟最近三天，柳海的热度太高了，全民热议！

许景明、黎渺渺坐在看台上，一眼看去。

“播放的是视频？”许景明一眼就看出来了，柳海的直播间播放的是星空塔第二层的战斗视频，视频最上方还有录制时间，8月1日21：05：37。

这个视频是全虚拟视频，观众有身临其境的感觉。

柳海的确不喜欢直播，所以即便是生命进化局高层的要求，为了全民可以参考学习，他也只是放出视频。

“星空塔第二层的五头大熊已经没了，只剩下熊王了。”黎渺渺仔细看着，“快看柳海师父是怎么对付这头熊王的。”

“熊王还是挺难缠的。”许景明说道。

自己是战斗了许久，才让熊王流血死的。

只见战斗场景中，体形庞大的熊王咆哮着，愤怒地冲向柳海，下方的积雪都纷纷飞了起来。

柳海体形魁梧，一手持盾，一手持刀，站在原地不动，当熊王冲到身前时，柳海一迈步，左手盾牌就挡住了熊王的愤怒一扑。

嘭！

熊王的一双巨大熊掌明明拍击在盾牌上，庞大身躯却一歪，翻滚着摔倒在一旁，撞断了一棵大树。

“小熊，再来。”柳海饶有兴味地看着熊王，挑衅地说道。

熊王爬起来，怒吼着冲了过去，再次和盾牌碰撞，却又一次莫名其妙狠狠地摔倒了。

嘭！嘭！嘭！

半分钟时间，熊王狠狠摔了三次，摔得脸都肿了，鼻子也流血了。它有些胆怯了，毕竟它最凶猛的招数都威胁不了柳海分毫。

“卸力借力，这么厉害？”许景明仔细看着，“师父使用盾牌的技巧比教我时所展现的更厉害。”

许景明看得眼睛放光，他也在练习用盾牌的技巧，但和师父一比，差太多了。

“一定要下载这个视频，反复研究。”许景明想着。

柳海上前，熊王竟然后退了一步。

“怕了吗？”

柳海猛然向前冲，熊王吓得后退，但来不及，柳海已经到了它身前。刀光一闪，熊王的一双大巴掌都没能挡住，紧跟着，熊王身躯变得虚幻。

“一刀！”黎渺渺惊呼，“熊王就没了？”

“这才是师父的实力。”许景明默默看着，“师父和我切磋时，是将身体指数调到和我一样，师父的进化法达到高阶后，身体素质远超于我。即便熊王的头骨很硬，师父也能一刀劈开。”

柳海进入星空塔第三层。

柳海依旧一手持盾一手持刀，看着远处出现的大型猛虎，一步步走了过去。

嗷——

猛虎被触怒了，直接扑了过来。

柳海平静地看着。

咻——

猛虎一扑，一双虎爪仿佛一柄柄锋利的刀，撕裂长空。柳海仅仅用左手盾牌一挡，猛虎就身体一歪，摔倒在一旁的草丛中。

“力量比熊王还略弱，爪法倒犀利。”柳海一个上步，猛虎刚从草丛中翻身，刀光一闪就掠过猛虎的脖颈，这只猛虎变得虚幻。

解决一只猛虎后，四面八方开始冒出一只又一只猛虎，数十只猛虎逼近过来，其中的虎王更是目露凶光。

“有点意思了。”柳海总算开始认真了。

一人战虎群！

面对虎群的围攻，柳海手持一盾，游走在虎群中，刀光闪烁时，一只猛虎毙命。解决数只猛虎后，虎王暴怒了，终于冲向柳海。

“虎王可真厉害。”许景明看出来了，“实力远超寻常猛虎。”

柳海和虎王交锋一次后，知晓其厉害之处了，立即避其锋芒，利用虎群遮挡自己，并解决一只只实力稍弱的猛虎。

“明明是围攻，但那些实力稍弱的猛虎反而成了柳海师父的帮手。”黎渺渺惊叹道，“好奇怪啊。”

“这就是掌控。”许景明道，“让对手成为自己的棋子。”

“这是达到身体如水境界后，可以学习到的战斗技巧，现在师父在尽情展示这种战斗技巧。那些实力稍弱的猛虎，完全被师父掌控了。”

“不过师父也很小心，虎王实力强悍，若有一丝大意，师父也会失败。”许景明说道。

混战持续了十多分钟，猛虎数量就已经不足十只了。

嗷——

虎王终于怒吼一声，剩余的八只猛虎都退开了，只剩下虎王和柳海。

一对一！

虎王和柳海的战斗非常残酷、激烈。

“好厉害的虎王，身体灵活、反应快，竟然能挡住师父的刀。”许景明看出来了，在力量、速度、灵活方面，虎王都超越了柳海。

但柳海的战斗技巧要高明得多。

盾与刀的配合，让柳海防御时滴水不漏，攻击时犀利可怕。柳海放弃攻击虎王的要害，只为在虎王身上留下一道道伤口，令虎王不断流血。持续了十多分钟，虎王实力下降，柳海这才一刀掠过虎王的脖颈，解决了虎王。

此刻，视频画面上显示的时间是8月1日21：38：21。

“星空塔才开放三十八分钟，柳海师父就闯过了星空塔第三层。”黎渺渺赞叹道，“一次就通过了！”

“我需要全方位提升才能通过星空塔第三层。”许景明真正意识到他离通过第三层还差得远。

他下载了这个视频。

视频很珍贵，柳海使用盾法的技巧，值得他一遍遍地观看。

……

在柳海公开了闯过星空塔前三层的视频的两个小时后，白鹰联邦的老拳王泰格·福森也公开了他的视频，夏国官方直播间转播了老拳王的视频。

老拳王使用的是一对斧头，他将过去使用拳法的技巧完美融入这对斧头中。虽然他和虎群搏斗的过程颇惊险，付出身受重伤的代价才解决虎王，但也让许景明惊叹钦佩了。

柳海和泰格·福森的视频在全球范围内不断传播，全球高手反复观看，仔细研究学习。

第42章 // 许景明的队友们

嗖！

一根短矛撕裂空气。

如此近的距离，这只大熊来不及闪避，脖颈被命中，身体变得虚幻、消失。其他四只大熊立即震怒，它们发现了扔短矛的对手。

嗖！嗖！嗖！

一根又一根短矛飞来，快如闪电。

那道身影在山林中闪躲的同时，不断扔出短矛，才短短半分钟，就将一共十二根短矛全部扔出。

大熊已然全部毙命，熊王咆哮着冲出山洞。

那道人影是一名穿着铠甲的精壮男子，他叫衡方，是许景明在国家队时好友。他此刻取出背后两截长杆，与短矛连接在一起，组合成一根蛇矛。

他手持蛇矛，盯着熊王。

嗷——

熊王已然扑杀到眼前。

“来吧！”衡方迎战。

许久。

有些狼狈的衡方看着已经死去的熊王，露出笑容：“这三天多的时间里，我在第九次时总算解决了熊王，去试试第三层。”

片刻后。

“第三层也太难了。”回到个人空间的衡方联系自己的好兄弟。

“老许，在练武场刻苦训练呢？”衡方笑看着眼前显现的影像。

“衡公子，找我有啥事？”许景明打趣道。

在国家队的最好的几个兄弟中，衡方是最臭美的。他每天早晨在镜子前都要磨蹭好久，头发梳得最仔细，甚至会贴身带着梳子、护肤膏，国家队队友们都戏称他“衡公子”，衡公子反而颇为得意。

在国家队时，两人实力相当，经常搭档切磋，感情非常好，也住在同一间宿舍。同个宿舍的四人分别是许景明、衡方、杨青烁、庄孚。

庄孚和他们关系倒是略疏远了些。

“‘火种杯’全国大赛，你知道吧？”衡方说道，“我俩组队耍耍？”

“行啊。”许景明笑道，“我们俩联手，还不得所向披靡？其他队友呢，你邀请了吗？”

“还没有，第一个想到的就是你。”衡方眉毛一动，“我们再拉上阿烁，不就三个人了吗？”

“你、我、阿烁……”许景明想了一下，道，“你觉得大熊怎么样？”

“大熊人不错，他的盾斧之术也很扎实。”衡方点头赞同，“不过我们缺一个弓箭手，现在的神级弓箭手大多是箭术圈子的，我不太熟。”

“我也不太熟。”许景明说道，“离大赛开启时间还早，再想办法吧，实在不行……五个战士一起冲。”

“行，你看着定。”衡方笑道，“老许你办事，我放心。”

“哈哈……就这么说定了。”许景明说道。

衡方比了个“OK”的手势。

“行，我去和阿烁、大熊说一下。”

许景明结束与衡方的通话后，立即联系杨青烁。杨青烁正在星空塔接受磨炼，收到信息后就退出了星空塔。

"许哥。"杨青烁接听通话。

"'火种杯'全国大赛，我们一起组队，怎么样？"许景明问道。

"行啊，没问题。"杨青烁开心地笑了，"有哪几个人啊？"

"你和我，衡公子，还有大熊。"许景明说道，"现在神箭手还没定。"

"我感觉我们四个联手就可以四打五了。"杨青烁开心地笑道，这些人都是他熟悉的朋友。

"看你得意的，师父他老人家一个人就能灭我们四个了。"许景明说道，"踏实一点，谦逊一点。"

"对，许哥你说得对。"杨青烁说道。

"就这样了，我去找大熊。"许景明断了通话，联系刘冲远。

刘冲远正在星空塔第二层和熊王搏斗。

练了巨熊进化法后，刘冲远本就魁梧的体形更加魁梧了，如今身高达到两点二六米，体重也是大幅度增加。

他手持着大方盾，仿佛小一号的熊。

熊王一巴掌拍来，刘冲远即使持着盾牌，也被拍击得飞退开去，但他迅速爬了起来，嘴角虽然有血迹，但依旧继续战斗着。

"柳海师父使用盾牌的技巧那么厉害，我怎么就差那么多？"刘冲远再次举起盾牌去抵挡熊王的拍击，"这次努力挡住熊王的第五次冲击。"

忽然，他收到信息，看了一眼，暂时退出了星空塔。

"老许。"刘冲远笑道。

"'火种杯'全国大赛知道吧？我、杨青烁、衡方，加上你，一起组队要要？"许景明问道。

"四个人中，我应该是实力最弱的吧？"刘冲远笑着，有些底气不足。

论年龄，刘冲远是四人中最大的。当初和许景明同在江南省省队时，许景明是天才，高中就被特招进去了，刘冲远年龄就大多了，成绩也差了不少。

刘冲远奋斗这么多年，参加过国家队集训，但没当过国家队主力，世界排名最高时也就第三十九名，没资格参加世界武道大赛。

许景明和衡方都是获得过世界武道大赛八强席位的，杨青烁也进过世界武道大赛，他们都比他强，年龄都比他小。

“生命进化了，什么都有可能，我一样击败了高崇、王谯。”许景明说道，“别总是在意过去的成绩。”

“对！”刘冲远微微点头。

“行了，那就这么说定了？”许景明看着他。

“既然你们不嫌弃我，那么我自然愿意加入。”刘冲远道，“我会尽全力。”

“放心吧！大熊，我相信你的实力。”许景明说道。

挂断电话后，刘冲远的精神振奋了几分：“队友都很厉害，我要更加努力。”

本来以为后半辈子就是在体育局带新人，没承想虚拟世界来了，他刘冲远又再次举起盾斧，开始了武道的征途。

许景明、衡方、杨青烁都曾是夏国国家队的天才选手，他们三个愿意和他组队，也让他充满斗志。

“我要更加努力，绝不拖队友后腿！”

晚上，许景明和黎渺渺一起吃晚饭。

“这么快就确定队伍了？”黎渺渺惊讶地道，“大赛的报名时间可是在月底，还有二十多天呢。虚拟世界开启的这一个月里，大家的实力都会有很大的变化。”

“组队嘛，重要的是大家都开心，力往一处使。”许景明笑道，“而且我请的，都是我最好的兄弟。”

“现在定了四个人，还差一个？”黎渺渺问道。

“差一个神箭手。”许景明说道。

“以景明你的实力，邀请你的人应该很多吧，没有神箭手吗？”黎渺渺问道。

“是有很多人邀请我，我都拒绝了，说我已经确定队伍了。”许景明道。许景明毕竟是夏国前几名的神级高手，而且年轻，很多人都看好他的未来。

“而且邀请我的，没有厉害的神箭手。”许景明摇头，“战士很多，神箭手少啊。”

“神箭手数量是少，王仙姑定的夏国高手前三十六名中，只有三名神箭手。”黎渺渺也赞同，“顶尖的神箭手，个个都是香饽饽。”

许景明点头。

忽然来了电话，许景明轻轻一点。

“孙笠？”许景明看着对面的一名男子，孙笠也是他在国家队时的队友，不过因为孙笠是二队队员，所以彼此接触较少。

“老许，‘火种杯’全国大赛，我来抱大腿了。”孙笠笑道，“一起组队吧？我如今可是练了一手好箭。”

“弓箭？”许景明惊讶，“你在国家队时练的是双刀吧？”

“我在弓箭上有天赋，上手快，给你看下我的战力面板。”孙笠很主动，向许景明展示了自己的战力面板。

“你的箭术达到二阶了？”许景明夸赞道，“厉害！”

“怎么样？双刀可近战，弓箭可远战，还算可以吧？”孙笠说道。

许景明思索：孙笠当初是在国家队二队，自己、阿烁、衡公子是在一队，虽然和他没那么熟，但也没任何矛盾，大家毕竟都是队友。

“行啊，我们队伍正好缺一个弓箭手呢。”许景明笑道，“你这个弓箭手还能近身作战，都不怕遭到别人的刺杀。我们队伍其他四人是我、衡方、杨青烁还有刘冲远，你如果觉得没问题，就定了？”

孙笠一听，疑惑道：“刘冲远没登上过世界武道大赛吧，是不是略弱了些？我们找一个更好点的使用盾牌的高手吧？圈子里比他强的，还是很容易找到的。”

他们认识国家队的很多人。

“论使用盾牌的技巧，大熊算不错了，当初离世界武道大赛也只差一点。”许景明说道，“而且在虚拟世界，大家都开始了新的战斗，别太小瞧大熊了。”

“行吧，你是队伍里最强的，听你的。”孙笠说道，“我相信你。”

“那就定了？”许景明说道。

“定了。”孙笠点头。

许景明、衡方、杨青烁、刘冲远、孙笠五人专门建了一个名为“战队”的群。对于孙笠的加入，其他人都挺开心。孙笠的弓箭术即使略逊些，如今也是二阶水准，而且还在迅速提升中，等到下个月初，箭术肯定更加厉害了，加上他的搏斗也厉害，是不怕刺客的。

第43章 // 一个月

“在虚拟世界内，我们的身体不会疲惫。像练箭，现实中一天射几百支箭后，身体就疲惫不堪了，而在虚拟世界中，我们就是连续射出上万支箭，身体都不会感到疲惫。虚拟世界还可以虚拟出各种活靶子，甚至虚拟出刺客袭击自己、自己射箭反击的场景。如此，使用弓箭的技艺自然迅速提升。”

“同样的道理，枪法、剑法等任何一种招数，一天不知疲倦地练习上万遍，成长是肉眼可见的。虚拟世界还会虚拟出各种训练环境，效果与现实中的一样好。我们在虚拟世界练习一天，成长速度会是现实中的数十倍！一个月的进步足以匹敌现实中数年的进步。如果本就是一名天才，在虚拟世界花费一个月时间刻苦训练自己，足以使自己达到世界顶尖水准。”

“虚拟世界是改变我们命运的机会！”

这是大多人对虚拟世界的看法，看得出，虚拟世界带来的好处太多了。

……

“在虚拟世界里，身体不会出现伤病，不会疲惫！现在还不拼，你准备什么时候拼？”

……

“想要提升你的收入，改变你的命运吗？抓住虚拟世界这难得的机会吧！必须对自己足够狠！尽管往死里练，反正练不死！”

……

“老时间，晚上10点跟老李一起来练剑。我们先练刺剑，练习刺剑一万次。”

……

观战平台上，不少直播间的主播在嘶喊着，也有主播全程直播自己的训练过程。很多人在自己的训练场一边小窗口播放直播视频，一边同步练剑。

“局长，我们全方面引导民众练武，民间开始出现一个个天才。”周局长看着众多直播间的直播情况，一旁有秘书详细禀报着。

“十几亿人口，基数这么庞大，出现一些天才是正常的现象。”周局长说道，“你们的工作还得更加努力，这是人类文明进程的关键，我们夏国必须把握住机会，白鹰联邦、罗马国、樱花国，其他一个个国家同样会全力引导民众练武。”

“是。”秘书恭敬地应道，“局长，各大集团也都进入虚拟世界，组建队伍，准备参加‘火种杯’全国大赛。”

“这是好事。”周局长说道，“就是要让竞争更激烈些。”

秘书点头，随即听从命令退下了。

周局长看向窗外。窗外一片漆黑，此时已是深夜，看不见一点光，只能依稀听到浪涛声。

“人类会走向哪里？”周局长看着窗外，“未来看不清，我们能把握的，唯有当下！”

时间一天天过去，转眼，虚拟世界已经开放一个月了。

8月25号，晚。

许景明坐在客厅沙发上，看着光幕上王仙姑的直播间画面。

“亲爱的家人们，截止到今晚9点，虚拟世界已经正式开放一个月了。”王仙姑戴着可爱的兔子面具，声音甜美，现实中的她曾是专业主持人，后来当了主播，在虚拟世界内，她也是非常火的主播。

“《夏国高手排行榜》最新版，仙姑我已经做出来了，最新版共收录了一百位神级高手，”王仙姑说道，“共分为四大梯队。”

“第一梯队，柳海、雷云放、周羿。第一梯队的成员，他们的实力是绝对领先的，夏国其他高手在他们三位面前，都只有一个结果——败。他们三位诸位都非常熟悉了，《夏国高手排行榜》里也附带了大量资料。

“第二梯队，张青、熊天山、铁莲云、风白宇、庄子语、王谯、杨誉、虞成、王怡、郑柏龙、霍青山、常青鹏。第二梯队的成员都练出了一套属于自己的完美招数，能轻松击败第三梯队、第四梯队的高手。

“第三梯队，赵樊、张凤……高崇、许景明……董旭、滕亚……柳箭风、古冲……衡方、孙玉婷……，共二十一人。第三梯队的高手们虽然也有一些绝招，但不够完美，存在许多缺陷。

“第四梯队，吴赛……王诚、杨青烁……余孚、戴晓青……孙笠……，共六十四人。第四梯队的成员也算厉害，但普遍没有绝招，比第三梯队的逊色些，但在现如今三千六百多名神级高手中，能排到前一百，所以第四梯队的神级高手已经非常厉害了，只是相较于前面几个梯队的稍弱。”

王仙姑简单介绍了一下榜单内容，再开始细细评说。

许景明认真听着，了解着现如今的神级高手们。

忽然，院门被推开，黎渺渺拎着一些蔬菜走进客厅：“景明，这是我爸妈种的一些蔬菜，刚刚采摘下来的。”说着，黎渺渺就看到光幕上的直播画面。

“夏国高手排行榜？”

“这个王仙姑在直播中不断贬低你，你都跌到第三梯队了。”黎渺渺轻轻一碰手表，关闭了光幕。

“景明，别看这个王仙姑的直播，她就是个大忽悠，很多人都觉得她的榜单越来越假了。”黎渺渺坐下说道，“现在连排名也越来越糊弄，弄出了四个梯队的说法。”

“她在榜单方面还是花了很多心血的。”许景明说道，“四大梯队的说法，反而是比较准确的。”

“准确？”黎渺渺惊讶。

“比如排在第二梯队的，他们中有些是武道大师，比如传奇拳王，比如箭术界的大魔王，在虚拟世界开启的一个月时间里，他们都有所蜕变，创造出了自己的战斗体系，拥有了一套属于自己的招数。”许景明说道，“和他们相比，我还是差了些。虽然我的无影刺、破山也愈加完美，但仅凭两招是构不成完整的战斗体系的。我真的很佩服他们，他们是怎么悟出那么厉害的招数的，而且还能构成体系？”

“高崇也很厉害，他也创出了三大枪法，他的枪法比我的招数还凶猛，就是太莽了些，容易露出破绽。”许景明说道，“所以才和我一样，停留在第三梯队。”

许景明笑着慨叹：“说起来也真是惭愧，在虚拟世界刚开放，我击败高崇、王谯他们时，我觉得往后我的进步会更大，优势会更明显，可事实证明，我还是太稚嫩了。不少人的积累都比我深，天赋也更高，都创出构成体系的招数了。”

“我的真实实力就是如此，排在第三梯队，我还是很服气的。”许景明说道。

在虚拟世界开放的一个月时间里，即使自己赢了一场场神级高手对战，也的确逊色于他们。

“至少我还在夏国前三十，努努力，还是有希望追上去的。”许景明道。

黎渺渺抱着许景明的手臂说道：“人这辈子本来就是起起伏伏的，只有挺过了低谷时的煎熬，才能收获达到巅峰时的喜悦。”

“嗯！”许景明点头。

有黎渺渺一直以来的支持，许景明一直充满斗志。

有电话来了。

许景明伸手轻轻一点，眼前光幕上出现了一名男子，正是孙笠。

“老许。”孙笠笑着打招呼。

“啥事专门打电话啊？”许景明笑道。

“是这样的。”孙笠解释道，“最近不止一家大集团要签我，像金鹏集团都来到我家乡了，亲自登门拜访我，我实在无法推托，而且我也的确需要钱。你知道的，我这么多年没赚到多少钱，所以老许，对不住了，我得退出队伍。”

“好！”许景明沉默了一下，“你和衡方他们三个说了吗？”

“你帮我转告吧，没办法，我要赚钱。”孙笠说完便挂了电话。

许景明坐在那儿，沉默了。

第44章 // 最后一名队友

孙笠坐在自家沙发上，端着一杯红酒轻轻摇晃着。看着玻璃杯中的红光，孙笠发出了一声轻笑。

“当初真是看走眼了，觉得在虚拟游戏刚开始就能排在第七的许景明年轻、潜力大，在‘火种杯’大赛中一定会很耀眼，想着抱上他的大腿狠狠赚一笔，谁想这是个假大腿！

“现在他混得还不如我，我好歹冲进了十大神箭手名单，虽然排在末尾，但已经属于夏国一线的神箭手了。现在遍地都是擅长近身搏斗的战士，神箭手稀缺，我比他可抢手多了。”

“现如今很多大集团大公司都杀进虚拟世界组建队伍，专业的队伍才是最有前途的。我加入的金鹏战队，队长可是铁莲云，其他三个队友和许景明一个层次，也就是神箭手太稀缺才找到我。”

孙笠觉得很振奋，金鹏战队的队长可是铁莲云。

铁莲云拿过三次世界武道大赛第一，现如今敢说自己比他强的，也只有柳海、雷云放、周羿这三位了。

电话响了，孙笠看了一下来电人，放下了酒杯。

“孙笠，”电话另一头的银发青年笑道，“钱到账了吧？”

“收到了。”孙笠笑道。

“‘火种杯’大赛，就看你的表演了。”银发青年说道，“这是我们金鹏集团第一次进军游戏行业，你作为神箭手，是队伍中非常重要的人。”

孙笠点头道：“放心吧，田总，我的四个队友都非常强大，和他们配合，我有信心表现得更好。”

银发青年点点头：“好，但是有一点我得再提醒你一次，如今队伍依旧在争取王怡，如果王怡愿意加入我们金鹏战队，你就只能当替补了。放心，钱不会少你一分。”

“田总，我懂的。”孙笠笑道，“如果神箭手王怡来了，我自然乖乖当替补，我和她的差距我还是很清楚的。”

银发青年点点头：“好，你准备准备，一个小时后开始训练。”

“好。”孙笠笑着点头。

挂断了电话，孙笠的脸色却阴沉了几分，他嗤笑一声：“神箭手王怡？虚拟世界开放的第一天，她就是神级神箭手了，现如今要恐怖得多。如今的神箭手中，周羿是独一无二的存在，仅次于他的，就是王怡和庄子语了。王怡还是一位美女，又是超红的大主播，我知道的就有好几支大集团战队在争取她，是那么好争取到的？”

“真是羡慕他们啊。周羿是自己组建战队，不屑和任何集团合作，一群高手主动加入周羿战队。神箭手王怡，最强女神箭手，人气极高，各大集团争取的主要对象。庄子语，天音集团和他合作，完全以他为核心建立战队。”孙笠慨叹，“神箭手中，只有他们三个才如此特殊。”

没办法，按实力划分，他们三个比后面的明显强太多了。

在很长一段时间里，夏国超级神箭手只有三位：周羿、王怡、庄子语。

这三位都是在第一天通过定级赛成为神级神箭手的人，现实中，他们的箭术本就高明，早进入了夏国重点栽培名单，又经过在虚拟世界一个月的苦练，这三位的箭术自然愈加厉害了。

……

客厅内，许景明接完孙笠的电话后，点开光幕，将孙笠拉入了黑名单。

“景明，别生气。”黎渺渺轻声说道。

许景明说道：“其实我早就该想到的，孙笠之前是因为我的潜力够大才加入我的队伍，如今离开也不奇怪。”

黎渺渺安慰道：“别责怪自己，你哪会知道小人的想法？他要走就早点走，今天都25号了，月底了，高手们该组队的都组队成功了，他这时候退队，真是害人不浅！”

许景明点头道：“他是故意的，甚至懒得和另外三个队友打招呼，而且大家配合训练了这么久，说走就走，连一声道歉都没有！”

黎渺渺道：“这种小人，以后不来往就行了，不值得生气。其实当初组建团队时，大家应该签订合同，有合同的约束，他也就没办法退出了。”

“我们的队伍，本来就是口头约定而成，也没有约定薪酬。”许景明说道，“既然不是一条心，走了也罢！”

黎渺渺点头：“我们现在最紧急的，是找到最后一名队友。月初时，愿意和你组队的人很多。可现在，有志于参加‘火种杯’大赛的，恐怕都组队成功了。现在去哪儿找人？还是找一个神箭手。”

“慢慢想办法吧，我去找阿烁他们，和他们说下这件事。”许景明起身朝卧室走去。

黎渺渺看着这一幕，点开自己的工作群：“孔姐，小曾，赶紧查查所有神级神箭手的资料，看看他们是否都已加入队伍，是否有邀请的可能。”

“收到。”

“收到。”

两名助理立即去搜集资料。

虚拟世界内。

“突然召集我们，什么事？”衡方惬意地躺在沙发上，拿着葡萄，看着窗外雪山山顶的景色。

"孙笠怎么没来？"刘冲远、杨青烁坐在一旁，随意地吃着葡萄。

他们是兄弟，相处本就自在。

许景明道："他退出队伍了。"

衡方、刘冲远、杨青烁都一愣。

"没开玩笑吧？"刘冲远不敢相信，"今天都25号了，三天后就要报名了，他退出了？我们队伍进行配合训练都训练了多少次了？"

"我保存了他和我的视频通话记录，你们看吧。"许景明将视频发了出来。

"……你帮我转告吧，没办法，我要赚钱。"视频中，孙笠非常干脆，说完就挂断电话了。

"男人，一口唾沫一个钉，说的话当屁放？"衡方眉宇间透露着一股怒气，"就算要走，不能早点说？"

杨青烁脾气再好，也有些恼怒："虚拟世界一共才开放一个月，我们进行配合训练已经二十天了，他现在突然退队，浪费我们的训练时间！"

"我们还给他当陪练，围攻他，锻炼他的弓箭术。"刘冲远也恼怒地道，"他的弓箭术提升上来了，进入了十大神箭手行列，却突然退队，甚至都懒得和我们说一声！"

"没我们几个免费陪他练，他的弓箭术能提升这么快？能进入十大神箭手行列？"衡方气得骂道，"大赛快开始了，他却退队了，连一声道歉都没有，真是白眼狼！"

"他就是个小人。"许景明道，"现在最紧要的是，要找到最后一名队友。"

"现在想要找神箭手，太难了。"刘冲远摇头。

"都快报名了，现在找神箭手？"衡方头疼，"王仙姑排的前一百名高手中，只有十名神箭手。最强是周羿，位于第二梯队的是庄子语、王怡他们俩，第三梯队中也有两位，第四梯队有五位。"

"据我所知，现在没有确定队友的，只有第二梯队的王怡和第四梯队的方晟。"衡方说道，"方晟受到好几支队伍的邀请，王怡自不必说了，之前天蓝集团直接出价一亿签约金要签王怡，王怡没答应。好几家知名的大型集团都在抢她。”

“大家都知道虚拟世界的重要性，王怡这位最强女神箭手的人气，是那些大集团所看重的，大集团就是为了人气。”杨青烁说道。

“我们没有金钱开道，邀请到王怡、方晟的可能性都很低。”刘冲远道。

“许哥，你和王怡不是认识吗？”杨青烁道。

“只对战过几次，并没有多深的交情。”许景明摇头，“先想想办法吧，实在找不到神箭手，那就邀请一名战士。五名战士，一样可以并肩作战。”

“有神箭手，队伍的实力会产生质变。”衡方道，“但如果邀请不到十大神箭手中的一位，那么实力弱小的神箭手请来意义也不大。”

“分头想办法，三天后，我们再碰头，报名截止时间是31号晚上。”许景明说道。

“好，分头想办法。”

四人暂时散去。

“老板，这是我们搜集到的所有知名神级神箭手的资料，一共二十七位，除了十大神箭手，后面的十七位，实力和退队的孙笠很接近，只是在近战搏斗方面不如孙笠。”孔姐说道。

黎渺渺看着面前的资料，目光盯着上面的一个名字：“王怡？”

“王怡是仅次于周羿的神箭手，在王仙姑定的高手排行榜上，位于第二梯队。”孔姐说道，“第二梯队中的神箭手，只有王怡和庄子语两位。王怡还是一位大美女，人气非常高，如今很多大型集团都在争取她。”

“我们和王怡见过面吧？”黎渺渺道。

“是戴晓青带王怡来的。王怡还是你的粉丝呢，很喜欢你的歌。”小曾道。

“晓青妹子和王怡是好闺蜜。”黎渺渺想了一下，“你们先离开，我找晓青聊聊。”

“好。”

孔姐、小曾离开了。

黎渺渺直接邀请戴晓青。

很快，一名身姿挺拔、颇有英气的年轻女孩来到了黎渺渺的个人空间。

“嫂子，找我啥事啊？”戴晓青笑道。她是戴通达的女儿，也就是许景明的小师妹。

第45章 // 瓶颈

“情况是这样的……”

黎渺渺将事情说了一遍后道：“所以你师兄他们现在缺少一名队友。”

“孙笠这个小人！”戴晓青听得生气，“师兄他们和他都训练二十天了，这可是虚拟世界的二十天！居然突然退队！就不能等‘火种杯’大赛之后再签其他战队吗?!”

“人家就这么干了，能怎样？”黎渺渺摇头，“不说了，你师兄他们现在想要找一位神箭手当队友，如果实在不行，就只能邀请一名战士加入了，到时候五名战士去大赛中搏一搏。”

“还是要有神箭手的。对方有一名神箭手在暗中盯着，他们要是没有神箭手，得时刻警惕对方的神箭手，实力都只能发挥出七成，不敢出现任何失误。”戴晓青道，“嫂子是想要问王怡姐的情况？”

“听说她还没确定队伍。”黎渺渺说道，“你知道她是什么想法吗？为什么一直没定队伍？”

“王怡姐吧，”戴晓青道，“你知道的，她原本就是三届奥运会的射箭冠军，现如今在观战平台也是人气排名前三的大主播，单单打赏收入都很高，根本不缺钱。”

黎渺渺听着，心中想着：必须了解王怡的想法，才能找到成功邀请她的方法。

“王怡姐是有梦想追求的。”戴晓青说道，“她一直想要追求最强的弓箭术！我也经常和她切磋，我是刺客，我锻炼自己的刺杀能力，她锻炼自身近距离的应战、反击能力，在弓箭术方面，她还是很疯魔的。”

“你师兄也是一样的。你看，你师兄现在又跑去星空塔苦练去了，他都不愿开直播。”

“王怡姐还是挺乐意直播的。”戴晓青笑道，“王怡姐说过，直播时，万众瞩目，她的精神会更集中，能发挥得更好。”

“她不在乎钱，追求最强的弓箭术？”黎渺渺思索着问道，“那她为何没定战队？”

“可能没找到适合的队友吧。”戴晓青道，“她的详细想法，我也不是太清楚。这样吧，我先去弄清楚她的想法。一弄清楚，我就会立即来告诉你。”

“晓青，麻烦你啦！”黎渺渺说道。

“你和师兄的事，就是我的事。我办事，你放心。”戴晓青笑道，“我现在就找王怡姐切磋去。”

星空塔第三层，热带雨林中。

许景明一如往常，又和虎群对战了起来。

嗷嗷嗷——

六只大型猛虎围攻着许景明。现如今许景明的身法更加灵活，枪法更快更迅捷，卸力、防御方面也加强了，但面对六只猛虎的围攻还是有些狼狈。

身法变化的刹那，反手就是一刺，快如闪电，刺中一只猛虎，接着瞬间拔枪闪避，避开另一只猛虎的扑杀。

那只被刺中的猛虎变得虚幻，消散。

一只猛虎消散后，又加入三只猛虎，且个头更大，缓缓逼近。

许景明全力以赴地战斗着。

厮杀了许久后——

噗！

许景明出现一次失误，虎爪划过许景明的后背，令他吐出了一口鲜血。

“这次一共解决了六只猛虎，我还没资格让虎王出手。”许景明的身体化作虚影，在星空塔第三层消失。

许景明出现在星空塔塔下，仰头看着夜空中巨大的榜单。

巨大的榜单上只有六个名字。

“虚拟世界开放一个月了，全世界那么多人，只有这六个人在榜上。”许景明暗道，“星空塔第三层未免太难了，难怪蓝星联盟没有限定时间，前一百名都有奖励。”

看着那六个名字，许景明充满渴望。

全球第一：柳海（夏国）

全球第二：泰格·福森（白鹰联邦）

全球第三：阿兰·艾米连科（罗刹国）

全球第四：逖雅诺·西雷（波瓦纳）

全球第五：雷云放（夏国）

全球第六：魁·圣·米尔斯（白鹰联邦）

“这六个人中，年龄最大的是师父，七十四岁。”许景明道，“除了逖雅诺·西雷，其余五个人都超过四十岁，早就功成名就。唯有逖雅诺·西雷今年才二十岁。”

许景明看过关于对方的不少新闻。

自从登上星空榜，逖雅诺·西雷就成了名人，到处都有他的各种采访新闻，夏国内也有。

“逖雅诺·西雷出生于小国波瓦纳，十八岁时被挖掘出拳击天赋，被带到白鹰联邦，训练一年后被认定综合格斗天赋更高，又转为训练综合格斗，训练一年后，还没正式登场，虚拟世界开放了。这个格斗天才在虚拟世界绽放光芒，成长速度简直可怕！”

“二十岁闯过了星空塔第三层，名列全球第四！”许景明慨叹。

“其他五个人，年龄较大，经验丰富，但逖雅诺·西雷才二十岁，甚至没有职业比赛的经历，而自己呢，自己都二十九岁了，有过那么多大赛经历，可对方已名列全球第四！”

这让许景明感慨天外有天，人外有人！

“师父公开说过，基因进化法必须达到高阶，战斗技巧必须达到三阶，再经过磨炼，形成自己的战斗体系，才能闯过星空塔第三层。”许景明轻轻点开自己的战力面板。

玩家：许景明

基因进化法：天蟒进化法（中阶99%；剩余练习时间七百零三天，不可提升）

身体指数：135

技能：枪法（二阶99%），步法（二阶93%），盾法（二阶99%）

基础战力：2025

实战加成：26%

战力：2551

“我的进化法卡在中阶，枪法、盾法也都卡在二阶。”许景明道，“已经停滞在这儿超过一个星期了。”

“据我了解，国内也就师父柳海、雷云放、周羿他们三个人战斗技巧达到了三阶，其他人都停滞在二阶。”

王仙姑所定的榜单中，不管是第二梯队的还是第三梯队的，战斗技巧都达到二阶极限了，就算没达到二阶极限，也达到了90%。

第二梯队的人之所以强，是因为有构成体系的绝学，只有凭借构成体系的绝学才能压制后面的高手。

“国内很多人也卡在这里，陷入瓶颈。全世界中，卡在二阶极限的就更多了。”许景明琢磨道，“综合全世界的情况来看，从二阶极限到三阶，这一步非常难。我也问过师父，按照师父所说的，必须达到三阶，基因进化法才有望突破到高阶。”

许景明很是头疼，他陷入了瓶颈，眼看着一个个比他弱的追上来，他又无法进步。

“身体如水，心灵融入身体每一处，心念一动，招数就到。”许景明轻声道，“可我怎么就做不到呢？”

这个难题困住了许景明，也困住了全球许许多多的顶尖高手。

唯有突破瓶颈，才能海阔天空，才有资格踏入全球顶尖强者行列！

第46章 // 如今的程子豪

“景明，景明。”黎渺渺忽然联系许景明。

“渺渺，啥事啊？“许景明面对黎渺渺时，表情都柔和了几分。

“带上我们四个美女，五人组队啊。”黎渺渺喊道，“放心，晓青妹子也在，不会让你太累的。”

“来了。”许景明笑着应道。

他能感觉到渺渺对自己的关心，渺渺可能知道今天自己心情不好，拉自己组队对战，放松一下。

点击通过黎渺渺的组队邀请，许景明就直接进入了战斗空间，看到了四个美女队友，分别是黎渺渺、孔姐、小曾以及戴晓青。

“师兄。”戴晓青一直很崇拜许景明，她还是孩童时，许景明就是远近闻名的天才少年了。等她到了少女时代，许景明已经登上世界武道大赛的舞台，成为世界顶尖高手了。

“晓青，”许景明笑着点头，“挺厉害啊，王仙姑的高手排行榜，你也进去了。”

“就是垫底而已。”戴晓青谦逊地道。

戴晓青天赋很高，戴通达从她小时就教她练武，七岁时，她就能打得十几岁的少年们哭爹喊娘了，后来便成为女子职业武道选手。

可能是单亲家庭的缘故，也可能是因为从小练武，戴晓青对自己很狠，她很能吃苦。

虚拟世界时代来临，她从来没有松懈过，从王仙姑将她算入夏国前一百名中，就可见一斑了。

“夏国前一百名，很了不起了。”许景明赞叹道，“说不定哪天就都能超越师兄了。”

“我和师兄还有很大距离。”戴晓青立即说道。

“你们俩别聊了，赶紧排队准备对战吧。”黎渺渺催促道，她和孔姐、小曾都已点击了“准备就绪”。

许景明、戴晓青也点击了“准备就绪”。

虚拟系统开始排序。

“渺渺和孔姐是曜日级，小曾是银月级，自己和戴晓青是神级，这支队伍有点意思。”许景明笑道。

邀请队友组队战斗，只能邀请和自己相差不超过一个大级别的队友。

黎渺渺如今是曜日级8星，她能邀请神级的许景明、戴晓青，也能邀请银月级的小曾。

进入对战倒计时。

“开始了。”许景明道。

“你们都认真点，我要开直播了。”黎渺渺说道。

“放心吧。”

许景明、戴晓青、孔姐、小曾四人明显认真了很多，毕竟有无数粉丝观战，还是很让人激动的。

黎渺渺本来就有很多粉丝，加上经常拉许景明组队，也吸引了很多人成为她的粉丝。

许景明自己不开直播，但他的女友开直播啊。

观看黎渺渺的直播，是许景明的粉丝了解他的最好途径了。

……

虚拟世界，程子豪的个人空间。

位于云端，美轮美奂的府中。

“老板，C轮融资成功，我们账上已经有三十亿现金了。”周峰颇为兴奋地说道。

程子豪坐在那儿品尝着美酒，看着自己府中的美景，惬意地道：“淡定点，虚拟世界就是人类经济最大的爆发点，我的三家公司本来就值好几个亿，三家公司合一，占据先发优势，我又舍得烧钱，如今直播公司中，我们绝对算得上国内前十。融资三十亿，不算什么。”

“对赌的压力是不是有些大？”周峰问道，“一旦对赌失败——”

“你懂什么？”程子豪瞥了他一眼，“人这一辈子，天大的机遇能碰到几次？虚拟世界就是我碰到的最大的机遇！机遇来了，下手就要狠。这个时候必须得烧钱，必须签下众多主播，占据市场。”

“你要相信虚拟世界的影响力！”程子豪站了起来，眼神都有些狂热，“你看着，我们公司的估值会继续暴增，几百亿甚至上千亿，都很正常。掌握大量的主播、大量的直播间，就是掌握了大量的流量，大量的流量能转化为巨额收入！”

“你看看，连我哥那么谨慎的人不都想着要入股吗？”程子豪嗤笑一声，“我落魄时，他不理我，现在想入股，还只给我公司估值五十亿，做他的梦去吧！”

“老板，可你哥不需要你签对赌协议啊。”周峰说道。

“才估值五十亿！”程子豪说道，“现如今我必须控制好我的股份，否则怎么进行下一轮融资？放心吧，虚拟世界才开放一个月，这是最热的赛道！我们的公司会以滚雪球的方式迅速壮大！要不了多久，你会发现，对赌协议中的业绩要求不值一提！”

“是，老板说得对。”周峰只能奉承。

“下去吧。”程子豪挥挥手，周峰退去。

程子豪坐着，品着美酒，忍不住骂道：“虚拟世界的官方可真会赚钱，除了刚开始送的木屋、衣服之外，虚拟世界内的其他衣服、吃喝都要钱，一块西瓜、一杯茶都要钱。虽然价格比现实中低很多，但都是虚拟的，几乎没成本吧。”

“比如这一壶酒，仙酿级的一壶酒，十万八千块，真是宰人。”程子豪忍不住又品了一小口，只觉得飘飘欲仙，“不过喝起来的确妙啊，比现实中任何酒水都要美妙得多。”

住在府中，喝着美酒，程子豪点开观战平台。

“研究一下市场。”

程子豪每天都花费超过五个小时的时间浏览观战平台，好深入研究直播市场的变化。

“黎渺渺又直播了？”程子豪注意到了黎渺渺的直播间，他一直关注着黎渺渺。

黎渺渺的直播间内，正在进行一场对战，黎渺渺这边是一男四女，一男是许景明，他只穿着现代的运动衣衫，手持一杆长枪，一直跟着黎渺渺。

两人配合着杀敌。

来一个，他们两人一起上；来三个，他们两人依旧一起上。有许景明的帮忙，黎渺渺简直“大杀四方”。

“许景明，黎渺渺，小日子过得很有滋味嘛。”程子豪看着许景明和黎渺渺配合杀敌，刚刚融资成功的喜悦都少了几分，颇为不爽。

程子豪最想看到的是，他追求不到的女子过得很悲惨，然后哭着喊着追求他。

“许景明都掉到第三梯队了，越混越惨了。”程子豪轻声嘀咕着，还是觉得憋气、不爽。

他轻轻点击光幕，邀请好友郑柏龙，郑柏龙出现在他的府内。

“老板，怎么突然找我？”郑柏龙笑着道。

“龙哥，找你帮个忙。”程子豪指着眼前的黎渺渺直播间，“这个许景明、黎渺渺和我有些过节，我看他们不爽。我没什么大要求，就是想要在虚拟世界的对战中狠狠打他们的脸，让他们颜面尽失！”

郑柏龙看了看黎渺渺的直播间：“他们五个人，也就许景明、戴晓青是神级，其他三个是菜鸟！放心，打他们的脸轻轻松松。要我把他们弄成残废，老板你再来击败他们吗？”

“那就更好了。”听完，程子豪心中直痒痒。

“他们五人组队，我们也需要五人组成一队。如果平均战力接近，匹配成功的概率就很高。”郑柏龙思考着道，“等他们这局打完，下一局准备就绪时，我们同时准备就绪。”

“好，你来安排。”程子豪说道。

郑柏龙直接在战队群里喊了一声：“滕亚、老雷，你们过来帮忙带老板打两场对战。”

“好。”

“来了。”

他们白龙战队就是程子豪公司的，偶尔带老板打两场比赛，很正常。

第47章 // 怒意

“阿勇，你是曜日级，你来组队。”程子豪吩咐道，“邀请我还有龙哥他们三个。”

“好。”阿勇嘿嘿笑道，“这次是龙哥带我们作战了。”

郑柏龙指着黎渺渺的直播间：“在开始之前，我们得准备好，否则带着老板战败就不好了。”

“龙哥，你们三个是职业选手，都听你们的。”程子豪毕竟经营公司这么多年，每天在观战平台看了那么多比赛，还是懂最基本的规矩的。既然是请高手作战，那么自然得听高手的。

神箭手滕亚说道：“对面五人中，其他三人不值一提，关键是许景明和戴晓青。戴晓青如今在张青的那支女子战队里，是个很厉害的刺客。”

“放心，我会保护好你。”雷文庆说道。

“老板这次是要狠狠打许景明、黎渺渺的脸。”郑柏龙说道，“但是他们在直播，为了老板的声誉，不能做得太过分。”

程子豪点头：“还是要注意形象的。”

郑柏龙道：“这次，我们的目标是许景明和黎渺渺。对付黎渺渺很简单，滕亚你射箭将她重伤，别把她弄死。她重伤后，老板，你亲自了结她，但别做得太难看，毕竟是在直播。”

“我会一刀了结她。”程子豪满意地点头，“给那些观众面子，就不折磨她了，哈哈哈……”

“至于许景明，”郑柏龙皱眉，“有些麻烦，这种高手即便受到重伤，对老板你来说也非常危险。”

“我也带把弓箭，等你们重伤许景明后，我在二三十米外射箭，将他射成马蜂窝。”程子豪得意地道，“他就算想要反扑，这么远，龙哥也足以拦截住他。”

“行，就这么定了。”郑柏龙说道，“老板，你只需要跟着我走，听我安排，这次一定给你安排得妥妥当当。”

“打败许景明，队长出手，还是轻轻松松的。”雷文庆笑道。

“一对一我都能胜他，更别说还有神箭手助我。”郑柏龙淡定地道，“他们这场对战快结束了，当他们开始为下一战排队时，我们也立即排队。”

“阿勇，听到了吗？”程子豪看着自己的保镖。

“放心吧，老板。”阿勇盯着直播间，“我时刻盯着。”

很快，许景明他们结束了一场对战，谈笑着开始准备进行一场新的对战。

程子豪他们也立即排队。

很快，虚拟世界系统给他们匹配了对手，正是许景明他们。

“十人已准备就绪，对战即将开始。程子豪，请选择你的装备。”程子豪收到提示，眼中放光，当即选择进入。

“大家看到了吗？我最后的双杀，剑如闪电，唰唰就将两名对手击败了。”黎渺渺刚刚打完，兴奋地和直播间看台上的数十万粉丝说着。

虽然关注黎渺渺的人有一千多万，但不是每个人都会看她的直播，能有数十万人在线观看已经算很多了。

“好了好了，知道是旁边这位大高手帮忙，别这么快揭破好吗？”黎渺渺看着评论区的无数条评论，笑出了声。

“我们已经连胜三场了。”许景明说道，“胜得越多，虚拟世界系统会自动给我们匹配越强的对手，甚至到最后，对方可能是五名神级高手，这很正常。越往后，越要小心。”

“打完五场就结束，我一点都不贪。”

黎渺渺接着问道：“晓青，你没意见吧？”

戴晓青微笑着道：“我听嫂子的。”

“你呢？”黎渺渺看着许景明。

“老婆大人有令，随时奉陪。”许景明立即表明态度。

“哈哈……放心吧，我是不会过分浪费你这位大高手的时间的，赢五场比赛我就满足了。唉，因为跟着你们升上去的星星，很快就会跌回去。”

“这次排队的速度很快啊。”黎渺渺说了一句，五人就进入对战准备区域。

对战准备区域分成了两部分，一边是己方队伍，一边是对方队伍，双方都能看清楚对方选择的装备。

“嗯？”

许景明、黎渺渺在看到对方五人时，脸上的笑容瞬间就僵住了。

“程子豪！”许景明、黎渺渺两人都看到了对方队伍中的程子豪，程子豪身旁还有四名队友。

当初，程子豪使用各种方法威逼、利诱黎渺渺，甚至通过黎渺渺大伯威逼黎渺渺，逼得黎渺渺只得舍弃经营好几年的千万粉丝账号，也逼得许景明离开了滨海市。

对面的程子豪笑得很开心。

许景明和黎渺渺看着对方张狂的姿态，心头怒意更盛。

此刻黎渺渺直播间的数十万粉丝也看到了。

“这是程子豪吧？”

“虎鲨集团的程子豪，如今成立了白龙公司，好多美女主播都是白龙公司的。他还建立了一支战队，邀请了郑柏龙等好几位顶尖高手。”

“程子豪好嚣张啊，是在挑衅我们猫猫姐吗？”

“这一战有意思了，黎猫猫遇到对手了呀。”

“这局姐夫有些带不动了，郑柏龙可是武道大师，实力稳压他一头。”

“黎猫猫加油啊！”

“猫猫加油，战胜白龙战队！”

“姐夫加油！相信你，你可以的！”

“事实告诉我，这局姐夫是带不动的，对面有郑柏龙，还有神箭手滕亚，这局十有八九要输掉。”

“不要怕，灭了他们。”

大多数粉丝都隐隐觉得这次黎渺渺和许景明有些危险了。

……

双方选完兵器装备后，前方虚空出现一张地图，十人化作流光飞向那张地图。

对战开始。

古战场。

残破的古城墙屹立着，城墙外是暗红色的大地，仿佛是被鲜血染红的。这片暗红色大地上没有任何遮挡物，这里唯一的建筑物就是这座残破的古城墙。

十道人影出现在大地的不同方位，一眼就能看清双方的分布。

郑柏龙目光一扫，冷静地吩咐道：“这一局不要给他们任何机会，我们五人去A点集合，行动。”

“好。”程子豪背着弓箭，拿着一把刀，迅速朝A点飞奔。

郑柏龙等人也朝A点飞奔。A点这个位置是最适合保护程子豪的，他们抢夺这个位置，不给许景明他们任何偷袭程子豪的机会。

许景明看着这一幕。

“他们非常谨慎，知道实力已经占优势，五人集体行动，不给我们逐个击破的机会。”许景明见状道，“他们的布局的确符合郑柏龙稳妥的行事风格。”

“师兄，我们怎么办？”戴晓青问道。

“渺渺，你和孔姐、小曾先撤退，登上城墙，躲得远远的，我和晓青正面冲杀。”许景明说道，“只有正面冲杀，才有一丝获胜的希望。”

“分开后，我和师兄都会被神箭手射杀，正面联手冲杀才有希望。”戴晓青点头。

“行动。”许景明下令。

“好。”

“我们赶紧退，别影响景明他们。”黎渺渺、孔姐、小曾三人在古战场不同区域，但此刻都朝残破古城墙冲去。

许景明手持双盾，戴晓青手持双刀，两人直奔向对方的五人团体。

在冲过去的同时，两人自然会合，许景明在前，戴晓青躲在后面。

“真是绝望的冲锋。”郑柏龙看到这一幕，轻笑一声。

“不冲到近距离，只会被我们的神箭手逐个解决。”雷文庆笑道。

“我们朝城墙靠近，我们的第一目标是黎渺渺，这也可以让许景明、戴晓青无法安心战斗。”郑柏龙下令，五人团体迅速朝城墙靠近。

“郑柏龙，你还要脸吗？”冲过来的戴晓青见状，怒斥道，“五打二，还这么猥琐？”

“小姑娘，这叫策略。”郑柏龙丝毫不以为意。大风大浪他见多了，当年打比赛时遇到过对手各种谩骂的心理战，他早就习惯了。

许景明目光冷厉，忽然扔掉双盾，于飞奔中取出背后两截枪杆一连一转，出现一杆长枪。

“以最快的速度冲过去。”许景明咬牙道，“他们五人一起行动，速度没我们快。”

“好的，师兄。”戴晓青点头。

许景明的策略是以最快的速度冲过去，与对方正面对战。

“你看，许景明都扔掉双盾了。”郑柏龙说道，“还未交战，对方就失去了双盾，这就叫策略。”

“他们太快了。”程子豪有些慌，说道，“要追上来了。”

郑柏龙看了一眼程子豪。如果不是带着这个银月级的老板，他们哪能这么快被追上?

“可以动手了。”郑柏龙说道。

“是，队长。”滕亚、雷文庆脸上有着兴奋之色。

第48章 // 只能靠自己

许景明手持长枪，全速飞奔中，他死死地盯着对方的五人，特别是其中的神箭手滕亚。

“神箭手滕亚射出的箭速度非常快，但只要在二十米开外，他射出的箭，我完全能躲开。”许景明对自己的身法很自信。

神箭手是他最大的威胁，神箭手能偷袭，擅长配合队友。

与神箭手正面对决，危险度大大下降。除非对方是夏国第一神箭手周羿，正面对决时，可连续解决对方队伍五人。

显然，这个滕亚距离夏国第一神箭手还有很大差距。

“师兄，只要冲到近距离的位置，我就有把握解决神箭手。”戴晓青手持双刀，身穿柔软皮甲，她的速度可比许景明还要快，只是全身防护力较弱，所以得让许景明冲在她前面。

“我来制造机会。”许景明即将冲到对方五人面前。

忽然——

郑柏龙和雷文庆两大高手停在原地，神箭手滕亚带着程子豪、保镖阿勇开始往后撤退，与许景明拉开了距离。

嗖！

在撤退的同时，神箭手滕亚毫无征兆地放出一箭。

一箭撕裂长空，快如幻影，欲从许景明身侧飞过，射向戴晓青。

许景明用长枪格挡，震飞了箭矢。

“这个神箭手在和我们保持较远的距离，想要击杀我们。”戴晓青道。

“按照原定计划行动。”许景明全速冲刺。

“许景明，我俩好久没动手了。”郑柏龙大笑着，他手持一对大斧，穿着轻型铠甲。他常穿着重型铠甲，但考虑到许景明、戴晓青的速度都很快，这一战他穿轻型铠甲更适合些。

“郑柏龙。”许景明盯着对方，长枪化作幻影，已然冲了过去。

虽然对方是武道大师，但许景明没有丝毫敬意，此人的人品不行。

此人在参加世界武道大赛时，为了获胜，无所不用其极，下手很黑。另外一位武道大师常青鹏，在半决赛时，被他一脚踹在下体上，就算有护裆保护，也当场疼得昏厥过去，后来常青鹏直接退役了。

虽然武道大赛的确比较残酷，但一般人不会故意致人残疾。有些人却心狠手辣，许景明就是被人用盾砸在膝盖上，腿断了，前途也断了。

郑柏龙对同样来自夏国的同胞常青鹏下手都这么狠，引起国内一片骂声，但郑柏龙公开解释说自己那一脚是往腹部踹的，对战时双方移动，没想到……纯粹是意外。

这种事情，没有十足证据，也就不了了之了。

作为圈内人，许景明早知道了这位前辈的手段。

郑柏龙主动迎上去，挥动大斧。两把大斧仿佛两扇大门压了过来，许景明顿时感觉压力极大。

嗖！嗖！嗖！

远处，神箭手滕亚忽然连续放箭，瞬间射出五支箭，每支箭都快如幻影，射向远处古城墙边上的黎渺渺。

“什么?！”黎渺渺一慌，虽然她距离神箭手近一百五十米，练的又是灵活性最好的幻猫进化法，是有充足时间闪躲的，但滕亚的五支箭一支接着一支，她避开第一支箭后，感觉到第二支箭离自己很近了，很可能闪躲不开。

她拼命闪躲，硬是躲开了连续射来的五支箭。

“幸好我这一个月来，一直苦练身法，我可是黎猫猫啊！”黎渺渺正在庆幸，就发现一支恐怖的箭已到身前。

“还有第六支箭？”黎渺渺根本来不及闪躲，因为当她发现最后诡异出现的第六支箭时，第六支箭已经距离她只有十米。她脑海中刚浮现这个念头，箭就已经射穿了她的大腿，受到冲击的她踉跄着倒退，跌倒在地上。

她的大腿正在不断流血。

“距离一百五十米，不靠偷袭，都能把我射中？我练的还是灵活性最好的幻猫进化法！”黎渺渺居然还有兴致将自身情况描述给观众听，“真不愧是夏国十大神箭手之一的滕亚，大家刚才看明白了吗？刚才的第六支箭怎么回事？我一开始只看到五支箭，怎么我面前突然就出现第六支箭了？”

另一边，神箭手滕亚得意地笑了笑，对一旁兴奋的程子豪说道：“老板，第一个目标已经解决，她已经受了重伤，跑不掉了，你去解决她吧。”

“不愧是神箭手，厉害！”程子豪很激动，“交给我了。”

“阿勇，我们走。”程子豪带着保镖阿勇迅速朝黎渺渺冲去。

许景明也陷入了困境，郑柏龙的一对大斧宛如汹涌浪涛碾压而来，令他难以摆脱。

雷文庆也手持双刀，他修炼的是影豹进化法，速度并不逊于戴晓青。他和戴晓青动手起来，以防御、阻拦为主。

神箭手滕亚在一旁虎视眈眈，随时准备射箭。

“渺渺！”许景明看到程子豪带人直奔远处倒下的黎渺渺，不由得眼睛一红。

“顾不得了。”

许景明爆发了，仅仅两步速度就起来了。

郑柏龙一时间慢了一步，他修炼的是巨熊进化法，即便穿着轻型铠甲，也有些赶不上许景明。

“竟然敢背对着我！”郑柏龙放下手中大斧，双手如幻影，使两把大斧破空而去，劈向许景明。

许景明早有准备，飞冲出去的同时，瞬间改变方向。

郑柏龙扔出的两把大斧，一把从许景明身侧擦过，另一把从许景明腰间飞过，腰间铠甲被撕出一条裂缝，血迹从缝隙流出。

“滚开！”许景明忍着腰间的痛，使出一枪，直奔向雷文庆。

“不好！”雷文庆吓得连忙退避开去。

他哪里敢同时面对许景明、戴晓青两人？

他一退，许景明一进。

嗖，戴晓青立即朝神箭手滕亚冲去。

哧哧哧——

许景明一枪接着一枪，雷文庆拿着双刀苦苦支撑，根本无法阻止戴晓青离去。

“滕亚，一对一，你对付戴晓青。”郑柏龙吩咐道，“我和老雷两个联手先重伤了许景明，再来帮你。”

郑柏龙很清楚，雷文庆被拖住了，以戴晓青的速度，再慢一步，在场没有人能够再追上戴晓青。

“不妙了！”黎渺渺坐在地上，看着战场形势，许景明腰间受伤，同时面对对方两大高手的围攻。

“老板，我来保护你！”小曾已经冲到黎渺渺身旁，至于孔姐，她距离黎渺渺远了些，还在往这边赶。

“你是全场最弱的啊！”黎渺渺无奈，“扶我起来。”

“好。”小曾立即乖乖扶起黎渺渺。

黎渺渺一手抓着小曾的肩膀，一手拿着剑，单腿站立，冷冷地盯着已然冲来的程子豪两人。

“黎渺渺，好久不见。”程子豪笑着冲了过来。

黎渺渺眼中有着冷意。

景明现在无法赶来，只能靠自己，靠手中的剑了！

第49章 // 反败为胜

当程子豪带着保镖阿勇冲向黎渺渺、小曾时，另一边的戴晓青和神箭手滕亚先一步交锋了。

嗖！嗖！嗖！

神箭手滕亚一边高速移动，一边放箭。移动着放箭，对夏国十大神箭手而言，是基本功了。

虚拟世界开放的第一天，柳箭风一招秒杀王怡，现如今不太可能了，因为这些神箭手一个个都苦练了身法。能在国内神箭手中排在最前列的，身法至少也达到二阶了。

呼呼——

戴晓青的速度非常快，她练的是雷蛇进化法。

适合女子练的五种进化法中，论灵活性，自然是幻猫进化法排第一，但论速度，雷蛇进化法更胜一筹。

此刻，戴晓青高速飞冲，盯着神箭手滕亚。

正面一对一，她是不怕滕亚的。

“一个保护我的都没有。”神箭手滕亚暗暗嘀咕，“我与刺客一对一战斗，就当磨炼自己了。”

神箭手滕亚停下，拉弓搭箭，盯着戴晓青。

他一停下，双方距离迅速缩短。

三十米、二十米……

戴晓青一进入滕亚周围二十米内，神箭手滕亚瞬间放箭。

嗖！嗖！嗖！

几乎一瞬间，神箭手滕亚连续射出三支箭。

弓箭速射，这是周羿的成名绝招，现如今夏国几乎所有神箭手都会认真练习这一招。

戴晓青在对方射箭的刹那双手一松，放开双刀，身体瞬间改变方向的同时，双手闪电般甩出飞刀。

唰！唰！唰！

左右手齐发，一眨眼出现六道光影。

与此同时，如此近的距离，戴晓青仅仅躲开第一支箭，还有一支箭射断了她的左臂，第三支箭矢射穿了她的胸膛。

而另一边，神箭手滕亚的胸口、喉咙、头部都被飞刀射中了。

如此近的距离，六把飞刀袭击过去，周围没有任何遮挡物，神箭手滕亚避不开，直接化作虚影消散。

“还是没避开。”戴晓青看着胸口的伤口，身体慢慢化作虚影，她看着远处和对方两名高手搏斗的许景明，“师兄，我尽力了！”

戴晓青、神箭手滕亚皆退出战场。

“哈哈哈……”程子豪注意到这一幕，露出喜色。

之前，许景明一方有两大高手，程子豪这边有三大高手，二对三，是存在变数的。

但现在，许景明受伤了，并同时面对两人的围攻。程子豪暗道：“许景明翻不了盘了。这一场对战彻底在我的掌控中。”

“许景明，我解决了黎渺渺后，再来对付你。”

程子豪大笑，他挥手吩咐道：“阿勇，给我将那个小姑娘废掉。”

小曾刚达到银月级，全队实力最弱，她此刻握着弓箭，她的箭想要击中移动的目标，是没把握的。

“老板，我和他们拼了！”小曾说道。

黎渺渺已经跳着后退了几步，后退到完全背靠城墙。

轰！

保镖阿勇已经先一步冲来，小曾立即一箭射出，却射在了保镖阿勇身后。

小曾又慌忙射出一箭，依旧没射中，小曾都快哭了。

“滚开！”保镖阿勇冲来，砰的一声，小曾虽然正在闪避，但被盾牌撞击，然后抛飞开去。

“真弱啊。”程子豪笑得很开心，他享受地看着黎渺渺眼中的怒意。

然而此刻战场上，有一个人更加愤怒。

许景明手持长枪艰难地抵挡着郑柏龙、雷文庆两人的围攻，腰间的伤势让他只剩下七成实力，连抵挡都无比艰难，但他就是觉得自己心中有一腔怒火在燃烧，而且烧得越来越旺了。

“当初威逼自己和渺渺的程子豪手持一个大集团，大集团的影响力何等大！渺渺数次从噩梦中惊醒，自己一个练武的，一点办法都没有。在现实社会，论武力，自己连顶尖的保镖机器人都斗不过，犹如丧家之犬，只能忍着回到家乡，渺渺一直跟随自己。现在都虚拟世界时代了，程子豪竟然还敢来挑衅自己！”

“许景明，我解决了黎渺渺后，再来对付你。”

程子豪的声音在许景明耳边响起，这道声音冲击着许景明的内心。

砰！保护黎渺渺的小曾被盾牌撞击得抛飞开去，只剩下黎渺渺倚靠城墙，独自应对程子豪和保镖阿勇。

许景明只觉得胸膛炽热，仿佛有火在燃烧。

这把火仿佛瞬间将他全身点燃了。

这一刻，他能清晰感觉到全身每一处都变得滚烫、炽热，仿佛能看到身体的筋骨，体内血液的流速变得很快，轰隆隆，居然宛如河流奔腾。

许景明全身青筋突起，血液高速流动，额头处甚至有血液喷出来，血液的流速太凶猛，冲破了毛细血管。

他的双眸更是覆盖了一层血色。

这一刻，在许景明眼中，整个世界都是血红色的。

这一刻，许景明觉得腰间伤势已经不值一提，全身所有筋骨都仿佛士兵，乖乖听自己的号令。

一声令下，所有力量爆发。

力量、速度皆爆发。

“给我开！”许景明手中长枪一扫，仿佛要扫开一切阻碍，将天地间都扫除干净。

长枪扫去，雷文庆的双刀本要抵挡，但在碰触的一刹那，他便露出惊恐之色。

砰——

长枪击在他的双刀上，击退双刀，又击在雷文庆的胸膛上，一瞬间，雷文庆体内不知道多少根骨头断裂，肌肉撕裂，整个人直接被轰击得飞了起来，口中喷出鲜血，身体化作虚影，消散在天地间。

“什么?!”郑柏龙惊呆了，“许景明长枪一扫，竟然直接将雷文庆击败了？”

许景明长枪一转，宛如奔雷，劈打向郑柏龙。

哧哧——

郑柏龙一如既往，立即用双斧交叉格挡，但是这一次，他只觉得有一股凶猛力道向自己碾压而来，他不由得往后退了一步。

“不可能！”

哧哧——

双斧如盾，郑柏龙再度挡住。他毕竟得到过国家重点栽培，使用大斧的技巧已经非常完美，他接连抵挡住了。

劈、刺、崩……

许景明的长枪凶戾无比，连续狂攻，郑柏龙踉踉跄跄，艰难地抵挡。

“他怎么回事，疯魔了？”

此刻的许景明的确不太正常，全身皮肤呈暗红色，双眸充血，像是疯魔了一般。

许景明却觉得这种感觉前所未有的好。

火在胸膛燃烧，全身炽热，血液沸腾！

全身力量完全随从心意，心到，力量便到！

力量、速度……甚至对场上形势的把控都比过去强太多了，思考速度都快了许多。

哧哧——

他狂攻郑柏龙的第六枪通过双斧的间隙刺中了郑柏龙。

“不——”郑柏龙持着双斧，难以置信。这一杆长枪竟然刺中了他，他的身体化作虚影，消失不见。

“什么?! ”

程子豪惊愣万分，他本来等着郑柏龙等人将许景明重伤，自己再出手解决许景明，可现在怎么回事？

嗖！

许景明手持长枪，全速冲向程子豪。

“这局要输了。”程子豪立即确定了这一点，他和保镖阿勇可没办法挡住许景明。

“先解决一个，这样不亏。”程子豪冲向黎渺渺。

黎渺渺一剑刺出，吓得程子豪连忙后退。

“她的剑术这么厉害？伤势这么重还这么难缠。”程子豪眨巴一下眼睛，他毕竟只是银月级，黎渺渺的剑术还是让他有些头疼。

“阿勇，赶紧帮我！”程子豪催促道，“一起解决黎渺渺。”

本来想着一个人动手的，但无奈，他似乎在两三招内解决不了黎渺渺。

“来了。”一旁的保镖阿勇手持盾斧，冲向黎渺渺。

“保护老板！”一支箭射来，是赶来的孔姐。

“孔姐，看你的了！”小曾筋骨断裂，受了重伤，已经站不起来了，只能叫喊着，给孔姐以精神鼓励。

“放心吧。”孔姐很自信，她不是小曾，是曜日级高手，丝毫不惧保镖阿勇。

“冲。”保镖阿勇帮忙挡住孔姐的箭。

程子豪冲向黎渺渺：“至少也要解决一个！”

嗖！

程子豪有所感应地转身看去，一道恐怖的流光飞到眼前，瞬间击中程子豪。程子豪被钉在了城墙上。

是的，那是一杆长枪。

第50章 // 三阶

“隔着一百米，长枪居然刺中了老板？”保镖阿勇看着挂在城墙上的程子豪，不敢相信。他刚才一心想着抵挡住孔姐的箭后，再帮忙对付黎渺渺，根本没想到在远处的许景明会扔出长枪。

一杆长枪会飞这么远？还这么准？

“我……我……”程子豪低头看着插入自己腹部的长枪，“自己就这么挂在城墙上？怎么落到这步田地了？这和自己计划的完全不一样啊！”

“程子豪！”清脆的声音响起。

程子豪抬头看去，正是冷冷地盯着他的黎渺渺。黎渺渺单腿跳着，看似有些可笑，但其实她的弹跳力挺好的，跳了几步后直接一刺，这是许景明手把手教她的剑术。

“不——”程子豪瞪大了眼，剑已然刺入他的身体，他的身影化作虚影，消散开去。

黎渺渺踉跄了一下，连忙扶住一旁的城墙，露出了开心的笑容，同时对着直播间观众说道：“看到了吗？这就是反杀！程子豪，你最终还是被我一剑解决了。当然最大的功劳，还是这杆飞来的长枪。”

另一边，孔姐逼到保镖阿勇近处，一箭箭射向保镖阿勇。

弓箭速射！

孔姐的弓箭术可比小曾强太多了，她是实实在在的曜日级弓箭手。

“这箭术……”阿勇被迫后退，因为距离不是太近，他还有足够的时间抵挡、躲避。

在被迫后退的同时，保镖阿勇有些茫然：“老板和三大高手都完了，就自己一个了，怎么办？”

保镖阿勇忽然看到远处的许景明走了过来，他的眼睛一下子就亮了。

“许景明现在赤手空拳，没有任何兵器。”保镖阿勇心动了，“我可是一手大盾，一手大斧，就算他比我强十倍，我的胜算都很大！”

许景明平静地走向保镖阿勇，双眸依旧充血。

“许景明！”

在许景明逼近保镖阿勇的刹那，保镖阿勇举盾挥斧向前冲。

呼！

许景明的身影突然模糊了。

保镖阿勇瞪大了眼睛，他左手的盾牌、右手的大斧都还没碰到许景明，身体就开始化作虚影，消散在古战场中。

其实，在刚才保镖阿勇挥斧向前冲的刹那，许景明闪避开来，右手如刀，劈在阿勇的喉咙上，击败了阿勇。

“手也是兵器。”许景明看着保镖阿勇身影消散，“当速度足够快、力量足够大时，手掌也能劈金断石。”

此刻战场上，许景明、受了重伤的黎渺渺、躺着的小曾以及持着弓箭的孔姐都露出了笑容，他们身体变得虚幻，离开了战场。

对战结束，许景明、黎渺渺一方获胜！

对战空间内，游戏系统正在自动结算结果，输掉比赛的程子豪一方五人都掉了一颗星。

程子豪自然不在乎这个。

“这次太丢脸了！”程子豪咬牙，“被许景明一枪钉在城墙上，被黎渺渺一剑解决，真是我的耻辱！”

“老板，别太介意这些，虚拟世界每天都有无数场对战，就算是我们这些顶尖高手，也常常被人击败。除了全球第一的柳海，谁敢说自己从来没有败过？”郑柏龙说道，“胜败乃兵家常事，在虚拟世界内对战被击败的各大企业家和明星，多的是。除了你自己，没人会太在意的。大家最多谈论两句，之后也就忘了。”

“这次输得太惨了，而且还是输给许景明、黎渺渺这对狗男女！”程子豪咬牙道。

郑柏龙、滕亚、雷文庆、保镖阿勇都暗暗嘀咕。

“龙哥，这次你们怎么会输？”程子豪看向郑柏龙，“夏国如今的高手中，你可是位于第二梯队，你和老雷联手，怎么会输给许景明？”

“这……”郑柏龙皱眉。

“队长，你和老雷联手作战，而且许景明当时都受伤了，怎么会让他翻盘？”神箭手滕亚也问道。

雷文庆疑惑地道：“当时很奇怪，许景明双眸赤红，额头出血，全身皮肤泛红，状态有些诡异，整个人疯魔了一样，力量、速度暴增，竟然一枪将我拍死了！”

“是的，他的力量、速度暴增，压了我一头，我连续挡了几枪后，就被他解决了。”郑柏龙也有些困惑。

“难道是传说中的战斗技巧？他到达了三阶层次？”程子豪说道。

“现如今，在整个夏国中，战斗技巧确定达到三阶层次的，也就柳海、雷云放、周羿三人。他们三人战斗时，都非常冷静，招数犀利，并没有像许景明那般疯魔。”郑柏龙道。

“许景明是受了刺激所以发狂，实力暂时爆发，应该不是真的达到了三阶层次。”雷文庆开口道。

“看看他以后的对战吧。他如果长期都如此，就真是达到三阶层次了。”郑柏龙皱眉说道，“全球大批高手都停滞在二阶极限，三阶没那么容易达到。许景明一个年轻人，我觉得他更像是精神受到刺激后实力爆发。”

程子豪警告道：“我不管什么原因，这次输得这么惨，过几天‘火种杯’大赛就要开始了，到时候全国直播，热度将前所未有的高，你们可别跟这次一样了。”

郑柏龙、雷文庆两人对视一眼，他们和爆发后的许景明交过手，都有些心头发紧。

“若是在‘火种杯’大赛碰到许景明，我们挡得住吗？”

另一边。

“漂亮！晓青，你干得漂亮，你与那神箭手一对一，还解决了他。”黎渺渺兴奋万分，“小曾、孔姐，你们俩保护有功，当然最关键的还是景明！”

黎渺渺双眸都在发光，她太兴奋了。看着程子豪被钉在城墙上，她觉得以前那些憋屈、愤懑，一下子发泄出来了，当她亲手解决程子豪时，她更是觉得酣畅淋漓、痛快无比。

“景明，你太厉害了。”黎渺渺忍不住一跃，跳到许景明身上，仿佛一只猫抱住了许景明。

“姐夫厉害！”

“姐夫太厉害了，这都能赢！”

“在受伤的情况下，一人都能解决郑柏龙、雷文庆，也太强了吧！”

“姐夫刚才是爆发了吗？仿佛化身成神魔，双眼都红了。”

“应该是身体潜力完全爆发，血液流速太快，双眼充血，全身毛细血管有些破裂吧？”

“猫猫，你一定要抓住姐夫！这么厉害的姐夫，绝对是全网最强姐夫！”

“粗大腿，要抱紧。”

“抱紧姐夫。”

一条条评论不断出现在屏幕上，还有很多观众在打赏，直播间的热度完全起来了。

此刻，许景明轻轻拍了拍黎渺渺的脑袋：“渺渺，我现在有紧急事情，需要去处理下，无法陪你继续对战了。”

“好，既然你有紧急事情，就赶紧去吧。”

许景明点点头，转头向戴晓青她们点点头：“我有事情，先退了。”

他当即就退出了战斗空间。

他回到了个人空间的练武场，点开了个人战力面板。

玩家：许景明

基因进化法：天蟒进化法（中阶99%；练习时间七百零三天，不可提升）

身体指数：135

技能：枪法（三阶1%），步法（二阶93%），盾法（二阶99%）

基础战力：2700

实战加成：30%

战力：3510

“三阶1%？”许景明惊喜地道。他之所以立即赶回练武场，是想要让自己练习在那种爆发状态下的发力技巧。

第51章 // 巩固

“枪法终于突破到了三阶。”许景明是有些振奋的，全球众多顶尖高手都卡在二阶极限难以突破，证明了二阶极限的确很难突破。

“我以为我会困在这个瓶颈一个月乃至更久的，还好，比我预料的要早。”许景明咧嘴笑了，随即露出困惑之色，“可是，我的感受怎么和师父说的不一样？”

许景明手一伸，手中出现一杆长枪。

“十名基础战力200的盗匪。”

很快，许景明面前就出现了十名盗匪，有男有女，有的壮硕魁梧，有的瘦小，每一个都不好惹。

“冲！”

十名盗匪自然散开，围过来，还有飞镖等暗器划过长空，朝许景明招呼过来。

许景明双眸隐隐泛红，身影模糊，迅速冲出。在他眼中，周围这些盗匪的动作和射来的飞镖等暗器的速度都放慢了很多。

“他们的动作不可能变慢，是我的反应变快了。”许景明长枪一动，轻松将几支飞镖挡下了。

五名盗匪已然冲到眼前，他们配合有序，刀、枪、链、锤等兵器同时招呼过来。许景明退了一步，避开大多数兵器的攻击，同时手中长枪一动。

噗噗噗——

离得最近的三名盗匪瞬间被击败了。

“现在寻常招数的速度都比之前的无影刺要快！”许景明心中十分欢喜，“身如火，全身炽热，血液沸腾，一念动，全身应念而发，速度、力量都达到了新的境界。”

“最重要的是，我的反应更快了。”许景明更在意这一点。

反应快，那么对战时，招招占据先机。

即便对方先出招，他也可后发制人。

就算面对神箭手，他也丝毫不惧，毕竟闪躲能力强多了。

面对围攻，能轻易掌控局势，毕竟反应快了，破解对方的阵型自然简单得多。

砰！砰！砰！砰！

长枪左右扫开，四名盗匪接连被抛飞开去。

一枪劈去，直接将一名举着大盾的盗匪劈得身体大半陷入地下，身体虚幻、消失。

“痛快痛快，我的身体并未提升，指数依旧是135，可爆发出的力量大了很多，速度快了很多。我算是明白了为什么师父和我的身体素质一样，却能随意击败我了。”许景明肆意地施展着枪法，一名名盗匪被击败，身体变得虚幻。

“无影刺！”

此刻的无影刺才算是真正的无影刺。基础战力200的盗匪还没看清许景明的出枪动作、收枪动作，胸膛就已经被击中。

“好快！”许景明自己都赞叹不已，“这才叫无影刺，让对方看清出枪动作、收枪动作，还叫什么无影刺！”

十名盗匪皆消散，练武场上只剩下许景明一人。

“哈哈哈……”许景明畅快地笑了起来，“师父真是误我啊，说什么身体如水，我没有一点身体如水的感觉。我是身体如火，整个人仿佛燃烧了，念头一动力量就可以爆发。”

许景明喜欢这种感觉，如果说过去的身体是自行车，骑起来慢吞吞的，那么现在就是跑车，脚下轻轻一点就蹿了出去。

身体灵活、力道恐怖、速度迅猛……在这种状态下，大脑运转得都快了，反应也快了。

“从二阶极限到三阶，是质变。其他方面都没变，仅仅枪法从二阶99%到了三阶1%，我的战力就提升了约1000。”许景明暗暗感慨，“难怪夏国其他高手面对师父柳海、雷云放、周羿三人时，毫无反抗之力。我的进化法还未突破，进化法提高到高阶，还能再提升！”

“不急，先巩固枪法。去星空塔。”

许景明斗志昂扬，直接前往任务空间。

星空塔下。

许景明仰头看着星空塔旁巨大的榜单，看着那六个名字：“快了，要不了太久，我也会名列榜单。”他如此想着，冲进了星空塔。

然而仅仅十分钟后，许景明就被踢出来了。

“虎王也太凶猛了，一爪就将我拍没了。”许景明嘀咕，“看来必须得将进化法提升到高阶。”

许景明早猜到没那么容易就闯过星空塔第三层。因为当初柳海闯星空塔的视频他也看了，虎王力量大、速度快、反应灵活，样样都在柳海之上，柳海凭借战斗技巧，竭尽全力才通过。至于雷云放，他早就将进化法提高到高阶，身法也早就达到三阶，但也耗费许久才通过，是全球第五个通过的人。

至于周羿，现如今都没闯过去。

“与虎王打了一会儿，枪法就提升到三阶2%了！继续练，巩固枪法后再练进化法。”许景明狂热无比，突破瓶颈后，他渴望继续提升。

午饭时间，许景明大口大口地吃着，吃饭速度飞快。

“有必要这么急吗？”黎渺渺在一旁小口吃着，“今天吃饭这么急？”

“我吃完了，去修炼了。渺渺，今天没天大的事，不要打扰我。”许景明放下碗筷，一擦嘴巴，立即飞奔向卧室。

在虚拟世界开放一个月的时间里，许景明在其中不断练习，现实中的身体早就发生了蜕变，跑步的速度快多了，宛如一阵风，一闪就进入了卧室。

黎渺渺一个人吃着："没天大的事别打扰他？看来是真有突破了。"

"我就说嘛，之前和程子豪的那场对战，景明最后那么凶猛，全身仿佛冒火一样，应该是有所突破了。有人说景明是受到刺激后的超状态爆发，所谓超状态爆发，那是传说，哪有那么容易？"黎渺渺想着。

之前与程子豪他们对战时，许景明非常愤怒，但尚有理智，毕竟那只是虚拟世界的对战。

那只能说明许景明的积累足够深，之前的愤怒是引子，让他继而爆发，全身仿佛燃烧一般，突破了瓶颈。

这是他第一次突破，突破时太疯狂，导致毛细血管被血液冲破。今后他一旦熟悉了，调动身体巩固一番，就能轻松运用了。

当晚。

黎渺渺在自己的个人空间，邀请王怡、戴晓青。

"猫猫。"王怡一看到黎渺渺，就开心地跑过来抱住了黎渺渺，"我的偶像竟然邀请我，我太兴奋了！"

"冷静，冷静。"黎渺渺有些哭笑不得，连忙道，"你可是我们夏国最强的女神箭手，要有大魔王的姿态。"

王怡放开黎渺渺，坐在一旁看着蔚蓝的海水，拿起西瓜吃了起来："人就要真实一点，喜欢就是喜欢，不喜欢就是不喜欢，为什么要装呢？猫猫，我真太喜欢听你唱歌了，你什么时候直播唱歌啊？一定得提前通知我。"

"好好，直播唱歌我都是要提前准备的，'火种杯'大赛之后，会开一次唱歌直播。"黎渺渺说道。

"嫂子开唱歌直播，仿佛开一场演唱会。"戴晓青道，"准备是挺充分的。"

“唱歌得沉浸进去，好好享受嘛。”黎渺渺说道，“对了，神箭手，我找你，是有事想问你。”

“猫猫，你尽管问，我知无不言，言无不尽。”王怡说道。

黎渺渺说道：“我听说，很多队伍都在邀请你，但是你至今没确定队伍？”

“嗯。”王怡点头，“其实，很多队伍看重的是我的人气，那些队伍背后都是大集团，他们是希望用我的人气给他们公司带来广告收益。像我每次直播，基本都有数百万人在线观看，如果我加入他们队伍，等于每天都在给他们打广告。”

黎渺渺点头。

“但是我在乎的不是这些，人气、流量，我都不在乎。”王怡说道，“我想要追求更高的弓箭使用技艺，我很想知道弓箭使用技艺的尽头是什么。我想要自己去探索，去掌握，那才是最迷人的事。”

“这和你选择队伍有什么关系？”黎渺渺问道。

“我需要足够强的队友，越强越好。”王怡说道，“强大的队友才能让队伍走得更远。这次仅仅是国内大赛，将来就是全球大赛，队伍走得足够远，才能和更多强者交锋！否则第一轮就被淘汰，根本都没有和顶尖强者交手的资格。真正顶尖强者间的交锋才最考验人，也最能提升人！”王怡眼神炽热。

“我明白了。”黎渺渺点头。

第52章 // 邀请

王怡笑道："我们夏国最强的高手柳海，他选择了四个民间选手当队友。所以我就毛遂自荐，想要加入雷云放前辈的队伍，但雷云放前辈拒绝了我，他也决定和四个民间选手组队。两位前辈都瞧不上我，其他队伍，我也不太瞧得上。"

黎渺渺笑道："我算是听明白了，你最想要的队友，是位于夏国第一梯队的高手。"

"不知道多少人都想要和柳海、雷云放两位前辈组队，可两位前辈都决定和民间选手组队。"戴晓青笑道，"至于周羿，对他而言，队伍里有一个神箭手就足够了。"

"两位前辈也是，非得选民间选手。"王怡摇头，"在'火种杯'大赛期间，他们俩或许能靠一己之力使队伍晋级，可将来在全球大赛，和各国队伍交手时，难道也能靠一己之力使队伍晋级？与其将来换队友，还不如一开始就选择最适合的队友。"

"别为两位前辈操心了，说不定将来两位前辈联手呢？"戴晓青打趣道，"明天可就是28号了，28号过了晚上12点可就开始报名了，你现在队伍还没定，难道不参加'火种杯'大赛了？"

"肯定要参加。"王怡眼中放光，"夏国大地藏龙卧虎，谁也不知道还藏着哪些高手。但凡追求战斗极限的，都不会错过与强者们的交锋，我也绝不会错过！"

"那你的队伍？"戴晓青问道。

“实在找不到队友，就挑选一支以我为核心的队伍。”王怡道。

戴晓青慨叹：“众多队伍都在邀请你，你有挑选的资格。哪像我，张青师父愿意选我，我都激动得跳了起来，高举双手答应入队。”

王怡笑了笑，她是有野心的。少年时，她就拿过奥运会箭术冠军，一路走过来，自然愈来愈强。她选队伍很慎重，是想着和队友们一路走下去，不愿轻易更换队友。

“王怡，”黎渺渺道，“我或许可以给你找到一个让你满意的队伍。”

“让我满意的？我的要求有多高你是知道的。”王怡惊讶地道。

“不要急着下定论，到时候我让那位队长去找你，你们见面谈。”黎渺渺自信地说道。

“行，在28号上午8点之前。”王怡说道。

“在那之前，我肯定带那位队长见你。”黎渺渺微笑着说道，“那支队伍应该比如今邀请你的所有队伍都要优秀。”

王怡有些疑惑，一时间想到很多支队伍。

“那我可就等着了。”王怡很好奇，究竟是哪支队伍？那位队长到底是谁？猫猫的男友吗？似乎没那么优秀吧。

27号晚。

王怡的直播间，她正在进行对战，观众人数已经攀升到了八百多万。

“明天夜里就要报名了，怡姐应该要定队伍了吧？”

“现在还没公开呢。”

“怡姐之前都说了，肯定会参加‘火种杯’大赛的。”

大家在评论区议论纷纷，王怡的粉丝无比关心王怡到底会加入哪一支队伍。

山林里，王怡飞蹿在一棵棵大树之间，迅速追着对手，对手一边观察王怡的踪迹一边后退：“完了！这位最强女神箭手也太恐怖了，她的身法比我一个刺客还灵活，逃不掉了！”

如果背对王怡逃跑，观察不到王怡的踪迹，那么会被她一击毙命。

王怡必须在视线范围内，但这样，逃跑的速度就慢了。

嗖！

王怡一闪，从一棵大树后闪出，瞬间三箭齐发。三支箭破空而来，速度快得恐怖，对手想要躲，却发现三支箭将一定范围都锁定了，稍微犹豫一丝，哧哧！两支箭矢刺中了穿着皮甲的对手，身体变得虚幻，消散不见。王怡成功将最后一名对手解决。

“对付那些穿重型铠甲的，只能对准他们的头；对付那些穿轻型铠甲的，使用破甲箭将铠甲击破，然后解决。至于这种刺客，都说刺客能威胁到神箭手，可只要神箭手身法灵活、速度够快，与刺客保持一定的距离，神箭手反而更容易解决刺客。”王怡在退出时，还和观众们说着话。

忽然，她收到了大额打赏。

“谢谢钱董事长的打赏。”王怡说道，“钱董事长没必要打赏我，你打赏了，我也不一定会加入你的队伍。”

王怡又收到了大额打赏。

“谢谢田总的打赏。”

王怡无奈，今晚几个大集团的老总都非常热情，接连打赏她。

“五大战队都在邀请怡姐，五大战队背后的老总都亲自出面打赏啊！”

“五位老总的打赏加起来都有好几百万了吧！真是奢侈！”

“老总们，看看我，你给我打赏一万，我就加入你们战队了。”

“我倒贴一万，都愿意加入五大战队。”

“怡姐只能加入一支队伍，那么其他四位老总的打赏不就打水漂了？”

“懂什么，我们直播间近千万人，大家都在谈论他们五家公司，这就算广告费了。花费大几十万做广告，老总们一点都不亏。”

王怡看着这些打赏，说道：“不管怎样，28号我肯定会选定队伍，28号晚上8点，我会正式公布我的选择。”

“怡姐，我们可邀请你大半个月了。”田总留言道。

“我一确定队伍就会通知诸位，不会让你们白等。”王怡承诺。

个人空间的练武场，许景明正在一遍遍地练着天蟒进化法。

枪法、盾法、步法等都属于战斗技巧，战斗技巧的核心就是对身体的掌控。如果能绝对地掌控身体，那么同样的身体素质，速度会更快、力量会更强、反应会更敏锐……

身体素质的提升，则是靠进化法，这是根本性的提升。

许景明沉浸在进化法的练习中，他只觉得全身火热，仿佛化身为一条火蛟龙，火焰灼烧自己，自己正在蜕变。

许景明忽然觉得全身清凉，舒服无比，他睁开眼睛，轻轻一点个人战力面板，不由得露出喜色：“闭关修炼了这么久，总算将进化法练成了。师父说过，战斗技巧必须达到三阶，进化法才能提升到高阶。只有亲身体会过才明白，只有调动身体深层次的力量修炼进化法，才能有更好的效果。”

许景明了然，身体掌控度越高，进化法才能越强。

看着个人战力面板，许景明轻轻一点。

玩家：许景明

基因进化法：天蟒进化法（高阶3%；剩余练习时间六百零二天，不可提升）

身体指数：190

技能：枪法（三阶12%），步法（二阶97%），盾法（二阶99%）

基础战力：3800

实战加成：32%

战力：5016

“进化法提升到高阶了，身体也更强了。”许景明想着，“两天前，我的战力还只是3510，现在都过5000了，我比两天前强太多了！”

许景明心情愉悦地退出了虚拟世界。

家里窗外一片漆黑，正是深夜时分。

“渺渺，大半夜的，你怎么没进入虚拟世界？”许景明走进客厅。

黎渺渺正在吃夜宵，抬头看了一眼许景明，道：“我猜某人一定肚子很饿了，所以我让小五做了丰盛的夜宵。

“小五，赶紧把夜宵热热，端上来。”

“是。”机器人小五去热菜了。

许景明摸摸肚子，笑道：“还是早上吃的饭，都半夜了，的确很饿了。”

“你这两天都快疯魔了，吃饭都不规律。”黎渺渺无奈地道，“对了，你这么疯魔，是不是突破了？”

“渺渺真聪明。”许景明走到餐桌前，吃起了夜宵。

“真突破了？”黎渺渺眼中满是兴奋。

“嗯。”许景明点头。

“现在战力多少？”黎渺渺好奇地问道。

“5016。”许景明埋头吃饭。

“啊！”黎渺渺嘴巴张成“O”字形。

（本册完）

《宇宙职业选手2》即将上市，敬请期待！
